서사적
말하기·쓰기
능력 신장을
위한

이야기 표현
교육론

서사적
말하기 · 쓰기
능력 신장을
위한

이야기 표현
교육론

김정란 지음

머리말

　다변하는 사회에는 다양한 삶이 존재한다. 이러한 가치를 인정하는 현시점에서 서사 양식은 소설이라는 장르를 넘어 문화 콘텐츠 영역에서 대중매체와 결합하여 급변하게 진화를 거듭하고 있다. 서사 양식은 그 매체의 차이일 뿐, 근본 속성은 이야기를 전달하고 이해하고자 하는 것이다. 그러한 이야기가 대중 미디어와 결합하여 다양한 인간 삶의 스펙트럼을 보여주는 것은 고무적인 일이다. 하지만 역으로 이야기가 구어의 본질임을 고려한다면, 국어교육 내 화법 영역에서 문학이 아닌 작문 영역에서 제대로 정립되어 있는지 고찰할 필요가 있다.

　국어교육 내에서도 이야기는 영역의 넘나듦이 자유롭다. 문학 영역에서 작품 중심의 형식적·구조적 분석을 넘어서 독자의 반응 또는 창작과 접목하여 다양한 시도를 하고 있으며, 이야기를 활용한 문법교육과 같이 그 활용도 또한 높아지고 있다. 이러한 연구물들은 이야기가 지닌 교육적 의의나 가치를 인정하면서 학습자 주체의 개인적인 삶을 교육의 중심점으로 전이했다는 점에서 교육적 의의가 있을 것이다.

　그러나 화법과 작문 영역에서는 특정 담화 유형으로 제시되어 있지 않음으로써 교육 내용과 방법에 대한 부재나 혼란을 일으키고 있다. 특히 앞에서 말한 문화로서 서사의 기능이 확장되고 다양한 형태가 제시되고 있는 시점에서 매체와의 결속만 강조한 나머지 자연적인 의사소통 양식인 구어나 문어 매체에 의한 이야기에 대한 접근이 소홀히 다루어져 교육적 접근이 어려운 실정이다.

따라서 연구자는 국어과의 화법과 작문 영역에서 이야기를 교육적으로 접근하는 방안을 모색하는 것을 연구 문제로 정하고 각 장의 내용을 마련해 보았다. 이 책의 내용은 연구자가 소논문으로 쓴 것을 정리하여 묶은 것이다. 총 2부로 구성되어 있으며, 1부(1, 2장) 1장에서는 국어과 표현 교육에서 이야기 도입을 위해 거시 장르인 서사 담화에 대한 이해가 선행되어야 한다는 판단에서 서사 담화의 속성과 의사소통 구조, 국어교육에서 서사 담화의 의의를 논하였다. 2장에서는 서사 화법이라는 용어를 명명하면서 듣기·말하기인 화법 교육에서 서사적 말하기·듣기의 개념 정립을 위한 시론적 성격의 논의를 진행하였다. 우리가 말하고 쓰는 모든 것이 서사의 양식을 지니지 않은 것이 없겠지만 설명 화법, 설득 화법과 같은 용어는 정립된 데 반해 서사 화법이란 용어 사용은 전무하여 이러한 용어를 대범하게 사용해 본다.

2부(3~7장)에서는 화법과 작문 교육에서 이야기 교육을 위한 접근 방법에 대해 논하였다. 먼저 3장에서 화법 교육과정에서 이야기 교육 내용을 위계성이나 계열성에 준하여 문제점을 비판적으로 검토하였고, 4장에서는 국어과 표현 교육을 위한 사고과정을 알기 위해 이야기의 구체적 담화 생성 시 학습자가 어떠한 사고 과정을 거치는지에 대한 실증적인 자료를 검토하여 표현 교육을 위한 교육적 시사점을 찾고자 하였다. 5~6장에서는 작문 영역에서 학습자의 이야기를 표현할 수 있는 담화 범주를 자기 표현적 영역에 근거하여 교과서에 반영된 활동의 문제점을 검토하고 지도 방안을 제안하였다. 7장에서는 화법과 작문 과목에서 유기적 통합을 제안하기 위해 서사화를 위한 통합을 제안하였다.

연구 주제에 따라 더욱 정치하고 논리 정연한 학문적 논증이 뒤따라야 할 터이지만 연구자의 능력부족으로 아쉬움이 남는다. 그러나 국어과 표현 교육에서 서사적 말하기나 쓰기에 대한 본인의 생각을 학문적으로 시도한 점에서 자그마한 위로로 삼으면서 조심스럽게 세상에 내놓고자 한다. 앞으로 더욱 책임감을 가지고 연구할 것을 약속하며, 차후 논의가 발생하는 부분에 관해서는 연구자의 몫으로 판단하고 언제든 질정을 받을 자세가 되어 있다.

이 책이 국어교육을 전공하는 전공자나 이 분야에 관심이 있는 독자들, 예비 교사가 되고자 하는 이들, 대학교나 대학원에서 공부하고자 하는 학생들에게 조금이나마 도움이 되었으면 한다. 책이 나오기까지 항상 학문적 용기를 주시고 바르게 학문을 할 수 있도록 이끌어 주신 이상구 지도 교수님께 감사의 인사를 전한다.

중학교 교사생활과 학업을 병행하는 것은 참으로 힘든 과정이다. 지치고 힘들 때 건이, 훈이 두 아들이 있기에 더욱 마음을 단단히 먹을 수 있었으며 말없이 묵묵히 지지해준 사랑하는 나의 남편이 있어 오늘도 미소 지으며 앞으로 나간다.

2014년 7월
김정란

❏ Contents

국어교육에서 서사 담화
교육을 위한 이론적 토대

제1장 서사 담화의 이해

1. 서사 담화의 개념

인간의 언어적 의사소통의 방식이나 결과물은 너무나 다양하여 논자마다 특정의 기준을 중심으로 담화 유형 분류를 제안하고 있지만,[1] 일반적으로 교육과정과 관련해 화법 교육에서 가장 많이 사용된 분류 기준은 목적, 수행 조건이나 상황 전개 과정 등이다(이창덕 외, 2003). 이러한 담화 유형의 분류 기준은 논자가 의도하는 특수

---

[1] 지금까지 담화 유형을 분류하는 기준은 장르, 수사학, 화자·필자의 목적, 시간성과 행위의 자질, 담화 구조, 담화 기능 등 다양하였다. Welleck & Warren(1962)은 장르를 기준으로 시, 소설, 희곡으로 나누고 Brooks & Warren(1970)은 수사학적 관점에서 설명적 담화, 논증적 담화, 기술적 담화, 서사적 담화로 분류하였다. Britton(1975)은 필자의 목적에 따라 표현적 담화, 시적 담화, 의사 전달적 담화로 구분하였다. Logacre(1983)는 시간성과 행위의 자질에 따라 이야기(+시간성, +행위자), 순차적 담화(+시간성, -행위자), 행위적 담화(-시간성, +행위자), 설명적 담화(-시간성,-행위자)로 분류하였다. de Beaugrande & Dressler(1972)는 담화 구조를 중심으로 기술, 서사, 논박, 문학, 시 과학, 변증, 대화로 구분한 바 있다. 그리고 Amiran & Jones(1982)는 담화 기능을 중심으로 설화적 담화, 설명적 담화, 설득적 담화로 분류하였다(원진숙, 1994).

자질을 중심으로 분류한 것이어서 모든 담화를 유형화하는 데 일대일 대응을 적용하는 것은 불가능하다. 그러나 이러한 유형 분류를 시도하는 것은, 담화는 개인의 개별적 행위가 아니라 사회 구성원 간의 합의된 방식으로 이루어지는 상호작용의 행위이고 어느 사회이건 역사적으로 긴 세월을 두고 상호작용을 통한 소통 양식이 정해져 있기 때문이다. 이러한 담화 관습에 따라 우리는 이에 적합한 담화를 생산·인출하고 공유하게 된다.

담화(discourse)는 의사소통을 위하여 사용되는 언어 행위(speech act)이다. 담화 참여자들은 자기의 주장과 생각을 전달하기 위하여 발화하며, 상대방으로 하여금 전달된 의미와 발화 의도를 올바르게 이해하도록 돕는다. 따라서 담화에 사용되는 언어는 의사소통 과정에 작용하는 공유 지식이나 발화 의도 등과 같은 여러 요소를 반영한다는 점에서 상황 맥락과 텍스트로 이루어진다고 할 수 있다. 이에 반해 텍스트(text)는 맥락 속에서 흔히 여러 문장으로 이루어지는 담화의 수단이라 하겠다. 텍스트가 없는 담화는 언어 행위가 될 수 없다. 담화는 널리 사회적 맥락 상황 속에서 일어난다. 따라서 담화는 텍스트와 컨텍스트, 사회적 상황 등이 모두 활발히 상호작용한다는 점에서 문장을 넘어선 의사소통을 가리키는 포괄적 용어이다. 이에 비해 텍스트는 의사소통의 기본적인 수단이 되는 것을 알 수 있다.[2]

담화 유형 구분에서 서사 담화의 유형적 특질을 제시한 Loncare(1976,

---

[2] 정희자(2008)는 넓은 의미에서는 이 둘의 개념이 동일하게 간주될 수 있으나, 좁은 의미에서 담화는 '언어 수행, 구어, 기술'에 초점을 두는 반면, 텍스트는 '언어 능력, 문어, 규범화'에 초점을 둔다고 하였다. 그리고 김정남(2008)도 담화와 텍스트를 더 명확히 구별해야 할 필요성을 제기하면서 텍스트 유형은 좁은 의미의 텍스트 장르를, 담화 유형은 텍스트를 구성하는 여러 기술 양식을 나타낸다고 하였다.

1983)는 담화 유형을 서사(narrative) 담화, 절차(procedural) 담화, 해설
(expository) 담화, 행동(behavirol) 담화 등 4가지로 구분하였다.3) 이 중
서사 담화는 1인칭 · 3인칭, 행위자 지향적, 시간, 연대기적 연결과 같은
속성을 가진 담화라 할 수 있다. 좀 더 구체적으로 Georgakopoulou &
Goutsos(1997: 52)가 내용적인 측면에서 서사 담화와 비서사 담화를 구
분해 놓은 표를 보면 다음과 같다.

[표 1-1] 서사 담화와 비서사 담화의 내용 비교

	서사 담화(narrative)	비서사 담화(non-narrative)
전개 규칙(ordering)	시간 순서	다양한 순서(논리, 시간 등)
특정성(particularity)	특정 사건	일반적 진실
규범성(normativeness)	방해 균형의 재형성	규범이 무엇인지 말함
참조사(reference)	재구성된 사건	증명 가능한 사건
시점(perspective)	개인적	비개인적
맥락(context)	유동적	영구적

이상의 내용을 종합하면 서사 담화의 공통적 속성을 추출할 수 있

---

3) 언어적 특질을 매개로 한 담화 유형을 구분한 것으로 담화 유형을 표층 구조적 텍스트 유형에
대한 심층 개념으로 보고 매개 변수들은 그 표층 텍스트에 나타나는 특정한 언어적 범주에 의
해 실현되는 것이라 하였다. 연대 지속, 행위자 지향 등의 매개 변인을 가지고 구분하였다.

	[+Agent]	[− Agent]
	서사 담화	절차 담화
[+Chronological Succession]	1, 3인칭 행위자 지향적 달성 시간 연대적 연결	비특정적 인칭 수향자 지향적 투사된 시간 연대적 연결
	행동 담화	해설 담화
[− Chronological Succession]	2인칭 수화자 지향적 양식, 무시간 논리적 연결	불필요한 인칭 지시 주체 지향적 비초점인 시간 논리적 연결

다. 행위자가 시간 순서에 의한 특정 사건을 맥락에 의해 재구성한다는 것이다. 서사 담화는 서사의 속성을 지니는 특정 텍스트가 어떠한 내용을 담고 있어야 하고, 그것을 표현하는 방식까지 아울러야 한다는 차원에서 용어 규명이 되어야 한다. 따라서 서사를 내용과 표현방식을 포괄하는 것으로 보고 이야기를 내용으로, 표현방식을 어떠한 구조를 지니는 표출 양식으로 본다.

그렇다면 서사적 말하기란 이야기를 내용으로 하고 그것을 표출하는 방식이 말하기(telling)라는 것이다. 이야기 내용이란 사건과 존재하는 실체를 바탕으로 형식이 정해지며 그 속성은 사람 이야기가 될 수 있고 다양한 문화적 코드가 포함될 수도 있다. 그리고 담화적 차원은 그 내용을 효과적으로 담아낼 수 있는 양식의 구조를 알아야 하며 표출될 매체의 장르적 특성을 고려해야 한다.

박용익(2006: 147~150)은 서사는 개념적으로 이야기하는 시점 이전에 있었던 실제 또는 허구의 행위나 사건의 진행 과정을 담화 형식으로 재구성한 것으로, 과거 특정 상황 속의 사건의 시간적 변화를 재현한 것이라 하였다. 서사 담화의 구성 자질과 인식 지표는 다음과 같다.

첫째, 서사는 순차적으로 구조화된 시간 변화의 재현이다. 시간성은 서사의 가장 일반적인 자질로 사건의 발생부터 종결까지 순차적으로 배열되어 있다.

둘째, 서사는 사건들을 단순히 나열하는 것이 아니라 사건의 연쇄들이 의미 있고, 결속력 있는 줄거리로 결합되어 청자의 관심을 끌도록 구성되어 있다.

셋째, 서사는 어떠한 행위를 했거나 특정 사건으로 인해 외적, 내적 변화를 경험했거나 동기나 의도를 가진 존재의 체험과 관련되어 있다.

넷째, 서사는 특정한 관점에서 이야기되고, 이 관점 속에서 사건에 대한 화자의 주관적인 태도가 드러난다. 즉, 서사는 단순히 사건의 개요만을 제공하는 것이 아니라 사건에 대한 평가, 감정 등 화자의 입장을 말해준다.

다섯째, 서사는 화자의 이중적인 시점을 드러낸다. 화자가 과거 경험을 재구성하여 말할 때 체험하던 순간과는 근본적으로 다른 인식의 관점을 가지게 된다. 따라서 이야기된 시간에서 화자는 과거의 체험하는 나와 동일시할 수도 있고, 회상하는 나의 관점에서 기술할 수도 있다.

여섯째, 서사는 체험한 것을 단순히 모사, 재현하는 것이 아니라 재창조하는 구성적 활동이다.

일곱째, 서사는 청자와의 상호작용을 의미하는 의사소통의 과정이다. 개인의 경험이 자기 자신에 대한 외부로부터의 시각을 반영하듯이 서사는 보이지 않는 청자와의 관련성을 전제로 한다.

앞의 논의들을 바탕으로 서사 담화란 화자(서술자)가 특정 사건을 재구성하는 데 있어 일정한 시간 순서에 의해 이야기(사건 구조)를 진행하는 담화 유형으로 정의할 수 있다.

따라서 서사적 말하기란 서사적 속성을 기저로 이야기라는 내용적 요소와 그것을 표출하는 방식인 수행 요소를 충족할 수 있는 방식으로 설명되어야 한다. 이는 이야기의 내용과 형식에 대한 탐구를 중심으로 논의되어야 함을 의미한다.

2. 서사 담화의 의사소통 구조

화법이나 작문 행위는 의미 구성 행위이다. 의미를 구성하는 행위는 학문적 배경이나 관점에 따라 그 설명이 달라질 수 있다.

국어교육에서 사회적 기능 및 인지적 기능을 동시에 중시하는 연구 풍토가 조성된 데에는 언어 발달에 관한 사회역사적 관점을 주창한 Vygotsky(1981)의 영향이 크다. Vygotsky에 의하면 모든 기호 체계의 주된 기능은 한 개인과 다른 사람과의 상호작용의 규제 및 조정에 있다. 이러한 상호작용에서 언어는 사회적 상호작용 활동을 통한 인지적 기능을 수행하는 데 촉매제의 역할을 한다(박영목, 2000).

듣기·말하기 상황에서 화자와 청자는 상황 맥락의 직접적인 외부 작용을 고려해서 담화 내용을 생산하고 수용한다. 참여자 변인에게 중요한 것은 텍스트 생산 및 해석과 관련된 지식이며 맥락 변인에서 중요한 것은 텍스트의 소통과 관련된 사회 문화적 상황(의도, 사회 공동체의 가치나 신념, 이데올로기, 역사, 문화적 배경)이다.

이에 따라 이 책은 텍스트 이해와 생산 과정에 관여하는 인지 대상의 범주를 텍스트 내적 세계와 텍스트 외적 세계로 구분한다. 최근 사회 문화적 담화 공동체의 관습과 규칙을 중시하는 관점으로 본다면 장르 관습에서 텍스트가 소통되는 환경이나 참여자, 목적, 전달방식과 같은 것을 텍스트 외적 세계라 한다. 이러한 작용을 받아 참여자가 정확하고 효율적으로 내용을 전달하기 위한 텍스트의 구조, 내용, 표현 면에서 독자적으로 유형화된 내재적 특성을 갖게 되는데 이것을 내적 관습이라 한다.

삶의 이야기로써 의미 구성에 관여하는 요소를 조자형(2013)은 인과성, 통일성, 가치 지향성, 소통성, 시간 재배치로 제안하고 있다. 이를 바탕으로 의사소통 구조에 작용하는 이야기의 의미 구성 관여 요소를 배치하여 연구자가 다음과 같이 도식화하였다.

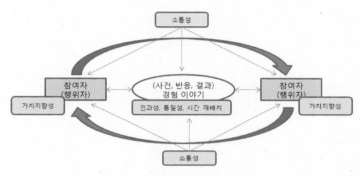

<그림 1-1> 서사 담화의 의사소통 구조

내적 담화 규칙은 보면, 그것을 사용하는 주체(tenor)가 어떠한 장 (field)에서 어떠한 양식(mode)에 의해 결정되고 이러한 동일한 목 적이 반복되면 사회적 생산 과정으로서 결과물인 장르가 형성된다.

듣기·말하기 환경이나 화자와 청자, 목적, 전달 방식에 직접 개 입하는 상황맥락과 공동체의 가치와 신념, 언어 공동체에서 형성된 규범이나 관습 등 텍스트 생산과정에 간접적으로 작용하는 맥락을 중심으로 의미구성 과정을 고찰해야 한다. 다음은 개인 경험 말하기 사례에 적용하여 경험의 의미를 어떻게 구성하고 있는지 알아보자.

내가 고등학교 1학년 때 일이야. 당시 담임선생님께서는 그… 거… 첫 발령 받으신 초임이셨는데 나이는 스물다섯의 어린 나이었어. 선생님께서는 학교를 들어갈 때… 그러니까 대학교를 들어갈 때… 어… 재수를 해서 들어가셨기 때문에 어… 그 임용 고시는 한 번에 붙겠다는 결심에 머리를 삭발을 하고… 여 선생님이신데… 절에 들어가셨고, 정말 한 번에 합격을 하셨대. 그래서 우리를 처음 만났을 때도 짧은 머리를 하고 계셨어. 어… 그렇게 선생님이 되고 싶다는 열망이 강하셨기 때문이신지 매우 열정적인 분이셨고, 게다가 초임이었기 때문에 우리 반에 대한 사랑이 남다르셨어. 어… 기억나는 몇몇 사건 중에 가장 인상 깊었던 일이 하나가 있는데 그 일은 어… 비가 오는 날에 일어난 일이야. 어느 비 오는 날 청소시간에 선생님께서 갑자기 교실로 오시더니 "얘들아, 체육복 입고 밖으로 나가자"라고 말씀하시는 거야. 그때 애들은 "선생님 비가 오는데요"라고 대답했다. 선생님께서는 바로 오늘만을 기다렸다며, 들고 오신 공 하나를 우리에게 내미는 것이었어. 우리들은 너무 의아해하며 "선생님, 이 날씨에 지금 축구를 하자는 말씀이세요?"라고 하니 선생님께서 바로 그 거라면서 이것이 자신의 로망이었다고 말씀하셨어. 우리는 모두 "선생님 꿈이 너무 강하시다고, 선생님은 너무 꿈꿔왔던 일이 많고, 선생님이 드라마를 너무 많이 보셨다"며 얘기했지. 하지만 모두들 그런 얘기를 하면서도 운동화로 갈아 신고 운동장으로 나갔어. 우리 학교 운동장은 잔디로 되어 있었는데 아이들 모두 정말 비 오는 날에 그 잔디에서 축구를 했어. 여학생들이었기 때문에 정말… 축구 아닌 축구를 했지만. 선생님도 우리들도 모두 만족을 했어. 지금 돌이켜봐도 정말 재밌고 웃긴 일이야. 그래서 지금까지 이렇게 인상적으로 남아있지 않았나 싶어. 그렇게 축구가 끝났고 모두가 비에 다 젖은 상태가 되었지. 그때 선생님께서는 사진으로 남기셔야 한다며 이것을 사진으로 안 남기면 오늘의 의미가 없다며 남는 건 사진뿐이시라며 사진을 찍자고 하셨지. 모두들 앞머리가 갈라졌다고 투덜대면서도 이렇게 사진을 찍게 되었고 학년이 끝날 때에 선생님께서는 그때 찍었던 사진과 편지, 손수 편지를 A4용지에 일일이 한 사람 한 사람 다 적어가지고 주셨는데 그것을… 어… 5년? 6년이 지난 지금까지도 고이 간직하고 있어. 그것을 보면서 그때 일을 회상하곤 해. 나도 선생님이 되면 어… 이렇게 아이들과 추억을 남길 수 있는 일 한 가지씩 할 거라고 맹세했어. 그 기억이 오래 남아.

-대학생 이○○4)

2.1. 인과성

　사례는 과거 고등학교 때 첫 담임선생님과의 에피소드를 가장 인
상 깊은 이야기로 선택하고 있다. 이 담화는 담임선생님에 대한 특

---

4) 이야기 사례는 대학교 4학년 여학생이 발표한 것이다. 연구자가 K대학 화법교육론 강의 시간에 수행 과제로 제시한 '가장 인상 깊은 경험 이야기'를 공식적 상황에서 발표식으로 진행한 담화를 옮겨 적은 것이다. 이 사례를 선택한 이유는 하나의 담화에서 나타내고자 하는 주제가 분명하고 의미 단위들이 통일성 있게 배열되어 있기 때문이다.

별한 사건이 중심을 이루고 있다. 사건은 행동이 계열적으로 결합되는 양상으로 표현되는데 여기서는 원인과 결과라는 방식으로 순차적으로 조직되고 있다. 청소 시간에 비가 옴-운동장에서 축구하기를 권함-학생들이 반응함-비가 와서 옷이 젖음-담임선생님은 추억을 위해 사진을 찍고 편지를 쓰게 되었다는 이야기이다. 이러한 개별 사건들은 사건의 전후 관계를 파악해야만 이야기를 이해하게 되므로 사건 표현 방식에서 중요하다.

2.2. 통일성

사례 이야기는 고등학교 시절에 잊지 못할 추억이라는 주제를 향해 일관되게 사건이 배열되어 있다. 담임선생님의 개인적인 취향, 비가 오는 날 운동장에서 옷이 다 젖도록 운동하는 열정적인 모습 등은 일상적인 학교생활에서 파격적인 행동이다. 또 일일이 편지와 사진을 찍어 학생들에게 나누어 준 것 등의 사건들은 담임선생님의 열정이라는 주제를 뒷받침하기에 충분하다.

2.3. 가치지향성

화자나 청자는 기존의 지식과 생각들로 나름의 삶을 해석하는 방식을 가지고 있다. 정체성이나 신념, 동기와 같은 개인 내적인 마음의 작용은 과거 사건을 선택하거나 표현하는 데 있어서 중요한 기제가 된다. 사례 담화는 말하는 이가 담임선생님에 대한 호기심이 강하고 긍정적인 생각으로 대하고 있으며 미래에 자신이 선생님이 되고 싶다는 강한 동기를 심어주는 대상으로 삼고 있다. 가치 지향성이란 미래 삶에 긍정적인 방향을 유도하고 힘든 경험이지만 자신의 성장에 도움을 주는 방향으로 작용하는 요소로 경험에 가치를 부여하는 면에서 중요하다.

2.4. 소통성

공식적인 상황에서 청중을 대상으로 경험 이야기를 한 것이므로 일대다의 소통 방식을 지닌다. 소통은 화자와 청자와의 의미를 교환하기 위한 상호작용이므로 화자는 청자를 전제로 이야기를 생성하고 표현하게 된다. 위 담화는 상호작용이 활발한 대화형식은 아니지만, 청중을 고려하여 내용을 생성한 것으로 추정할 수 있다. 고등학교 경험은 누구나 다 경험한 것이므로 공감을 얻을 만하고 공부만 했던 힘든 시기에 자유를 만끽하고자 하는 희망은 누구나 한 번쯤 생각해 본 일이기에 호소력이 있는 내용일 것이다. 또 청중들이 사범대학생임을 고려한다면 미래의 선생님상에 대한 인상을 일깨웠을 것이다.

소통은 화자와 청자가 서로 인식하면서 경험 내용을 지속적으로 공유하고 심화할 수 있도록 상호 조절하는 능력이 중요하다.

2.5. 시간 재배치

위 사례는 지난 경험, 즉 과거의 시간을 중심으로 회상하고 있다. 개인마다 같은 경험이라도 그것을 시간별로 재배치하는 것은 다를 수 있다. 어떠한 사건을 먼저 배치할 것인지에 따라 구성 양상이 달라진다. 위 사례는 과거 경험이 중심축을 이루며 미래 희망으로 진행되고 있다.

앞의 내용을 바탕으로 경험 이야기 분석 기준을 마련한다면 학생 개인의 유의미한 경험을 이끌어 내고 조직할 수 있는 기반을 마련할 수 있다. 의미를 구성하는 주체자의 인식부터 구조화 과정과 표출 과정까지 두루 포함할 수 있으므로 담화적 차원에서 경험 이야기를 분석할 수 있다는 장점이 있다. 기존의 이야기 연구가 이야기 구조나 결과물 중심으로 형식주의적 관점을 지녔다면, 여기서는 인식, 사고과정, 공유과정 등 다각도 접근이 가능하다. 또 이러한 기준으로 다양한 경험의 이야기 구성 방식에 대한 양상을 살펴볼 수 있으므로 경험 이야기를 통해 삶의 양식을 어느 정도 추출할 수 있을 것으로 본다.

3. 화법 교육에서 서사 담화의 교육적 의의

이야기가 서사의 주된 양식이므로 서사와 이야기가 같은 동위 차원의 용어라는 점, 이야기의 번역이 내러티브, 서사와 같은 용어로 학계에서 사용되고 있음을 고려하여 이러한 용어의 유의미한 가치를 듣기·말하기 교육에 적용하여 경험 말하기 교육의 의의를 찾아보고자 한다.

20세기 이후 체험과 이야기 시대가 되면서 사회적으로 서사 능력에 대한 기대와 요구가 높아짐으로써 좋은 이야기는 그 사회에서 추구하는 좋은 삶에 대한 실천적 지혜라고 하였으며, 개인적으로는 문화 주체로서 삶을 영위하는 데 중요한 능력이라고 하였다(최인자, 2008: 22). 일반적으로 서사 교육의 의의는 자아와 세계의 성찰을 통한 삶의 의미 창안, 서사적 상상력 고양, 통합적 맥락 속의 학습, 이야기 문화 공동체 참여 유도 등이라 하였다(임경순, 2003b). 또 전인적이고 통합적인 사고의 역할을 담당한다(김혜지, 2003)거나 민족문화 발전에 기여하면서 단순히 의사소통 문제를 넘어 그 말을 사용하는 집단의 역사적인 삶의 배경을 제공(이창덕 외, 2007)함을 알 수 있다.

이야기는 통시적 관점에서 당대 삶의 문화나 민족의식을 알 수 있고 공시적으로 자신의 문화에서 접할 수 있는 것을 자연스럽게 수용할 수 있는 맥락을 제공한다(정동순, 2001). 이들 연구의 공통점은 국어교육에서 서사 교육이 문학 영역을 넘어서 각 영역에서 교육이 지향해야 하는 총체적인 방향에 부응하고 있다는 사실이다.

화법 교육에서 서사의 기능은 주체형성이나 자아인식과 같은 정체성 형성에 기여한다. 다른 사람의 삶의 이야기를 통해 그들이 누구이며 어떠한 삶의 방식으로 세상을 해석하는지 알 수 있으며 그들의 이야기를 통해 자신의 서사적 삶에 영향을 받으며 자아에 대한 인식을 형성할 수 있다. 이때 삶에 대한 해석을 이해하고 표현하는 과정은 경험을 공유한다는 의미이다. 화법은 구어로 이루어지는 직접적이고 즉각적인 상황에서 상대방에 대한 태도나 인식이 이루어지므로, 상대방이 말하는 내용이나 태도를 수용하는 과정에서 정체성 형성이 직접적으로 이루어진다. 이야기 속에는 자신이 세계를 인식하는 방법과 세계관이나 가치가 녹아 있으므로, 상대방을 본질적으로 더욱 잘 이해할 수 있으며 타인과의 상호작용으로 자신에 대한 인식을 형성해 나갈 수 있다. 나는 누구이고 어디로 향해야 하는가에 대한 인식을 서로 제공함으로써 긍정적인 정체성 형성을 마련할 수 있다. 이러한 정체성은 서로의 공유와 상호작용으로 공동의 동일한 속성을 공유할 수 있는 사회적 정체성으로 형성되는 것이고, 이는 곧 사회 공동체가 지향해야 할 신념과 가치를 전수하는 응집력을 제공한다. 일상적 이야기가 실제 표현되는 것보다 더 많은 것을 의미하며 언어의 문법적 측면과 그 언어가 지시하는 측면을 넘어서는 지식의 체계와 문화적 신념에 대한 정보를 전달하는 것이다.

이야기는 다른 형태와 문맥, 그리고 다른 목적을 가지고 이루어지는 언어적 표현의 기본 형태이다. 또한 일상적 의사소통 상황에서 이야기에 대한 협상 참여자들의 상응하는 언어적 신호로써 이루어지고 행위 상대자와의 협력이 필요하다. 우리는 일상생활에서 누구에게 즐거움을 주거나 정보를 제공하거나 자신을 정당화하기 위해서 상대방에게 더 많은 정보와 사실을 이야기해 달라고 요청할 수 있다. 또 제도적 상황에서도 법정이나 직업적 경험에 관해 이야기하기도 한다. 이처럼 이야기는 의도와 동기를 가지고 한 개인이 내·외적 경험의 변화를 기억하고 계획하여 그 체험을 화자 자신을 행위 주체로 삼는 의사소통이다.

넓은 의미에서 이야기는 사건의 시간 변화를 내용으로 하고, 그 시간 변화를 내포하고 있는 사건과 행위, 경험 형성을 포함한다. 이러한 경험 형성은 직접 경험의 상태로서의 앎, 사고능력으로서의 앎과 관련된다. 이러한 부분에서 서사의 기여도가 높다. 기억 속에서 서사 요소 중심인 경험의 종류, 감정, 인물을 중심으로 기억 속 사건들을 회상하고 학습과 연관시킬 수 있어야 하기 때문이다. 그러기 위해서는 개인의 기억 속에서 편파적으로 나열된 경험이나 사건, 감정을 중심으로 특별한 경험, 학습 주제와 관련된 경험을 떠올려 보고 새로우면서 적절한 것을 생성해 내는 능력이 동원되어야 한다. 서사적 의미 구성은 객관적 자료 수집과 같은 객관적 실체나 대상에서 찾는 것이 아니라 학습자의 직접적인 삶과 관련된 경험에서 앎의 내용과 양식을 스스로 구성하는 과정이다. 서사의 속성 중 의미생성은 서사의 본질을 가장 잘 나타내며 사고 양식의 도구이자 의미 생성 방식으로 가설을 생성하고 경험에서 의미를 발견하는 지식 발견 방법[5]이 되고 있다(최인자, 2008: 25).

따라서 서사는 기존 국어교육의 반성으로 대상물로서의 언어중심, 인지적 측면, 기능적 측면에 대한 대안(임경순, 2003b)으로서 인간을 주체로 자아와 경험과의 구성과정 전반에 관여하는 심리적, 자아 정체성, 윤리적, 문화적 측면까지 아우를 수 있는 거대한 안목을 제공하는 역할을 한다.

이러한 서사의 유용성은 국어교육 전반에 걸쳐 확장되고 있으며 각 영역의 특수성에 맞게 정립되고 있다. 특히 담화양식으로 다양한 변화를 거듭하고 있다면 듣기·말하기 교육에서도 적극적으로 도입할 만하다.

듣기·말하기 교육이 공적 말하기의 대표 담화 유형에 치중되어

---

5) 내러티브 사고는 논리-과학적 유형과 함께 그 자체가 작동 원리와 범주를 가지며 진리를 입증하는 방법에서 근본적으로 다르다고 하였다. Bruner는 내러티브 사고를 패러다임 사고와 비교하며 그 특징을 제시했는데 지식의 발견적 특성인 원인-결과를 다루는 것이 패러다임적 사고이고, 지식의 생성적 특성은 의미 구성을 중시하는 내러티브 사고와 관련된다고 하였다(Jerome Bruner, 강현석·이자현 외 옮김, 1990: 92). 내러티브를 서사로도 번역하여 사용하므로 내러티브 사고를 서사적 사고와 동일시해도 무방하다.

있어 논리 이성적인 담화 표현과 이해와 관련된 사고 과정을 중시하고 있다. 따라서 경험 말하기는 말하기 교육의 내용을 확장하고 학습자 경험을 직접 교실 현장에 도입하는 것이 가능하므로 그 시사점이 크다.

경험 말하기는 자신의 경험을 이야기하거나 다른 사람들의 경험을 탐색하여 사람들의 욕구나 동기를 잘 드러내 주는 형식(Kavanaugh & Engel, 1998)으로 모든 사회에서 개인 간 상호작용에 중요한 역할을 한다(이영자·이지현, 2005). 경험 말하기는 학습자가 자신이 직접 경험한 사실과 그 느낌, 생각을 표현하고 이해하는 능력을 발달시킬 수 있다. 또한, 논리적으로 설명하기나 논증하기와 같은 다양한 담화 유형과도 통합하여 운용할 수 있는 효율적인 담화이기 때문에 유용성6)이 높다.

경험 말하기가 우리의 삶 속에서 일상적으로 친구나 가족들과 주고받는 주된 담화라고 본다면 교육의 장을 넘어 평생 생활 전반에 걸쳐 파급효과가 높아 교육적 전이성은 크다고 볼 수 있다.

---

6) 경험 말하기는 다양한 화법 상황에 유용하게 활용할 수 있다. 예를 들어, 면담의 경우에도 경험이 활용되고 발표나 연설의 내용에도 부분 삽입하여 내용을 조직할 수 있다. 그러나 경험 말하기를 독립된 담화 유형으로 접근하여 구체적인 교육 내용과 방법이 원형적으로 제시되어야 담화 활용 가치가 높아진다고 본다. 따라서 이 책의 경험 말하기는 공적인 상황에서 본질적 특성이 드러난다고 판단하기에 독립된 담화 유형으로 다루고자 한다.

제2장 서사 화법 개념 정립을 위한 시론

1. 서론

화법 교육에서 다루는 교육 내용 중 서사적 속성이 편재되어 있음에도 불구하고 이러한 담화 유형을 통칭하는 용어의 부재로 국어교육 영역 내에서 학문적 정체성 확립을 위한 단초를 마련하지 못하고 있는 실정이다. 그 이유는 서사학이 문학이론으로 정립되어 체계화가 공고히 되어 있어 소설이나 민담, 설화 중심의 텍스트 분석 도구나 독자 향유를 위한 준거로써 주로 사용되었기 때문이다.

문학 영역에서도 서사는 문자 작품인 소설을 넘어 다양한 매체나 미디어와 결합하면서 그 영역을 확장하고 있다. 현재 서사는 문화 콘텐츠 영역에서 다중 장르적 성격을 지니면서 급변하는 대중매체와 결합하면서 진화를 거듭하고 있다. 순수 문예학에서 출발한 서사가 대중 미디어와 결합하여 다양한 인간 삶의 스펙트럼을 보여주는 것은 고무적인 일이지만, 역으로 국어교육에서 어떠한 기능을 해야 하는가에 대한 본질적인 물음을 던지게 한다.

국어교육 내에서도 서사는 영역의 넘나듦이 자유롭다. 문학 영역에서 작품중심의 형식적·구조적 분석을 넘어서 독자의 반응이나 창작과 접목하여 다양한 시도를 하고 있다. 그리고 서사적 글쓰기나 서사적 말하기와 같은 이야기를 활용한 문법교육같이 서사화와 관련한 교육적 활용도가 높아지고 있다. 이러한 연구물들은 서사가 지닌 교육적 의의나 가치를 인정하면서 학습자 주체의 개인적인 삶과 연관 지으며 교육적 유용성을 입증한 것이라 할 수 있다.

그러나 이러한 영역 간 연구물들 역시 문학교육의 한 방편으로 보편적으로 서사를 활용한 것이지 언어기능 영역의 고유한 속성으로서 서사의 교육적 입지를 확고히 마련하고 있지는 못하다. 특히 서사성이 잘 드러난 대표 담화 유형이라 할 수 있는 이야기는 구어가 본질임에도 불구하고 화법 영역에서는 제대로 다루어지고 있지 않다. 왜 서사 화법을 해야 하는가, 그것을 가르치면 어떠한 교육적 효과가 있는가에 대한 질문은 서사 화법 교육의 정당성을 확보하기 위한 중심축의 역할을 한다. 그러나 이러한 문제에 앞서 서사 화법 용어 정립에 대한 탐구가 선행되어야 할 것으로 본다.

이 책은 화법 영역의 교육 내용이 담화 유형별로 구성되어 있음을 고려하여 설득 화법, 설명 화법과 같은 용어와 대응되는 서사 화법이라는 용어를 도입하고자 한다. 그 용어의 개념을 본질적으로 파악하기 위해서는 다양한 관점에서의 고찰이 필요하다. 그러나 화법 교육이 의사소통 단위를 대상으로 하므로 담화 차원의 접근을 제안하고 이야기라는 용어의 애매성의 문제점을 극복하기 위해서 광의와 협의의 개념으로 구분하고자 한다. 그리고 선행 연구물을 바탕으로 담화 진행 단계에서 나타나는 거시구조를 파악하여 서사 화법의 교육적 접근을 위한 대략적인 방향을 알아보고자 한다.

2. 서사 화법 정립을 위한 논의[1]

2.1. 2011 개정 교육과정 차원의 논의

교육과정에서 서사와 관련된 부분을 중심으로 검토하고 일반 공통과정과 심화선택과목에서 제시된 양상을 논의하기로 한다.

2011 개정 교육과정에서는 오늘날 급격히 도래한 다문화 사회를 고려하여 한민족이라는 의식 대신 대한민국이라는 국가 공동체를 우선으로 단합하여야 한다는 국가 공동체 의식을 중시하여 공동체 개념을 도입하였다. 올바른 국어생활을 통해 건실한 인격을 형성하

---

1) 우리가 말하고 듣는 모든 의사소통 행위가 서사적 진술이 아닌 것이 없을 것이다. 설명 화법, 설득 화법과 같이 서사를 설명과 논증과 같은 대등한 관계에서 서사화법이라는 용어를 논해도 무리가 없을 것으로 보이지만 이는 아직 연구자들의 논의를 더 진행해야 하는 부분이다. 설명이나 설득은 수사학을 기반으로 하여 언어 기능 영역에서 주로 사용한 용어이고 서사는 문학영역에서 서사학이라는 정통 학문에서 사용하는 용어이므로 서사화법이라는 용어가 낯설긴 하다. 그러한 이유로는 서사의 의미가 화법이라는 용어와 결합하면서 서사의 의미가 문학영역의 담론에서 형성된 서사라는 의미와 동일시하게 해석될 수 있는 여지가 있다. 또 문학의 소통 구조와 화법의 소통 구조는 엄연히 다르기 때문에 더욱 그러하다. 그리고 서사의 속성상 설명과 설득을 아우를 수 있는 상위의 담화라는 점에서 그 구분이 명확하지 않을 수 있다. 그러나 본 고는 화법 영역에서 서사적 듣기 말하기와 같은 성격으로 화법 목적 분류에 의한 구분이 아닌 이야기 전개 양상이나 진술과 관련하여 이에 따른 소통 체계를 살펴보는 것이 목적이다. 따라서 문학에서 다루는 서사 교육과 비교하면 그 목적이나 내용과 방법이 다를 수밖에 없다. 다만 논지를 펼치기 위해서는 문학적 영역에서 서사와 관련된 내용을 듣기 말하기 영역에서 기본적으로 이해할 수 있는 정도로만 살펴보고자 한다.

여 건전한 국민 정서와 미래 지향적 공동체 의식을 함양하는 과목이라는 표현으로 바꾸었다. 이는 국어과가 도구교과라는 편협한 관점을 넘어 언어를 통한 인격형성 교과임을 분명히 하였다(민현식 외, 2011).

결론적으로 2011 교육과정은 공동체 의식과 인격2) 형성 교과라는 새로운 교과 목표를 제시하고 있다. 기존의 국어과 교육의 목표인 언어사용기능 신장을 위한 도구적 관점에서 개인적 고등 사고력 신장이라는 차원을 넘어, 사회 문화적으로 의미를 협상하는 공동체 의식과 언어를 통한 개인의 신념과 가치 정도를 이해하고 도덕적 가치를 지향해야 한다는 의미로 확장되고 있다.

서사는 2011 개정 교육과정이 강조한 정의적 영역과 관련이 깊으며 교육목표에서 제시한 인격형성, 공동체, 문화, 창의력 신장과 접목되는 부분이 많다.3) 서사의 교육적 의의를 논한 연구물들을 보면, 전인적이고 통합적인 사고의 역할을 담당하고(김혜지, 2003), 민족 문화 발전에 기여하면서 단순히 의사소통 문제를 넘어 그 말을 사용하는 집단의 역사적인 삶을 배경으로 한다(이창덕 외, 2007)고 하였다. 또한 통시적 관점에서 당대 삶의 문화나 민족의식을 알 수 있고 공시적으로 자신의 문화에서 접할 수 있는 것을 자연스럽게 수용할 수 있는 맥락을 제공한다(정동순, 2001)는 것이다. 이는 교육과정에

---

2) 인격이란 개인의 지적(知的), 정적(情的), 의지적 특성을 포괄하는 정신적 특성을 나타내는 말이다(서울대학교 교육연구소, 1999: 532). 이것은 한 개인이 지향해야 할 가치나 이념 정도를 이해하고 활동을 통한 수행의 실천으로 나타난다. 즉, 인격 작용은 스스로 움직임을 지향하면서 그 자신이 대상과 관계 맺음을 의미하는 것이다.

3) 서사 교육의 교육적 유의성을 밝힌 연구물들은 타인과 더불어 상대방의 삶을 존중하고 인격적으로 배려한다는 점, 상상력과 즐거움을 준다는 점, 민족문화 발전에 기여한다는 점을 공통점으로 제시하고 있다.

서 국어과 성격과 서사 교육이 접목되는 부분이 상당히 많음을 시사한다.

2011 개정 교육과정에서 서사의 특성을 드러내는 것은 삶, 성찰, 경험, 가치관, 독자 정체성과 같은 용어이다. 국민공통교육과정에서 주로 이야기 담화 형태로 제시되며 그 수준과 범위는 중·저학년에 많이 편성되어 있음을 알 수 있다.4) 한편 7~9학년군에서는 '쓰기' 영역에서 '생활 체험을 바탕으로 자신의 생각이나 느낌을 담은 수필', '자신의 삶을 성찰하는 자서전이나 삶에 대해 계획하는 글'로 한정되어 있어 듣기·말하기 영역에서는 전무하다. 정리하면 국민공통교육과정에서 서사와 관련된 교육내용이 많음에도 불구하고 듣기·말하기 영역에서는 초등 저학년군에만 편중되어 있음을 알 수 있다. 5~6학년군이나 7~9학년군에서는 듣기·말하기에서 서사와 관련된 부분은 찾아볼 수 없다. 국어능력을 위계화한 국어능력 단계에 적용해 보면, 서사는 1~2학년군에서는 초보적 국어능력, 3~4학년군에서는 기초적 국어능력에만 한정된 것이다(민현식 외, 2011).

화법은 고등학교 심화선택과목에서 화법과 작문이라는 과목으로 통합되어 운영된다. 화법과 작문은 내용 체계 범주가 통합적으로 운용되어야 하지만 우선 가시적으로 이원화하여 물리적 통합을 보여주고 있다. 화법과 작문의 본질, 정보 전달과 설득, 자기표현과 사회적 상호작용으로 구분하고 있다. 이 중 이야기 담화는 자기표현과

---

4) <1~2학년군> 일상생활을 소재로 한 간단하면서도 재미있는 이야기, 사건의 순서가 분명하게 드러나는 이야기, 주변에서 일어난 일에 대한 자기 생각을 중심으로 쓴 글, 일상생활의 경험을 담은 짧은 글이나 그림책, 환상적인 세계를 배경으로 하는 옛이야기나 동화, 의인화된 사물 혹은 동·식물이나 영웅이 나오는 이야기.
   <3~4학년군> 일상생활에서 접하는 교훈적이거나 감동적인 이야기, 인과관계가 분명히 드러나는 이야기, 영웅이나 위인이 등장하는 옛이야기나 극, 환상의 세계를 배경으로 한 옛이야기.
   <5~6학년군> 글의 짜임이 잘 나타난 설명문, 논설문, 이야기.

사회적 상호작용 범주와 관련성이 높다.5) 그러한 이러한 성취기준 또한 다양한 담화 유형을 학습하는 과정을 통해 도달할 수 있는 것이므로 서사 화법 교육을 위한 필요조건은 되지만 필요충분조건은 아니라는 것이다.

심화선택과목에서 화법과 작문은 언어의 표현적 기능을 통합하기 위한 과목으로 서사적 말하기를 학습할 수 있는 교육 내용을 명명하고 있지 못하다. 내용 체계 범주 분류 기준이 보편적으로 장르의 3분법 체계와 맞지 않기 때문이다. 화법과 작문의 본질이 원리적 측면이라면 그 담화나 글의 사용 목적인 설명방식으로 표현되는 정보 전달, 논증의 방식으로 표현되는 설득, 자신의 경험이나 들은 일, 사건을 의미 있게 조직하여 말하기인 서사로 구분함이 학문적 보편적 분류기준에 맞는다는 것이다. 자기표현과 사회적 상호작용은 화법이나 작문의 운용에 관여하는 본질적 기저이자 전략이지 어떠한 담화 표현 양상이나 유형 분류와 관련된 용어가 아니므로 그 층위가 맞지 않다.

서사, 즉 이야기 담화를 직접 명명한 영역은 심화선택과목인 문학으로, 다루는 작품의 실제에서 '소설(이야기)'이 등장한다. 서사라는 용어보다 소설을 선택한 것은 문학의 장르적 관습보다는 실질적 용례를 중시한 것으로 보인다. 문학에서 이야기는 내적 판타지와 창조성의 가능성을 보여주며 인류 보편적인 무의식에 대한 통찰6)을 보

---

5) 2011 화법과 작문 교육과정에서 이와 관련된 성취기준으로는 (26) 의사소통에서 진정성이 중요함을 인식하고 진솔한 마음이 드러나도록 표현한다. (28) 대화 방식에 영향을 미치는 자아를 인식하고 관계 형성에 적절한 방식으로 자기를 표현한다.

6) C. G. Jung(1875~1961)은 시간과 공간을 초월하여 인류에게 공통으로 발견되는 무의식을 집단 무의식이라고 불렀으며 그 구성요소를 원형(archetype)이라 하였다.

여주는 원형으로서의 가치를 지니고 있다. 그리고 그것의 표출 양식인 설화, 민담, 신화는 구비전승되어 역사적 사료로 그 기능을 발휘하고 있다.

교육과정에 다루는 담화인 이야기는 문학이론의 서사적 요소와 '~이야기해 보자'의 식으로 제시되어 있다. 예로, 사건의 순서가 분명하게 드러나는 이야기, 인과관계가 분명히 드러나는 이야기, 환상의 세계를 배경으로 한 옛이야기 등과 같이 이야기가 무엇이고 어떻게 말해야 하는지에 대한 지식과 기능에 대한 고찰 없이 서사 속성에 초점을 맞추었다. 그러다보니 문학적 내용의 비중이 높고 문학의 서사 구성 요소를 화법 영역과 단순 접목한 결과 화법 영역에서 서사의 도입은 문학 영역에 부속된 듯한 느낌을 준다.

이야기와 같은 담화 유형이 여러 영역에 걸쳐 활용됨은 국어교육 내 통합을 지향하거나 목표 달성을 위한 수단으로 접근한다는 점에서 고무적인 일이나, 영역의 독자적 성격을 분명히 지닌 채 유기적 통합이 지향되어야지 영역의 본질적 성격과 교육적 가치가 흐려진 채 표류하는 담화 유형으로 전락해서는 안 된다.

2.2. 국어교육 연구물에서 논의

서사와 관련한 학제적 연구는 이미 활발히 진행 중이다. 교육학이나 심리학, 사회복지학, 의학 등에서는 서사를 내러티브(narrative) 원어를 그대로 사용하고 논리 과학적 사고와 대비하면서 내러티브적 사고가 지금의 철학사조의 측면에서 교육관과 학습관에 적합하며 교육적 현상을 이해하고 체계화할 수 있는 폭넓은 안목을 제공해

주고 있다고 본다. 국어교육에서는 내러티브를 서사로 번역하여 학문적 용어로 수용되었으나 타 학문 영역과 비교했을 때7) 연구물이 미흡한 편이다.

국어과에서 내러티브 연구의 방향은 크게 세 유형으로 분류할 수 있다. 범교과적 차원에서의 통합을 위한 기제, 국어교육 현상을 설명하는 방법적 도구(박인기, 2008; 서현석, 2008), 내러티브 활동의 결과물인 이야기 담화를 구조 분석한 연구(김호정, 2007; 전종섭, 2011), 이야기를 활용한 문학교육, 쓰기 교육이나 문법교육(이수진, 2004; 김은성, 2007; 오현아, 2010; 고춘화, 2012)으로 분류할 수 있다. 최근에는 국어과에서 내러티브 용어를 그대로 사용하면서 교육적 가치와 이해적 측면에서 본격적으로 교육적 현상으로 규명하고자 하는 연구물(이병승, 2007; 제갈현소, 2011)들이 등장하고 있다.

이들 연구물에서 발견되는 공통점은 내러티브와 서사 용어의 혼용, 서사가 담화 양식으로 표현될 때는 이야기 형식을 주로 교육적으로 활용한다는 점, 다른 읽기나 쓰기 문법 영역의 능력 신장을 위해 이야기를 방법적 도구로써 수업기법이나 수업자료로 활용8)하고 있다는 점이다.

특히 이들 논의는 단순히 서사의 구조를 분석하는 데 그치지 않고

---

7) 타 학문 영역에서 내러티브란 용어를 사용한 연구물을 유형별로 구분해보면 유아 관련 분야나 여성교육, 의학에서의 임상 결과물, 교사 내러티브 연구 영역에서 활발히 진행되고 있음을 알 수 있다.

8) 내러티브 연구 동향을 살펴보면 내러티브를 소개한 강현석(2005, 2007, 2009, 2011) 연구, 다른 교과에서 이미 내러티브적 관점을 적용한 교육과정 재구성의 연구물들(이현정, 2003; 이흔정, 2004; 박보람, 2007; 한승희, 2011)이 있다. 타 교과의 교수·학습 방법적 차원에서 연구물은 주로 사회, 도덕 교과가 많은 편인데(윤란자, 2006; 박호철, 2007; 최은규, 2009; 윤일선, 2010; 서민경, 2010), 이는 내러티브를 교과 내용을 전달하기 위한 방법이나 정의적, 역사적, 교육적 가치를 전승하기 위해 활용한 수단으로 볼 수 있다.

소통의 과정으로 접근하고 있으며 서사를 마음의 근본적인 양식으로 보고 나아가 서사적 인간 존재의 근원을 탐구하는 데 궁극적 목적을 둔다.

서사는 국어교육 내적으로 영역 간 통합이나 연계, 확장을 가능하게 한다. 서사매체, 이야기 문학교육(한명숙, 2007) 이야기 문법 등과 같은 영역 간 연구가 활발하다. 이는 영역에서 서사적 요소의 도입을 적극적으로 활용하면서 그 성과를 토대로 학문적 위상을 정립하고 있기 때문이다. 그러나 음성언어 영역에서 서사나 이야기는 그 자체의 내적 체계를 가지면서 연구되는 것이 아니라 교수·학습을 위한 방법적 차원에서 활용되는 수준에 머무르고 있다.

연구물에서 교육 영역에서 서사 화법을 본격적으로 다룬 것은 없다. 다양한 사례의 하위 담화 유형을 탐색하고 그 현상을 설명할 수 있는 이론 마련도 시급하지만, 귀납적으로 공통의 속성을 이끌어내 상위 유형을 정하는 것보다는 연역적으로 규정되는 상위 개념을 먼저 설정한 후 서사 화법의 위치를 마련하는 것도 의미 있을 것으로 본다.9)

이론과 실제를 겸비하면서 역동적으로 발전해야 하지만 아직 서사적 말하기와 관련한 이론적 연구와 현상 탐구와 관련한 사례가 미진하다면 이런 설정을 고려해봄 직하다. 설명 화법이나 설득(논증) 화법과 같은 학문적 용어 사용이 있음에도 불구하고 서사 화법이란 용어 사용이 전무한 점을 재고할 필요가 있다.

---

9) Todorov는 장르의 개념 규정에 대한 방안으로 이론적 장르(theoretical genre)와 역사적 장르(historical genre)라는 두 개념을 제안했다. 전자는 순전히 사변적, 연역적으로 규정되는 장르 개념이며 후자는 어떤 주어진 시대 작품의 구체적인 관찰에서 귀납적으로 규정되는 장르 개념이다(서울대학교 국어교육연구소, 1999: 656).

3. 서사 화법 개념 정립을 위한 접근

3.1. 의사소통 관점과 언어학적 규정

서사 화법이라는 용어는 우선 서사와 화법이라는 단어의 결합적 의미에서 그 기본적인 의미를 도출할 수 있을 것이다. 우리나라에서는 서사라는 것이 문학 3분류 양식 중 하나로 발생했지만, 그것이 쓰이는 이론이나 방법, 그리고 논자마다 정의가 다양해서 한마디로 정의하기가 어렵다. 무엇을 서사라고 부를 것인가에 대한 논쟁은 지금도 끊임없이 제기되고 있지만, 다음과 같은 정의를 바탕으로 서사 화법 접근 방향을 추이할 수 있을 것으로 본다.

---

1. 서사(敍事)【명사】 사실을 있는 그대로 적음.
2. 서사[narration, 敍事] 사건을 줄거리로 이야기하는 것
3. narration 【명사】
   ① 서술   ② 이야기하기   ③ 이야기
   −이야기(story), 설화(說話), 담화(narrative)
   −격식으로서 이야기하기, 서술(the manner of narration)
   −문법 화법 narration
4. narrative 【명사】
   ① 이야기   ② 설명적인   ③ 담화   ④ 화자   ⑤ 대사
   −(사실·경험에 입각한) 이야기, 담화
   −이야기책, (낭독에 의한) 설화 문학
   −이야기하기, 서술하기(narration); 화술(話術)

우선 1의 경우, 서사란 한자로 그 뜻을 풀이하면 '어떤 일의 경과를 사실대로 적다'이다. 이는 허구가 아닌 사실적 사건을 기록하며 서술하는 형식을 서사라고 보고 있다.

2의 경우는 1에 비해 사건을 구성하는 부분이나 이야기로 표현한다는 부분을 강조하고 있다. 이는 어떤 무질서한 집합체로서의 사건의 나열이 아니라 '부분과 전체', '처음과 끝'이 일관된 연결성을 갖게 하는 어떤 질서화 작업에 근거하고 있음을 말해준다.

앞의 1과 2의 정의를 보면 사실이나 사건이라는 내용을 줄거리인 시간의 연속성의 방식에 따라 구성하여 적거나 이야기로 표현하는 것으로 통상적으로 정의할 수 있다.

그러나 3과 4와 같이 서사의 용어를 원어로 접근하면 그 차원과 범위가 더욱 확대된다고 볼 수 있다. 3의 경우는 장면 밖에서 해설을 해주는 용어로 드라마나 다큐멘터리 프로에 주로 사용하는 용어이며10) 학계에서는 4인 내러티브라는 용어가 더 보편적이다.

내러티브가 일상적 담화 화법을 포괄하는 의미로 사용되기도 하고 담화의 양식과 격식을 가진 이야기하기와 같은 의미로 사용되기도 한다. 일선에서 내러티브나 서사를 혼용해서 사용하는 이유가 이런 용어의 중첩적인 성질 때문이다.11) 그러나 분명한 것은 서사나 내러티브는 공통적으로 이야기라는 양식을 지니고 있다는 점이다.

이야기 연구의 역사적 배경은 1928년 Propp의 형식적 분석 연구에서 1967년 Lavob & Waletzky의 사회언어학적 관점에서 일상적인 이야기 구조에 대한 연구, 심리언어학적 접근으로 Mandler와 Jonson의 이야기 기억에 대한 연구, 1983년 Wilensky의 독자들의 관

---

10) 제목에서 서사 화법이라는 제목이 들어간 논문은 영화나 영상과 관련한 논문들이 주를 이룬다 (백연희, 1994; 박필현, 1997; 이재봉, 2002).

11) 이야기(story)라는 용어가 가진 다의적 성격으로 좀 더 구체적이고 명확한 교육적 접근을 위해 스토리텔링(storytelling)이라는 용어를 사용하고 있기는 하나 국어교육에서 사용하는 용어를 원어 그대로 사용한다는 것은 문제가 있기에 교육과정에서 이 용어는 이야기로 제시된다.

심을 끄는 구성요인에 대한 연구물이 주를 이루었다(Jan Renkema, 1997, 이원표 옮김).

국어교육에서 말에 의한(verbal) 고유한 영역은 화법이다. 화법 (oral communication)은 말하기·듣기를 포함하는 음성언어 의사소통을 지칭하는 것(유동엽, 2005: 263)으로 정의할 때 서사의 대표적 양식인 이야기는 화법 고유의 속성이 반영되어야 한다. 구어 의사소통의 본질적 측면인 음성언어의 특징이나 상호 교섭성, 대인 관계성, 사회문화적 성격(이창덕 외, 2010)이 바탕이 되어야 한다.

이야기는 다른 담화 유형과는 달리 주고받는 행위와 밀접한 관련이 있어 다양한 형태가 존재한다.12) 최근 문화 콘텐츠와 관련 깊은 용어가 스토리텔링(storytelling)이다. 이때 스토리텔링은 '이야기하기'로 번역할 수 있으나, telling은 '말하다'의 의미 이외에도 '드러내다', '나타내다'의 의미까지 포함하고 있으므로 드라마, 영화, 뮤지컬, 광고와 같은 매체를 통해 전달되는 이야기를 의미한다. 그러므로 스토리텔링이라는 용어는 이야기를 범교과적으로 매체 표현 방식에 가중치를 두고 사용하는 용어이기에 화법 영역의 범위를 넘어서는 분야가 된다.13) 교육적 명료성을 위해 그 근본인 구어로서의 이야기 양태를 알고 원리와 관련된 지식을 알아야만 이야기를 창조

---

12) 이야기 형태별 속성(김광욱, 2008)

	말	글	영상	디지털
일시-지속+	−	+	+	+
단선-입체+	+	−	+	+
일방-양방+	+	−	−	+

13) 영역 간 통합이나 교섭을 위해, 시대에 발맞추어 다양한 매체로 이야기를 표현하는 것이 나쁘다는 의미가 아니다. 영역의 넘나듦이 자유로우면 제 역할과 정체성의 기반이 흔들릴 우려가 있다는 의미이다.

할 수 있고, 소통하여 인간의 삶을 윤택하게 하는 수단이라는 것을
인식할 수 있다.

우리는 끊임없이 누군가와 소통한다. 소통의 도구는 다양해졌지
만, 구어적 이야기는 너무나 보편적이고 일상적이다. 이미 우리는
어릴 적 수많은 이야기를 들으면서 자랐으며 그 이야기 속에서 교훈
과 감동, 깨우침과 정서를 교류하고 공감하면서 상대방을 이해하고
나를 표현해 왔다.

이미 서사(narrative) 용어는 소통의 기제와 관련된 속성을 내포하
고 있다.14) 서사는 고대 산스크리트어인 'gna'로 어원을 거슬러 올
라갈 수 있다. 이 단어는 '알다'라는 뜻의 어근으로 라틴어의 알다
'gnarus'와 말하다 'narro'에서 파생되었다. 이러한 어원에 대한 이
해는 서사의 두 측면을 잘 설명해 준다. 서사는 단지 말하기 위해서
뿐만 아니라 알기 위해서도 사용될 수 있다. 그리고 지식을 표현하
는 것뿐만 아니라 흡수하기 위해서도 사용될 수 있는 가장 보편적인
도구이다(H. Porter Abbott, 2010: 34).

의사소통적 관점에서 접근하면 위에서 말한 소통의 참가자인 서
술자(narrator)와 그것을 듣는 이(narratee)가 있어야 하며 의사소통
목적을 위해 말하고자 하는 내용을 기호로 표출하는 메시지가 있어
야 한다. 서사적 의사소통을 처음 도식화한 Chatman(1978: 151)의
연구는 작품 속 서사 텍스트에서 내포 작가와 내포 독자를 상정하고
서술자와 그것을 듣는 이를 작품 속에 설정한 후 다시 현실에서 실
제 작가와 독자와의 관계를 설정하였다.15)

---

14) 영어 동사형(to narrate)을 '관계를 맺다'로 해석하면 내러티브는 작품이나 상대방에 대해 유의
　　미한 요소를 주체와 관련지어 해석하고 정신적 유대를 강화하는 의미가 내포되어 있다.

이런 구도는 대인 간의 직접적인 소통에서 한계를 드러내고 있으며, 실제 현실 속 일상 화법에서 이야기나 경험담 같은 서사 텍스트는 네모 박스로 처리된 부분의 소통 과정을 거치지 않는다. 화법에서의 의사소통은 일반적으로 소통의 제반 요소를 고려하되 특히 참여자의 표현적 관점에 더욱 중점을 두어야 한다. 이는 서사적 생성과 관련되며 어떻게 인지적인 처리 과정을 거쳐 표현되는지에 대한 고찰이 필요함을 시사한다. 다음 <그림 2-1>은 K. J. Meijs(2004: 8)가 제시한 서사 화법 의사소통 과정에 참여자를 포함해 재도식화한 것이다.

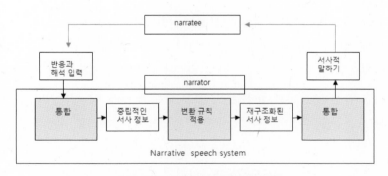

<그림 2-1> 서사 화법 의사소통 과정

위 도식은 서사 화법 생성 체계를 중심으로 의사소통 과정을 나타내고 있다. 서사적 말하기를 하기 위해서는 우선 Narrator는 자신이

---

15) narrative communication(Seymour Chatman, 1978: 151)

Narrative text

실제 작가 ---▶ 내포 작가 ─▶(Narrator) ─▶(Narratee) ─▶내포 독자 ---▶ 실제 독자

이야기하고자 하는 목적이나 의도를 설정하고 외부 Narratee의 반응에 협응하면서 기존의 선지식을 활용하여 자아와 세계를 통합한다. 그런 후 무엇을 말해야 하는지 이야기의 주 화제나 서사 요소와 같은 스토리를 이루고 있는 형식적 내용인 행위나 우발적 사건, 캐릭터나 배경과 관련된 내용의 형식적 요소를 선별한다. 이런 형식적 요소는 이미 서술자가 알거나 들었거나 혹은 보았거나 느꼈던 것 중 초점화해서 말할 부분을 선별하는 것이다.

담화는 어떤 특정의 명시적인 실체로 표현되므로 그 특유의 형식을 지니게 된다. 서사는 다양한 표현 형식이 가능하므로 드라마나 뮤지컬, 연극과 같은 형식이 되기 위한 기본 구조를 갖추어야 한다. 서사 화법의 형식은 음성언어이므로 경험담이나 신화, 민담, 재담, 실화, 일화, 사화(史話)와 같은 다양한 이야기 형태로 구조화되고 그 형식으로 변환시킬 수 있어야 한다. 이때 변환 규칙은 사회 문화적 관습과 관련한 장르 규칙을 말한다. 물론 형태에 따라서 이미 선택한 요소들을 수정하거나 그 내용을 교체할 수 있으므로 내용과 형식이 유기적으로 관련짓는 재구조화된 서사 정보가 동원된다. 그런 후 구조화되고 수정된 서사 정보를 다시 상황 맥락이나 문화적 맥락에 맞게 통합하면서 서사적 말하기를 표현하는 것이다. 이때 수신자인 Narratee는 서사적 듣기를 하며 이에 반응하면서 Narrator와 상호 교섭적으로 의사소통한다.

한편 <그림 2-1>은 서사화 과정에 대한 단계를 제공하지만, 더 구체적인 서사 화법의 실체를 설명하지는 못한다. 특히 서사 화법의 전달체가 무엇이냐에 대한 본질적인 물음은 그 구성요소인 내용과 기호 처리의 집합(국어교육 연구소, 1999: 608)이므로 이들의 관계를 잘 조명해야 한다. 다음은 S. Catman(1980: 24) 언어 기호학의 요소를 도식으로 나타낸 것이다. 이를 서사 화법에 대입하면 그 실체를 언어학적으로 규명하는 데 도움이 되리라 본다.

	Expression(표현)	Content(내용)
substance (실체)	❶ 이야기를 전달할 수 있는 모든 범위의 미디어	❷ 대상의 재현, 실제 행위, 상상의 세계
form (형식)	❸ 어떤 매체이든 서사적 요소로 공유되어 이루어지는 서사 담화	❹ 서사 이야기를 구성하는 요소들: 사건, 현존물, 그것들과 연관된 것

<그림 2-2> 서사 화법의 언어학적 구조

서사 화법의 실체는 ❶과 같은 본질을 가진다. 주된 표현 도구는 구어 매체를 본질로 표현되며 내용은 ❷와 같다. 그러나 서사 화법으로 대표되는 이야기는 매우 복잡한 행위를 지닌 내용을 포괄하는 경우가 많으므로 더 보충할 필요가 있다. G. Prince(1982)가 말한 서사의 내용은 하나 또는 그 이상의 현실 혹은 허구 사건의 보고를 말하며, 특히 이런 사건들의 결과와 경과, 관여자와 그 행위, 구조와 구조화의 보고를 서사의 내용으로 언급하고 있다. 이때 보고는 요약적, 회고적 표현으로 긴 시간 속에 벌어진 사건을 축약하고 핵심적인 변화만 표현하는 것을 말한다(Gabriele Lucius Hoene Arnulf Deppermann, 2006, 박용익 옮김).

❸은 담화로 표현되며 화법 참여자가 서로의 정보와 마음을 공유할 수 있는 형식으로 참여자의 태도나 인지적 수준과 목적에 따라 그 형식을 달라질 수 있다. ❹는 이야기를 구성하는 요소들로 참여

자(화자, 청자), 줄거리 형식, 사건, 경험, 사실, 상상과 같은 내용으로 구성된다.

서사 화법은 이야기 속성이나 플롯, 인물 등 요소 중심의 개념 진술에서 더 확장하여 알게 된 사실이나 사건의 경험과 같은 삶의 행위를 이야기 형식으로 조직하고 표현하는 담화 유형을 포괄하는 용어로 정의해야 한다. 즉, 주체들 간의 그 결과를 공유하고 내재화해서 다시 새로운 서사를 생성할 수 있는 소통 과정으로 보아야 한다.

3.2. 범위와 구조

앞에서는 서사 화법 개념 접근을 위해서 담화적 차원의 전급을 언급하였다. 그러나 서사 화법이 가지는 특질을 지니기 위해서는 서사의 핵심은 사건(event)과 행위(action)라는 것만은 분명하다. 특히 화법에서는 반드시 일어난 사건이나 행위를 언어로 재진술하고 전달하는 것을 동반하므로 어떻게 청중에게 재진술하고 어떻게 표현할 것인가가 관건이다. 즉, 사건 또는 사건의 연속(story)이 어떻게 전달되는가(Narrative discourse)의 문제이다.

일상생활에서 이루어지는 이야기인 서사 화법과 학급 교실에서 배워야 하는 교육내용으로서의 서사 화법으로 구분할 수 있다. 우선 전자는 광의의 서사 화법으로 서사적 요소가 다른 담화 유형에서 부분적으로 활용될 수 있는 것을 의미한다. 후자는 협의의 서사 화법으로 일관성 있는 연속적 사건이 인과적으로 구성되어 긴 담화 유형으로서의 완결된 이야기 형식을 말한다. 이러한 범주 구분은 언어생활의 목적에 따라 어느 부분을 초점화해서 교육적으로 접근할 수 있는지에 대한 방향을 제시할 수 있다.

우선 광의의 서사 화법 범주는 이야기하다가 '~와 대화하다', '~와 말하다', '~을 발표하다'처럼 그 쓰임 양상이 동일하고 이야기의 개념이 보고, 묘사, 통보, 화해, 협상, 다툼과 같은 복합적인 언어 행위에 녹아 있어 그 서사 구분이 명확하지 않은 것이 특징이다.

광의의 개념은 Brooks & Warren이 제시한 내용전개 방식에 따른 서사(narrative), 설명(explain), 논증(arguement), 묘사(description)의 형식과 기능을 구분하지 않고 혼합적인 언어 사용 양상을 고려해야 함에 맥을 같이 한다. 이는 형식적 완결성과 고정성 중심의 미시적 담화 유형보다는 발화의 전개 양상에 따른 발화 형성 과정이 중요함을 시사한다. 우리가 사용하는 언어 담화나 글은 이러한 전개방식들이 공통으로 나타날 수밖에 없으므로 담화나 글 사용의 목적에 따라 이들 요소 중 해당 요소를 부각하여 효율적으로 활용하면 되는 것이다.

협의의 개념인 이야기는 담화 유형으로서 사회적 구성원들 간 합의된 방식에 따라 이루어진 소통 양식을 절차와 활동 단계에 따라 분류하여 체계화한 것이다. 화법 교육에서 화법 유형별 특성을 제대로 파악하고 각 학생이 각 유형을 능숙하게 수행할 수 있도록 지도하는 것이 중요한 과제가 된다(이창덕 외, 2010: 184). 여기서 중요한 것은 교육적 효용성을 위해서라도 화법의 원형(proto type)을 학습자가 인지하고 재구성하여 실제 생활에서 효과적으로 사용할 수 있도록 해야 한다는 것이다.

서사 화법이라 할 수 있는 구조적 원형이란 무엇인가? 문학 작품 대상이 아닌 일상에서 이루어지는 이야기를 최초로 이야기 연구대상으로 삼은 Labov & Waletzky(1967)의 요약안내-방향설정-갈등-종결부의 구조나 Van Dijk(1981)의 이야기 구성요소를 위계적으로 밝힌 연구, Hausendorf Quasthoff(2005)의 이야기의 협력적인 언어활동 형식을 규정한 연구물에서 구조적 원형을 살펴볼 수 있다.16)

이러한 정통성 있는 이야기 구조 연구는 모든 이야기에 다 해당하는 구조를 지니고 있어 이론적 토대를 제공하고 교육적 효용성이 높다. 특히 일상생활 담화에서 이야기 원형을 밝히기 위한 노력은 실제 화법 행위가 가능하도록 하는 기저의 틀을 제공하므로 유의미하다. 다음은 위 연구자들이 제안한 서사 담화 발화 진행에 따른 단계를 비교한 표이다.17)

[표 2-1] 서사 담화 발화 구조단계

거시 구조 \ 구분	Labov & Waletzky (1967)	Elspeth McCartney (2006)	Hausendorf Quasthoff (2005)
시작	안내(abstract) 방향설정(orientation)	목표 진술	내용의 중요성 표현 ↔ 전환
전개	갈등행위 (complicating action)	설명 / 예시	주제화
		확장	확장 / 극화
종료	종결(coda)	반영	종료
		계획	

---

16) 일상생활언어에서 이야기 원형에 대한 연구는 텍스트 언어학 분야의 연구(박용익, 2003)가 선구적이라 하겠다. 기존의 연구물들은 문학 작품 분석을 통한 이야기 구조 분석이 대부분이라 구조 분석 활용을 이야기 글의 형식 스키마 활성(이경화, 2005), 문학 작품일 경우 감상의 도구로써 유용하게 활용(한명숙, 2003)하고 있다. 위에 제시한 연구자들은 이론을 도식으로 나타내고 있으나 여기서는 지면의 문제로 생략한다. 도식의 정보는 '이야기란 무엇인가(박용익, 2003)'를 참고하기 바란다.

17) 화법은 구어의 특성으로 상황 의존성이 강해 담화 구성요소의 응집력이 약하여 담화상황의 제반 요소인 비언어적이고 반언어적인 정보에 의존하는 편이다. 이에 반해 문어는 텍스트 내 논리적인 응집력을 바탕으로 텍스트 내적인 완결성을 지녀야 한다. 작품이나 작문, 독서의 경우 정통적인 이야기 구조와 같은 프레임을 익혀서 학습한다면 이야기다운 글을 쓰거나 읽을 수 있는 유용한 도구가 된다. 그러나 화법은 상황에 의존한 즉시적인 발화의 단위로 표출되므로 이야기 구조에 맞추어서 정형적인 도식에 대입하여 말하기에는 한계가 있다.

앞의 내용은 일반적으로 담화 진행 과정인 시작-전개-종료 단계에 따라 위계적 내용이 맥락화되어 있다는 것을 알 수 있다. 이를 바탕으로 서사 담화의 일반적 구조를 도출하면 다음과 같다.

시작 단계는 이야기의 도입으로 내가 어떤 이야기를 할 것인가에 대한 안내나 아주 재미있는 이야기나 내 이야기를 들으면 깜짝 놀라게 될 것이라는 등의 이야기의 중요성에 집중시키는 전략 등이 포함된다. 이럴 때 청자의 반응에 따라 내용이 전환될 수 있다는 것도 고려되어야 한다. 물론 이 이야기를 왜 하는지에 대한 목표를 표현할 수도 있고 의도적으로 숨길 수도 있다.

전개 단계는 본격적으로 이야기가 진술되는 부분으로 사건이나 갈등이 중요한 역할을 한다. 상대방에게 흥미 있거나 유의미한 이야기가 되기 위해서는 이 부분의 전략이 중요하다 볼 수 있다. '무슨 일이 일어났는가? 인물이 어떻게 됐는가? 사건 발생 이후는?'과 같이 사건이나 갈등의 쟁점이 드러나고, 다른 장소나 다른 사건과 관련시켜 가면서 이야기 장(場)을 확장할 수 있다. 이때 극화는 직접현 그 장면을 현재형으로 재현하는 것을 말한다. 재미있게 흥미를 끌면서 이야기하는 사람은 다양한 설명이나 예시를 활용하면서 상대방이 공감할 수 있고 몰입할 수 있는 장치를 사용한다.

종료단계는 사건의 종결이 드러나는 부분으로 이야기를 마무리 지어야 한다. 이야기는 상대방과 상호 교섭적인 작용으로 이루어지며 화자 입장에서는 이야기를 하면서 자기 경험과 자기 반추를 반영하게 한다. 이러한 과정을 통해 개인의 이야기는 거기서 그치는 것이 아니라 비판과 판단능력을 수반하는 공동의 서사물이 되는 것이다. 여기서 계획은 피드백의 성격이 강하며 다음번에 이야기할 때

좀 더 나은 태도나 내용, 화제를 선정하는 데 작동된다. '다음번에 이야기할 때 어떤 점에 초점을 두고 이야기할까?', '내가 이야기를 잘했는가?'와 같이 점검과 조정을 통해 좀 더 나은 서사 담화를 수행할 수 있게 한다.

그러나 이러한 유형화된 진행 구조가 모든 서사 담화에 적용했을 때 반드시 부합되는 것은 아니다. 참여자의 태도나 목적, 여러 상황의 변인으로 인한 생략, 통합, 변형의 과정을 거치면서 오히려 더 효과적인 전달을 할 수 있다.

[표 2-1]은 일반적인 서사 담화 구조에 대한 원형으로써 담화 시작과 중간, 종결에 따른 사건과 시간의 재구성을 어떻게 해야 할 것인지에 대한 답은 제시하지 못하는 한계가 있다. 이는 담화 자체의 내적 구조가 중요한 것보다는 그것을 생산하는 주체자(학습자)가 다양하고 유의미한 경험, 풍부한 상상력과 기발하고 참신한 효과 등을 직접 수행할 때 유의미한 경험이 될 수 있다.

4. 결론 및 제언

본 연구의 문제의식은 화법 영역에서 이야기 담화로 통칭되는 용어의 애매성으로 오히려 구어를 속성으로 하는 화법 영역에서 그 위상이나 개념이 정립되지 못한 것에 있다. 그리하여 연구의 필요성을 개정 교육과정 차원이나 국어교육 연구물을 중심으로 논의하면서 연구의 필요성을 밝혔다. 그 결과 서사를 가장 효율적으로 드러나는 이야기 양식을 영역마다 구체적 작품이나 담화자료로 제시하고 있음에도 불구하고 구어적인 영역인 화법 영역에서는 서사의 요소를 단순히 접목시켜 성취기준으로 제시하고 있음을 알 수 있었다.

국어 교과 내 각 영역에서 서사적 요소의 도입을 적극적으로 활용하면서 그 성과를 토대로 학문적 위상을 정립하고 있다. 그러나 음성언어 영역에서 서사나 이야기는 그 자체의 내적 체계를 가지면서 연구되는 것이 아니라 교수학습을 위한 방법적 차원에서 활용의 수준으로 머무르고 있다는 것을 알 수 있었다.

서사 화법의 개념을 정립하기 위해서는 서사 구조 중심의 구조적 차원이 아닌 소통을 위한 담화 차원에서 접근해야 한다. 또한 서사 화법을 광의의 개념과 협의의 개념으로 구분하여 서사 담화의 진행 구조에 맞는 이야기 원형을 제시하고 변용할 수 있는 수행 기회를 많이 가져야 한다.

이상의 내용은 서사 화법 개념을 정립하기 위해 접근 방법과 담화 진행 구조를 중심으로만 언급했으므로 전체를 규명하기에는 한계가 있다. 더욱 체계화된 서사 화법 정립을 위해 몇 가지를 제안하면서 마무리하고자 한다.

첫째, 서사 화법에 대한 이론적 연구물과 학습자의 이야기 수행 발화 자료에 대한 고찰이 있어야 한다. 이론은 문예학의 서사학에 근본 토대를 두지만, 화법 교육은 연구의 대상이나 목적 방법이 문예학과 다르므로 나름의 이론으로 학생들의 언어 수행이나 현상을 밝힐 수 있어야 한다. 그러기 위해서는 다양한 유형의 이야기 자료를 수집하여 유형화하여 분석할 수 있는 학계나 연구자의 노력이 필요하다.

둘째, 서사 화법을 분류할 수 있는 다양한 기준 마련이 필요하다.

기존 분류 기준으로는 서사 화법의 정확한 분류가 어려운 상황이다. 예를 들어, 이야기는 담화 목적에 따른 분류에서 설득, 설명, 사회적 상호작용(친교) 중 어느 한 목적에 포함되는 것이 아니라 사용 의도에 따라 다양한 목적을 아우를 수 있다. 이러한 점이 장점이기도 하나 교육적 명확성을 위해서는 단점으로 작용하기도 한다. 화제나 수행방식에 따라 상호교섭 양상에 따른 기준 등을 다양하게 마련할 필요가 있다.

셋째, 실제 학습자들이 즐거운 마음으로 자신의 삶을 담은 이야기, 감동적인 이야기, 교훈을 주는 이야기, 웃음을 주는 이야기 등을 많이 할 수 있는 교실의 여건이 필요하다. 제도화된 교실에서 학습자의 삶과 괴리된 지식은 더 이상 학습자의 것이 되지 못한다. 이야기를 활용한 교수법이 활성화되고 있다는 것이 방증하듯 타인의 삶에 귀 기울이고 나의 진솔한 경험인 삶의 이야기를 표현할 수 있는 담화 환경이 필요하다.

참고문헌

교육과학기술부(2011), 『국어과 교육과정』, 교육과학기술부 고시 제2011-361호.

김광욱(2008), 「스토리텔링의 개념」, 『겨레어문학』, 41호, 겨레어문학회, 249
～276.

김은성(2007), 「이야기를 활용한 문법교육 가능성 탐색」, 『국어교육』, 122집,
한국어교육학회, 353～383.

김중신(2006), 「서사 장르의 교육과정 개정에 관한 한 제언: 작품의 축약과
도식화를 중심으로」, 『문학교육학』, 20, 한국문학교육학회, 43～81.

노명완・신헌재・박인기・김창원・최영환・원진숙・유동엽・김은성(2012),
『국어교육학개론』, 제4판, 삼지원.

민현식 외(2011), 「2011 국어과교육과정 개정을 위한 시안개발 연구」, 교육
과학기술부 정책연구개발사업.

박인기(2006), 「국어교육과 교과 교육: 국어교육과 타 교과교육의 상호성」,
『국어교육』, 120호, 한국어교육학회, 1～30.

박용익(2006), 「이야기란 무엇인가」, 『텍스트언어학』, 20집, 한국텍스트언어
학회, 143～163.

박태상(2012), 『문화콘텐츠와 이야기 담론』, 서울: 한국문화사.

서울대학교 국어교육연구소(1999), 『국어교육학사전』, 서울: 대교출판.

서현석(2008), 「국어수업 관찰의 방법과 전망」, 『한국초등국어교육』, 38집,
한국초등교육학회, 160～184.

오현아(2010), 「이야기를 활용한 품사 단원 내용 구성에 대한 고찰」, 『국어교
육』, 133집, 한국어교육학회, 145～181.

우한용(2004), 「서사능력의 구조와 기능, 그리고 그 교육에 대한 이론적 탐구」,
『문학교육학』, 13집, 한국문학교육학회, 129～169.

이병승(2007), 「내러티브의 이해와 국어교육적 의미」, 『한국초등국어교육』,
34집, 한국초등교육학회, 269～297.

이수진(2004), 「이야기 완성하기 활동의 수준별 비계설정 연구: 초등학교 3학
년을 중심으로」, 『한국초등국어교육』, 26집, 한국초등국어교육학회,
175～215.

이창덕(2007), 「새로운 화법 교육 연구의 방향과 과제」, 『국어교육』, 123집,
한국어교육학회, 99～122.

이창덕·임칠성·심영택·원진숙(2007), 『삶과 화법』, 서울: 박이정.

이창덕·임칠성·심영택·원진숙·박재현(2010), 『화법교육론』, 서울: 역락.

임경순(2003), 『국어교육학과 서사 교육론』, 서울: 한국문화사.

_____(2003), 『서사표현교육론 연구』, 서울: 역락.

제갈현소(2011), 「국어과에서 내러티브적 접근의 적용에 대한 연구」, 『국어교육학연구』, 제49집, 국어교육학회, 95~123.

최인자(2005), 「한국 표현교육의 관점과 쟁점」, 『교육과학연구』, 10호, 신라대학교 교육과학연구소, 341~351.

_____(2007), 「서사표현교육 방법 연구」, 『국어교육연구』, 41집, 국어교육학회, 149~172.

_____(2008), 『서사문화교육의 전망과 실천』, 서울: 역락.

한명숙(2004), 「이야기 구조 교육의 의의 탐구」, 『청람어문교육』, 27집, 청람어문교육학회, 1~25.

_____(2007), 『이야기 문학 교육론』, 서울: 박이정.

Elspeth McCartney(2006), "principles of oral narrative development", university of strathclyde, 4~6.

Gabriele Lucius Hoene Arnulf Deppermann(2006), 박용익 옮김, 『이야기 분석』, 서울: 역락.

G. Prince(1982), *A dictionary of narratology*, 이기우·김용재 옮김, 『서사학 사전』, 민지사.

H. Porter Abbott(2002), *The Cambridge Introduction to Narrative*, 우찬제·공성수·이소연·박상익 옮김, 『서사학 강의: 이야기에 대한 모든 것』, 서울: 문학과지성사.

Jan Renkema(1997), 이원표 옮김, 『담화연구의 기초』, 서울: 한국문화사.

K. J. Meijs(2004), *Generating natural narrative speech for the Virtual Storyteller*, University of Twente, Enschede The Netherlands, 8~9.

Seymour Chatman(1980), *Story and Discourse: Narrative Structure in Fiction and Film.* Cornell Univ Press, 24~32.

CHAPTER

02

화법과 작문 교육에서
이야기 교육을 위한 접근 방법

제3장 듣기·말하기 영역에서 이야기 교육 내용의 비판적 검토

1. 머리말

일상적으로 우리는 많은 이야기를 주고받으며 생활하고 있다. 이야기는 실생활과 가장 가까운 담화 형태로 일상생활을 담기 좋은 형식이며, 이야기를 구성하는 과정을 통해서 자신과 타인의 삶을 이해한다. 이러한 이야기 담화는 교실에서 언어자료 측면에서나 교수 목적 달성을 위한 활용성 측면에서 교육적으로 유용한 가치가 있다. 이러한 점을 반영, 개정 교육과정에서 국어과 전 영역에 걸쳐 이야기 교육 내용이 선정·배열되어 있다.

그러나 개정 교육과정의 이야기 교육 내용은 영역별 특성이 반영된 차별화된 내용 선정이 아니라 이야기 구성 요소 중심의 분절적인 배열에 가깝다. 또한, 실제 교육 현장에서는 이야기를 기록 문학 텍스트를 중심으로 그 내용을 분석하고 이해하는 대상으로 치중해 왔다.

구어 의사소통에서 이야기 교육이 미진했던 이유는 학습자가 학령기 전 단계부터 부모나 주변 사람으로부터 이야기 듣기를 통해서 이야기와 관련된 사고의 형성이나 통사적 구조를 이미 획득하고 있기(Fox, 1993, 이창덕 외 재인용, 2010) 때문이다. 게다가 학령기에 들어오면서 토론이나 토의, 협상, 면담 등의 공식적 담화 유형 중심의 학습에 의해 자연스럽게 도태되어 학습할 기회마저 제한되었다 할 수 있다.

이에 반해 이야기가 말하기의 꽃이라고 언급한 김수업(2005), 개정 화법 교육에서 이야기 담화 장르를 대화, 토론, 면담, 협상 등과 같이 동등한 위치에서 논의(이창덕 외, 2010: 447)한 연구물들은 이야기를 듣기·말하기 영역에서 적극적으로 수용되어야 함을 밝히고 있다.

외국의 경우, 기초 단계를 위한 교육과정 안내(DFEE/QCA 2000)나 국가 수준 영어과 교육과정(DFEE/QCA 1999)에서 듣기·말하기 목표가 이야기 능력 발달을 촉진하고 있으며 이야기가 학령기 구어 발달의 중요한 요소라는 것(박창균 외, 2007)은 이야기 담화가 구어 발달에 상당한 기여를 하고 있음을 입증하고 있다는 것이다.

또한, 다른 교과에서는 교수·학습의 방법적 차원, 제재 활용 차원 등에서 이야기를 적용한 교육 사례들이 늘어나는 추세[1]이다.

---

1) 이야기를 활용한 학위 논문을 살펴보면 유아교육이나 언어 치료적 차원, 신학이나 설교(장재우, 2008; 도혜연. 2010; 이선재, 2010 등) 교과와 관련된 것이 많다. 그중 교과에 적용된 연구물을 살펴보면 영어과(최연아, 2000; 이귀염, 2000; 정동순, 2001; 강혜정, 2002; 표민선, 2003 등), 도덕과(위선희, 2006), 수학과(오진희, 2009) 등 이야기가 적용된 교수·학습 연구물이 늘어나는 실정이다.

이렇듯 구어 의사소통에서 이야기 교육의 중요성이 부각되고 있음에도 불구하고 정작 도구교과인 국어과에서 이야기 교육에 대한 본질적 접근은 미비한 실정이다. 실제 이야기 담화가 다루어지는 교실을 보면 교과서에 제시된 이야기 내용이나 도덕적인 교훈성에 치우친 나머지 실제 학습자가 무엇을 어떻게 이야기해야 하는지에 대한 수행과 관련된 교육적 지도가 부족하다. 도구교과로서 국어과에서 담당해야 할 이야기 담화 유형에 대한 본질적 접근과 이야기 담화 수행 능력이 없이는 현장에서 이야기 담화의 본질을 왜곡한 채 실행의 모호함만 양산하게 된다. 이에 국어 교과 내에서 이야기 담화에 대한 학문적 체계나 위상 마련이 시급하다 할 수 있다.

따라서 이 책에서는 구어 의사소통의 본질적 차원2)에서 이야기 교육의 문제, 담화 수준과 범위에서 이야기 유형의 계열성, 표현과 이해 측면에서 교육내용의 균형성을 살펴보고 구어 의사소통에서 이야기 교육 내용이 읽기나 쓰기와 어떠한 차별적 요소를 지니는지 알아보고자 한다.

---

2) 이창덕 외(2010)에서는 말하기·듣기를 음성언어 의사소통 용어라는 범주에서 다루게 되면 인간의 음성적 요소만을 지칭하는 것에 문제점을 제기하고 소통에 관여하는 언어적, 비언어적, 반언어적 요소를 포괄하는 의미에서 구어 의사소통이라 칭했다. 이 책도 이에 따라 구어 의사소통이라 칭하겠다.

2. 이야기 교육 정의와 교육적 의의

2.1. 듣기·말하기 영역에서 이야기 교육 정의

이야기는 구어성에 본질적인 바탕을 두고 있음에도 불구하고 토론이나 면담, 토의, 협상 등과 같은 다른 담화 유형에 비해 이야기 수용과 생산에 관여하는 형식적 규칙이나 과정적 절차가 분명하게 제시되어 있지 못하다. 예를 들어, 토론의 개념, 특징, 종류, 방법을 알아야 토론을 직접 수행할 수 있는 것처럼, 이야기란 무엇이고 그 속성이나 특성을 안 다음 이야기 담화의 종류에 따른 이야기 방법을 알아야 실제 이야기 담화의 수행이 가능하다는 것이다.

일상적으로 '이야기'라는 용어는 너무 광범위하게 사용된다. 친구들과 나눈 대화를 '이야기를 나누다'라고 할 수 있고 학생들이 말한 발표도 '이야기하다'라고 사용할 수 있다. 또, '이야기하다'와 '말하다'처럼 그 뜻과 쓰임이 일상생활에서 모호하게 사용되기 때문에 혼란을 초래하는 경우가 있다. 이러한 용어의 혼란은 담화 유형의 특성이나 범주까지 모호하게 만들기 때문에 그 용어의 규정부터 확립되어야 한다. 이야기는 말하기의 하위 범주 중 하나여야 하고 듣기·말하기의 근본적 특질을 반영하여야 한다.

이에 현재 교육적으로 담화 유형의 명칭을 잘못 사용하고 있거나 담화 용어의 범주적 특성이 명확히 정리되어 있지 않음을 지적하고 담화 유형의 교육적 적용을 위해서 기본 의미소를 중심으로 범주적 성격을 명확히 구분하자는 주장이 나오기도 했다(임칠성, 2005).

이 책에서는 이야기에 대한 일반적 정의에서 기본 의미소를 추출한 다음, 이야기와 상동의 의미로 혼용해서 쓰고 있는 스토리텔링(storytelling), 서사(narrative) 용어와 비교를 통해 이야기 교육에 대한 정의를 내리고자 한다.

표준국어대사전(국립국어원, 2000)에서는 이야기의 정의를 포괄적 의미로 접근하고 있다. 다음을 보자.

① 어떤 사물이나 사실, 현상에 대하여 일정한 줄거리를 가지고 하는 말이나 글
② 자신이 경험한 지난 일이나 마음속에 있는 생각을 남에게 일러 주는 말
③ 어떤 사실에 관하여, 또는 있지 않은 일을 사실처럼 꾸며 재미있게 하는 말

①, ②, ③의 정의를 통해 이야기의 기본 개념을 요약하면, 첫째, 이야기는 구성요소 중심의 줄거리라는 일정한 구조가 있다. 둘째, 이야기는 화자가 자신이 알고 있는 어떤 내용 또는 정보를 다른 화자에게 전달하는 말이어야 한다. 셋째, 이야기의 유형은 사실적 이야기와 상상적 이야기로 구분할 수 있다.

즉, 이야기는 사실 또는 상상적인 사건이나 경험을 줄거리 중심으로 효과적으로 조직하고 표현하는 담화라 할 수 있다. 여기서 이야기의 기본 의미소는 참여자(화자와 청자), 형식(이야기 구조), 내용(사건·경험·사실·상상)으로 축약될 수 있다.

스토리텔링이나 내러티브도 이러한 기본 의미소가 공통분모로 작용하기 때문에 학계나 현장에서 혼용하고 사용하는 이유이기도 하다.

이야기의 내용을 다양한 표현적 방법으로 부각시킨 스토리텔링이라는 용어는 각 사회 분야에서 문화 콘텐츠를 생산하는 방법으로 영화, 애니메이션, 게임 등 매체의 표현 방식까지 포괄해서 사용하고 있다. 스토리텔링은 이야기 구성이나 인물, 공간 구조의 보편성과 특수성으로 여러 사람에게 호기심을 일으키기에 원형(prototype)으로서 역할을 한다. 그리고 이러한 원형은 매체의 표현 방식에 따라 다양한 변형적 구조를 가질 수 있으므로 매체와 불가분의 관계에 있다고 볼 수 있다.

일선에서 스토리텔링은 주로 문화 원형을 이용하여 콘텐츠를 만드는 과정에서 이루어진다고 정의함으로써 담화의 과정이나 그 방식을 말하는 용어로 규정되기도 하였다(김의숙·이창식, 2008: 115).

그러나 이 개념 규정은 결국 스토리텔링이 매체의 특성에 따라 형식적 차이를 보이기 때문에 듣기·말하기 교육에서 접근하기에는 그 범위가 너무 광범위하고 교육 내용 또한 분명하지 않게 될 소지가 크다는 것이다.3) 다시 말해 스토리텔링이라는 용어는 전자, 통신 등 매체의 특성까지 포함하므로 말하기·듣기에서는 구어 매체의 특성이 잘 드러난 이야기라는 용어를 사용하는 것이 바람직하다고 본다.

스토리텔링이 이야기를 표현하기 위한 다양한 매체와 사용 방법에 치중한 개념이라면 이야기의 개념은 서사 이론에 바탕을 두고 있다고 볼 수 있다. 인간과 관련한 모든 영역에서 인간의 합리성은 본

---

3) 스토리텔링이라는 용어가 교육의 장(場)에서만 사용되는 것이 아니라 사회 전반에 걸쳐 사용된다면 국어교육의 장에서는 어떠한 요소를 중심으로 교육할 것인지 논의가 되어야 할 것이다. 개정 교육과정에서는 이야기 요소가 매체와 결합한 애니메이션, 영화 등에서 다루어지기는 하나 이 책에서는 영상 매체적 특성이 가미된 이야기는 논외로 한다.

질적으로 서사에 기초하기 때문에 이야기의 내용은 개인적인 인간의 경험이나 공동의 사회적 삶과 관련된 내용이어야 하고 그것을 담는 양식 또한 이야기 담화 양식이어야 한다고 했다(Fisher, S.・W. Littlejohn 재인용, 1996). 서사(narrative)가 이야기의 다양한 실행 양상 중의 하나4)이자 이야기를 통해 서사가 만들어짐을 의미한다.

이야기 담화의 내용은 인간의 삶을 가장 잘 드러내 주는 것으로 채워지고, 형식은 전달하기 쉬운 유형을 따르고 있다. 누구나 이야기를 좋아하고 쉽게 이해하며 기억의 정도가 높은 것은 이야기가 인간 삶의 원형을 다루기 때문이다.

이야기 교육의 목적은 궁극적으로 학습자의 이야기 능력을 신장시키는 것이다. 이야기 능력은 다시 이야기 구조화 능력, 이야기 내용 능력, 이야기 운용 능력으로 구분할 수 있다.

이야기 구조화 능력은 이야기를 구성하는 요소인 인물, 시간・공간, 주제(주요 인물이 부딪치는 문제나 목적), 사건 구성 순서, 결론(주인공이 그 목적에 도달하는 방법, 이야기의 끝)을 창의적으로 조직하는 능력을 말한다.

언어 내용적 능력이란 서사 요소를 기반으로 이야기의 내용이 되는 사실적 경험을 발견하는 것과 상상력과 관련하여 유연한 사고를 하는 능력을 말한다.

이야기 운용 능력은 이야기 상황에서 연기적 요소를 중심으로 음

---

4) 이정우・김숙희(2004)에서 스토리텔링과 서사의 관계 설정을 Angela Boltman(2001: 21~25)을 인용하고 있다.
　"스토리텔링은 '특별한 양식과 인물의 설정을 가지며 연기의 의미를 갖는 내러티브의 특별한 구조'라는 것에 점차 동의를 얻고 있다. 다른 방식으로 말하면 내러티브는 스토리텔링의 결과이다. 내러티브는 스토리텔링의 산출물이다."

성언어와 반언어, 비언어를 이용해 효과적으로 표현하는 능력을 말한다. 동일한 이야기 텍스트지만 그것을 구어로 사용하는 상황에서는 누가 어떻게 말하느냐에 따라 이야기 전달 정도가 달라진다. 이러한 이야기 운용 능력이 극대화되면 이야기를 듣는 사람들에게 호기심과 주위 환기의 효과를 가져 올 뿐만 아니라 이야기 내용에 지속적으로 참여할 수 있다.

이들 세 가지의 이야기 능력은 서로 밀접한 연관이 있으며 실제 이야기 수행 과정에서는 통합적으로 작용하게 된다. 그리고 이야기가 수행되는 다양한 상황 맥락에서 이야기 담화에 능동적으로 참여하는 태도를 지닌다면 이야기 능력은 더욱 신장될 수 있을 것이다.

이상의 내용을 종합해보면 듣기·말하기에서 이야기 교육이란 사실 또는 상상적인 사건이나 경험을 줄거리 중심으로 효과적으로 조직하고 표현하는 능력을 기르게 하는 것이라 할 수 있다.

이를 위해 이야기 담화 수행에 필요한 하위 능력을 중심으로 교수·학습이 이루어져야 하며, 교육 내용 또한 구어적 매체를 기반으로 한 서사의 내용과 양식을 바탕으로 다양하고 창의적인 연기적 표현 방법을 향상시킬 수 있는 것이어야 한다.

2.2. 듣기·말하기 영역에서 이야기 교육의 의의

여러 연구물에서 이야기 교육에 대한 중요성이나 의의를 언급5)한 것이 있지만 다른 교과의 교육적 목적 달성을 위한 수단이나 접근법

---

5) 국어 교과에서 이야기 교육 중요성에 관한 연구물(서영자, 2002; 강성숙, 1995; 이무완, 2002; 김갑이, 2004; 류민현, 2009; 이종희, 2001; 김순복, 2002)이 있다.

으로써 이야기 교육을 다루기 때문에 교과적 특성에 맞게 이야기 교육을 해석하고 있다.

앞에서 지적했듯이 이야기는 구어성을 원형으로 시작했고 국어교육 범위 안에서 다루어야 하므로 듣기·말하기 영역에서 이야기 교육의 의의를 논하는 것이 본질적으로 맞다.

이야기 교육은 구어 의사소통 교육에서 문제점으로 지적된 문제들을 보완하거나 내용을 풍부히 확대할 수 있을 만큼 다양한 측면에서 유용한 기제를 다진 담화이다.

이에 대한 교육적 의의를 논의하면 다음과 같다.

첫째, 타인과 더불어 살며 상대방의 삶을 존중하고 인격적으로 배려하는 측면에서의 교육이 시급한 실정인데 이야기 교육은 이러한 학습자들의 정의적 측면에서 문제점을 해결할 수 있는 방안이 될 수 있으며 그것은 국어교육 목표에도 부합한다.6)

기존의 듣기·말하기 교육이 내용 중심의 인지적 측면에 치중한 것이라면 감성과 사고의 균형적 통합을 위해서라도 이야기 교육 도입은 적극적으로 수용할 만하다. 타인의 삶이 반영된 이야기를 공유함으로써 타인을 인격적 차원에서 이해하고 서로의 정체성을 확립하는 데 기여할 것이다.

둘째, 학생들은 이야기하기를 좋아하며 이야기는 즐거움을 준다. 이야기에는 다양한 주체가 등장하며 사건 속에서 문제를 해결해가

---

6) 개정 국어과 교육과정 목표의 전문에서는 "① 국어활동과 국어와 문학의 본질을 총체적으로 이해하고, ② 국어활동의 맥락을 고려하면서 국어를 정확하고 효과적으로 사용하며, ③ 국어 문화를 바르게 이해하고, 국어의 발전과 민족의 국어문화 창조에 이바지할 수 있는 능력과 태도를 기른다"라고 제시되어 있다. 이는 국어 활동을 통해 ①은 알아야 할 것(이해 능력), ②는 실천해야 할 것(실천 영역), ③은 지녀야 할 태도(태도 영역)를 지녀야 함을 의미하는 데 이야기 교육은 ③과 관련성이 많다. 이와 관련된 목표는 국어 세계에 대한 흥미, 언어현상의 탐구, 국어의 발전과 국어문화의 창조를 강조하고 있다.

는 과정에서 학생들은 호기심을 가지게 된다. 또 주인공과 인물들이 가지는 감정 기쁨, 슬픔, 분노, 미움 등에 동화되어 격려와 위로하는 마음을 가지게 되며 인물의 정서에 동일하게 공감하고 그 즐거움을 맛보게 된다.

이야기 교육은 상상력과 유연성을 일깨워줌으로써 좌·우뇌 통합적 교육7)의 가능성이 있음을 제시하기도 하였다(김혜지, 2003). 기존의 듣기·말하기 교육의 대상인 언어자료는 지식과 기능을 익히기 위해 논리적 학습을 위한 언어 자료의 성격인 반면 상상력과 즐거움을 줄 수 있는 이야기는 학습자들이 담화 활동에 적극적이고 능동적으로 참여할 수 있는 강력한 유인 요소로 작용한다.

이러한 즐거움은 자연스럽게 다른 사람과 경험과 삶, 이야기에 대한 자신의 생각을 소통하게 하고, 자기 자신과 타인의 생각을 비교할 수 있게 한다. 그뿐만 아니라 이야기의 내용인 실제 경험, 현실 세계와 상상 세계에 관심을 두게 하며 그 속에 담긴 신념이나 추상적 개념에 주의를 기울이게 한다.

셋째, 이야기는 민족 문화 발전에 기여한다. 언어는 국가나 민족의 특성이나 민족정신을 포함하기 때문에 국어에 대한 이해를 증진시킨다. 말 문화는 단순히 의사소통 문제를 넘어서 그 말을 사용하는 집단의 역사적인 삶을 배경으로 한 것이기 때문에 말 문화는 곧 삶의 문화로 연결된다(이창덕 외: 2010: 39). 이는 통시적 관점에서 과거 전래 이야기를 통해 우리 삶의 양식을 알 수 있고, 당대 삶의

---

7) 기존의 음성언어 교육내용은 정확하고 효과적으로 자신의 메시지를 전달하고 이해하는 지식 중심 교육 내용으로 이러한 좌뇌 중심 교육은 이성적이고 사실적인 사고에만 치우칠 수 있다. 전인적이고 통합적인 교육이 가능하기 위해서는 우뇌 중심의 직관적이고 통합적인 사고도 함께 균형 있게 제시해야 하는데 이야기 교육이 그 역할을 담당할 수 있다.

문화나 민족의 의식을 알 수 있게 한다. 공시적 관점에서 이야기는 자신의 문화에서 접할 수 없는 것을 자연스럽게 수용할 수 있는 맥락을 제공한다(정동순, 2001).

넷째, 듣기·말하기 교육이 지향하는 궁극적인 목표는 기능 중심의 기계적 수행이 아니라 학습자의 삶을 반영하고 적용하는 데 있다. 특히 교육 내용으로서 이야기 담화를 통한 경험적 요소의 도입은 듣기·말하기 교육 내용을 확장하고 실제성에 부합한다는 점에서 시사점이 크다.

듣기·말하기 교육인 담화 유형에 관한 개념적 지식이나 절차적 지식도 이해로서 그치는 것이 아닌 자신의 경험과 유관한 의미 생성이 되어야 하며 교육 내용 속에 학습자 경험의 반영은 교실에서 학습자 수행 참여도를 높이고 경험의 의미를 서로의 관계 속에서 파악하게 해 준다.

이상의 내용을 보면 이야기 교육은 사회 문화적 관점에서 접근을 용이하게 해 주며 언어 자료의 실제성 측면에서는 학습자의 삶이 반영되어 있고 즐거움의 요소를 가지고 있다. 또 이야기에서 다루는 내용이 교훈성이나 도덕적 성격을 지니므로 구어 의사소통에서 소홀히 다룬 정의적 요소 도입을 가능하게 한다.

3. 듣기·말하기 영역에서 이야기 교육의 비판적 검토

3.1. 구어 의사소통의 본질적 측면

구어 의사소통의 본질적 측면에서 볼 때 이야기 담화는 각 언어 사용 영역에서 구어적 특성이나 상황 맥락의 고려 없이 이야기 문법 요소 중심으로 각 영역에 단편적으로 배치되어 있다.

이야기 담화가 듣기·말하기 영역에서 구어적 특성이 분명하게 드러나기 위해서는 구어 의사소통의 본질적 측면인 음성언어의 특징이나 상호 교섭성, 대인 관계성, 사회·문화적 성격[8]을 기본 바탕으로 이야기 담화의 교육 내용이 제시되어야 할 것이다.

우선 말하기·듣기는 언어적 표현과 반언어, 비언어(몸짓 언어 및 상황 언어 등)적 표현을 통해 의사소통으로서 실제 담화 수행 과정에서는 음성 표현 이외에도 반언어적, 비언어적 표현이 매우 중요하게 작용한다.

의사소통 과정에서 언어적, 비언어적, 반언어적 표현을 복합적으로 사용하면서 의미를 구성(교육인적자원부 고시 2007-79, 고등학교 교육과정 해설: 126)하기 때문에 표현적 요소들이 총체적으로 반영되어야 효율적인 의사소통이 가능해진다. Savignon은 의사소통 능력이란 실제 상황에서 의사소통할 수 있는 능력이라고 정의하였고, 언어적 능력은 의사소통이 역동적으로 일어나는 상황에서 하나 혹은 그 이상의 대화자가 제공하는 언어뿐 아니라 준 언어적 정보자료

---

8) 앞서 '2.2. 이야기 교육의 의의'에서 이야기의 통시적, 공시적 관점에서 사회 문화적 접근을 용이하게 해주는 담화라고 언급하였다.

에 잘 적응해야만 한다(David Nunam, 임영빈 외 옮김, 재인용, 2003: 315)는 것을 보더라도 언어 외적 요소의 고려가 중요하다는 것을 알 수 있다.

이야기 담화는 이러한 표현들이 균형을 이루면서 맥락에 따라 사용되어야 하는데 언어적 요소인 이야기 담화 구조, 내용 요소 중심으로 교육 내용이 편중되어 있음을 알 수 있다. 교육과정에 제시된 이야기 담화 언어적 표현의 내용을 살펴보면 '1-듣-(4): 인물', '4-듣-(4): 사건과 줄거리', '1-말-(4): 이야기 내용 요소'로 되어 있다.

비언어적 표현은 5-듣-(4)에서 비언어적 표현과 기능, 표현 효과를 지도 내용으로 삼고 있으며, 반언어적 표현은 1-말-(4)의 내용 요소 중 '이야기 내용을 실감 나게 말하기'에서 찾아볼 수 있으나 반언어적 표현이라는 명확한 용어가 사용되지 않았고 '실감있게'라는 표현을 사용해 포괄성과 애매성으로 구체적인 반언어적 표현이라는 학습 효과를 기대하기 어렵게 되어 있다.

앞의 내용을 보면 이야기 담화는 구어 의사소통의 본질적 특성인 언어적 표현과 비언어적, 반언어적 표현이 듣기에 편중되어 있고 반언어적 표현과 관련된 학습 내용은 아주 미약하다.

이야기하기가 과거의 이야기나 고전을 공유하는 강력한 방식(김재봉, 2003: 162)이라는 점을 고려한다면 경험에 포함된 사건 상황이나 인물의 감정, 사건의 분위기, 사건 결과에 대한 반응은 몰입을 위한 중요한 동인으로 작용한다. 이로 볼 때 이야기는 다른 담화 유형과는 달리 이야기 내적·외적 상황 맥락과 관련된 반언어, 비언어적 표현이 언어적 표현 못지않게 중요하며 비중 있게 다루어야 한다.

다음으로 구어 의사소통은 상호 교섭성을 특징으로 한다.9) 이야기 담화를 상호 교섭성의 성격과 연관 지어 본다면 학습자가 경험한 것을 이야기하고 이야기한 경험을 나눔으로써 삶의 방식을 공유한다는 것이다. Morrow(1990, 정재봉 재인용)도 이야기를 들은 후에 다시 이야기 말하기를 해보게 하는 것은 이야기를 이해하는 능력을 향상시키고 이야기 구조에 대한 의미 파악도 향상시킨다고 하였다. 특히 구두 언어는 사회적 맥락과 사회적 참여를 가정하기 때문에 청자를 전제로 한 이야기하기는 참여자들을 몰입하게 한다.

이야기하는 사람은 이야기 속 인물이 한 말을 대화체로 새롭게 구성함으로써 이야기를 생동감 있게 전개시킬 뿐만 아니라 청자의 참여를 유도할 수 있다(송경숙, 2003: 243). 이는 대면 상황에서 이야기하는 도중 다양한 강조적 표현을 사용하거나 자신의 감정을 이입하여 청자를 이야기 세계로 참여시킬 수 있을 뿐 아니라 비언어, 반언어적 단서를 효과적으로 사용하고 추리하여 이야기 상황을 생생하게 재현할 수 있게 된다.

기존의 교육과정은 이야기 듣기와 이야기하기가 분절되어 있어 듣기와 말하기 활동을 위한 단순한 제재로 활용될 뿐 이야기를 듣고 다시 이야기하는 상호 교섭이 되는 장을 마련하기 어렵게 되어 있다.

또한, 구어 의사소통은 대인 관계성을 특징으로 한다. 즉 구어 의사소통은 화자의 말이 청자에게 영향을 미치는 것이며, 상대에 대한 일방적인 의미 전달이 아니라 상대와 함께 이야기를 들으면서 이야기 줄거리를 기억하고 감동의 여부를 확인하며, 이야기 다시 말하기를 통해 들은 내용을 다시 창조적으로 생성한다는 것이다. 이야기를

---

9) 상호 교섭이란 의미가 참여자들 간에 협력적으로 창조되며 나선형식으로 진행되는 성격을 지닌다(교육인적자원부 고시 2007-79, 『고등학교 교육과정 해설』: 115).

통해 학습자는 타인의 삶을 이해하고 존중하게 되며 타인을 인격적으로 배려하는 법을 배우게 된다. 삶의 구체성을 좁은 영역에서 넓은 영역으로 확장시키는 과정에서 타인을 만나게 되고, 이를 하나의 인격체로 인정하는 경험을 하게 된다. 또 이야기를 나누며 그 속에서 같은 정서를 공유하게 되고 서로의 생각과 사고, 가치관 등을 알아가게 된다.

하지만 기존의 교육과정은 이야기 교육을 통해 학습자의 대인 관계성을 향상시키기에는 부족한 면이 있다. 교육과정이 이야기 듣기와 이야기하기로 분절되어 있고, 표현과 이해의 측면에서도 한쪽에 치우쳐 있기 때문이다. 즉 학습자들이 적극적으로 이야기하고, 서로의 경험을 나눌 기회를 제공하는 교육 내용이라기보다 단순히 이야기는 어떤 것이고 어떻게 이야기하는 것이라는 정도의 방법 제시에 그치고 있다.

3.2. 이야기 담화 수준과 범위의 계열성

여기서는 이야기 담화 유형의 선정과 관련된 문제와 학년별 계열화 방향을 논의하기로 한다. 교육과정에서 계열성(sequence)은 수직적 조직에 해당되는 것으로 교육 내용이 학년에 따라 계속적으로 가르치는 내용이 심화, 확장되어 학습자가 누적적이고 지속적인 학습이 되어야 한다는 것을 의미한다. 이야기 담화 유형의 수평적 조직에 해당하는 통합성은 앞에서 언급했듯이 다른 언어 사용 기능 간의 연계나 타 교과에서의 활용성과 연관된다.

학년별 담화를 수용하고 생산하기 위한 기회를 가질 수 있게 하려고 교육과정에서는 계열화 방식10)이나 보편적인 학습 원리에 의존하기는 하지만 이야기 담화는 이러한 계열화 방식에 의존하기에는 한계가 있다. 이야기 담화는 인간의 경험과 관련된 삶을 바탕으로 하기 때문에 본질적으로 경험의 가치의 여부를 판단하기 어렵고 경험은 학습자의 인지적 수준과 관련지어 다양한 수준에서 동시에 공존하기 때문이다. 이러한 상황이라면 보편적인 학습 원리인 단순한 학습에서 복잡한 학습으로 전체학습에서 부분학습으로 연대기순 등의 계열화 방식은 듣기·말하기에서 이야기 교육을 위한 내용 선정 기준으로 적용하는 데는 한계가 있다.

삶을 담은 이야기로의 텍스트 선정 기준으로 합목적적 기준을 강조한 연구(이정우·김숙희, 2004)는 기존의 듣기·말하기 텍스트 선정 기준이 형식적 기준과 내용적 기준에 치우쳐 있다고 반성하면서 삶에 영향을 미치고 삶이 변하는 교육이 되기 위해서 삶에 작용하는 이야기, 자신의 삶과 연결 짓는 상위인지 강화, 학생의 지적 호기심을 강화할 수 있는 흥미를 그 기준으로 삼아야 한다고 했다. 여기서는 이야기 담화 수준과 범위의 문제점과 내용 요소와의 관계를 알아보고자 한다.

다음은 듣기·말하기 영역에서 이야기 담화가 다루는 담화의 수준과 범위를 나타낸 것이다.

---

10) Piaget 연구는 학습자의 인지적 수준과 교육 내용과 경험을 연결하는 틀을 제고하며 교육과정은 학생들의 사고 단계를 고려한다.

[표 3-1] 듣기·말하기 영역에서의 담화의 수준과 범위

영역	학년	담화수준과 범위
듣기	1학년	① 어린이의 일상생활을 소재로 한 짧은 이야기
	2학년	② 인물의 행동이나 모습이 뚜렷하게 나타나는 의인화된 동물 이야기, 위인전, 옛날이야기
	4학년	③ 주제가 분명하게 드러나는 교훈적인 이야기, 우화, 창작 이야기
	5학년	④ 비언어적 표현을 다양하게 활용한 개인적인 경험담
	7학년	⑤ 재치와 유머가 있는 재담
	9학년	⑥ 지역 방언의 특성이 잘 드러나는 대화나 이야기
	10학년	⑦ 사회 방언의 특성이 잘 드러나는 대화나 이야기
말하기	1학년	⑧ 사건의 순서가 분명하게 나타나는 간단한 이야기
	3학년	⑨ 사건의 전개 과정이 인과관계로 잘 연결된 경험담
	9학년	⑩ 해학 문화가 반영된 재담

교육과정에서 제시하는 담화 유형은 학습자들이 유의미한 경험을 수행할 수 있도록 선정되어 있으며 그 선정의 원리로 전통적인 장르와 삶에 가치 있는 것을 문헌에 포함하는 방법이 있다(강문희 외, 1998).

이야기 교육과정을 살펴보면 전통적인 이야기 장르11)에 속하는 동물 이야기, 옛날이야기, 창작 이야기에 한정되어 있다. 실제 이러한 이야기 담화 유형은 읽기나 쓰기, 문학에서도 중복되어 나타나므로 구어 담화에서는 다양한 교육적 내용의 접근을 위해 삶에서 일어나는 가치 있는 다양한 이야기 유형에 접근을 시도할 필요가 있다.

개정 교육과정 텍스트 선정과 관련된 비판적인 지적으로 개별 텍스트가 일회적으로 그치고 있고 반복 제시되는 텍스트의 경우에도

---

11) 문학에 등장하는 이야기 담화를 보면 그림책, 전래 동화, 동물 이야기, 유머, 시, 민담, 전설, 모험담, 신비한 이야기, 사랑, 판타지, 사실적 허구, 사실 이야기 등 다양한 이야기 작품을 접할 수 있다.

교육 내용의 계열성이 이루어지지 않아 그 위계성을 파악하기 어렵다(이경화·안부영, 2010)는 지적이 있다. 이야기 담화 유형이 한 학년에서만 배울 수 있는 일회성에서 벗어나 전 학년에 배열된 것은 고무적인 일이지만 실행 과정에서 담화의 종류를 선택적으로 운용할 수밖에 없는 제한이 따른다. ②, ③에서는 의인화된 동물 이야기, 위인전, 옛날이야기, 우화, 창작이야기 등 이야기 담화 유형의 하위 미시적 장르 성격을 지닌 이야기 종류가 분명하게 제시되어 있지만 한 학년에서 선택적으로 선정할 수밖에 없으므로 이것 또한 교육과정 실행 부분에서 학습자들이 이야기 종류를 한정적으로 경험할 수밖에 없다.

경험담의 경우 초등 3학년의 말하기의 사건 전개의 인과관계를 배우고 5학년 때 비언어적 표현을 활용한 경험담을 배운다. 이럴 경우 인간의 의사소통 발달 단계에서 비언어적 의사소통을 먼저 의사소통 이해에 선행12)해야 하므로 비언어적 표현과 관련된 경험담을 먼저 말하기에서 배우고 고학년에서 사건 전개과정의 경험담을 배우는 것이 바람직하다 본다. 즉, ④와 ⑨가 다루는 담화 수준과 범위를 바꾸어야 한다.

재담의 경우는 재치와 유머, 해학문화가 반영된 재담이라고 수준과 범위를 한정했지만, 재담은 웃음에 대한 다양한 인지적 기제가 작용하기 때문에 웃음의 의미를 다양하게 해석할 수 있다(구현정, 2000). 개정 교육과정에서 재담이라는 용어로 언어현상 및 텍스트로 규정하고 있어 학년 간, 고전과 현대의 단절, 웃음을 객관화시킬 수

---

12) 음성 언어 의사소통 교육은 비언어적 행위에 대해 가르치는 것으로 시작해야 한다고 본다 (Willbrand & Rieke, 1983: 33; 전은주 재인용, 2001: 190).

있는 장치가 제시되고 있지 않은 단점(주경희, 2008)을 극복할 수 있어야 한다.

그러기 위해서는 저학년에서는 웃음이 가진 즐거움 즉, 언어유희와 관련된 소재를 중심으로 하고 고학년으로 갈수록 기지, 과장, 풍자, 조롱과 같은 비판적 측면을 중심으로 교육적 접근을 해야 한다.

①에서 ⑩까지 전반적으로 '~이 잘 드러나는 이야기'라는 용어를 사용해 다양한 이야기 종류가 누락되거나 반복될 수 있다. 행동, 주제, 사건, 지역방언, 사회방언 중심은 이야기를 구성하는 한 부분에 치중하게 함으로써 통합적으로 운용되는 이야기 교육의 완결성에 문제점을 초래한다.

⑥, ⑦은 방언의 종류를 듣기·말하기 영역에 포함하고 있다. 사회 방언은 가치 있는 우리말을 더욱 다양하고 풍성하게 할 뿐만 아니라 우리말의 생생한 모습이자 역사적 자료로서 가치를 지니며(김혜숙, 2009), 지역 방언은 표준어 어휘보다 다양한 의미 기능 용법을 지니며 의사소통의 다양한 양상을 통해 유창한 언어활동을 할 수 있다(김봉국, 2009).

이야기는 표준어로 할 때와 방언으로 할 때의 분위기나 느낌이 확연히 다를 것이다. 사회 방언이나 지역 방언은 이야기를 더욱 실감 나게 하고 청중의 흥미를 끌면서 몰입할 수 있게 한다. 이야기를 통해 방언의 학습 요소를 흥미 있게 배우고 또 사회 방언과 지역 방언을 실감 나는 이야기로 엮어낼 때 학습 효과는 더욱 배가 될 것이다. 이야기와 방언의 통합 교육적 방안을 고려할 필요가 있다.

이야기 담화 유형은 분명 학습 가치가 높고 담화의 유형을 세분화하기 어려운 점도 있다. 교육 과정에서는 담화를 글의 소재, 주제,

학습내용의 수준을 달리해서 제시한다고 선정 원리13)에 밝히고 있지만, 실제 제시된 교육 내용은 앞의 그 준거에 맞지 않다. 뿐만 아니라 듣기·말하기에서 이야기 담화는 문학이나 읽기, 쓰기 영역에서 이야기와 관련된 장면, 환경, 인물, 행동, 사건의 인과관계 등이 단편적 배열로 배치되어 있어서 그 내용도 위계화되어 있다기보다는 병렬적이다.

이를 개선하기 위해 이 책에서는 다음의 원리를 제시한다.

즉 한 편의 이야기는 인물, 주제, 비언어적 요소, 사회·지역방언 등이 통합적으로 작용되고 운용되므로 다루는 담화 범위의 학년별 선후 관계를 따지기 어려워 이야기 구성 요소의 위계화보다는 학습자들이 일상에서 접하는 이야기 유형의 종류를 중심으로 배열하는 것이 바람직하다고 본다.

이야기 담화 유형은 학습자의 심리 발달 단계나 논리적 위계에 따라 이야기 담화 하위 종류의 성격이나 수행 규칙의 엄격성, 다루는 내용의 수용 범위와 난이도를 고려해야 한다.

이야기는 영역이 넓고 그 형태도 다양하지만, 말로 된 이야기와 글로 된 이야기, 영상 매체로 된 이야기로 구분할 수 있다(글쓰기 교재편찬위원회 편, 2009: 82).14) 그중 말로 된 이야기 종류를 학년별

---

13) 2007 개정 국어과 교육과정에서 밝히고 있는 텍스트 조직의 원리[학년별 담화·글의 배열 원리는 첫째, 학습자의 수준, 담화·글의 수준을 종합적으로 고려하여 제시하였다. 예컨대, 소재의 경우 저학년에서는 친숙하고 가깝고 구체적인 소재를 다루도록 하고, 고학년에서는 낯설고 멀고 추상적인 소재를 다루도록 하였다. 그리고 주제 혹은 내용의 경우 저학년에서는 친숙하고 간단한 주제를, 고학년에서는 추상적이고 복잡한 주제를 다루도록 하였다. 둘째, 담화·글의 형식성, 공식성을 고려하여 저학년에서는 비형식적, 비공식적 담화·글을, 고학년에서는 형식적, 공식적 담화·글을 제시하였다(교육과학기술부, 2008: 23)] 중 셋째 항목에서는 동일한 언어활동 목적을 공유하면서 담화·글의 유형을 세분화하기 어렵고 학습의 가치가 높다고 판단되는 담화·글은 소재, 주제, 학습 내용의 수준을 달리하여 중복하여 제시하고 있다.

14) 이야기를 분류하는 기준은 다양하다. 박영목(2008)은 서사물을 전달 매체에 따라 구어적 서사,

로 재구성해서 배열해보면 다음과 같다.

[표 3-2] 학년별 이야기 유형과 종류

학년	저학년	중학년	고학년
유형	상상이야기	허구적 사실 이야기	사실적 이야기
종류	신화, 전설, 민담, 우화, 만담, 풍문(유머)	경험담, 재담, 위인이야기	경험담, 실화, 일화, 가십, 사화(역사 이야기)

저학년에서는 상상적 이야기를 중심으로 한 이야기 종류를 학습하는 것이 좋다. 신화나 민담과 같은 종류는 원형적 설화의 형태를 지님으로써 이야기의 구조를 자연스럽게 파악하게 되며 이야기의 이치를 자연스럽게 습득할 수 있다. 또 우화나 민담, 풍문 같은 종류를 통해 현실의 고정관념을 탈피하여 자유로운 상상력을 기르게 하며 주어진 환경을 지각하고 해석하는 능력을 기를 수 있을 것이다.

중학년에는 허구적 사실 이야기 중심으로 종류를 배열하는 것이 좋다. 허구적 사실이란 있음직한 사실의 이야기를 바탕으로 하되 말하는 이의 상상력이 부분 가미되어 이야기를 재미있게 이끌어 갈 수 있도록 하는 부분에 치중하는 것이다.

이에 따른 종류로 사실에 근거한 경험담이나 위인 이야기, 재담 등을 들 수 있는데 이야기 구성 방식이나, 구연 방식과 관련한 기술적 측면에 중점을 두는 것이다. 중학년에서 이야기 종류는 고학년에서 배울 사실적 중심 이야기로 이어지는 과도기적 역할을 담당할 수 있을 것이다.

문어적 서사, 영상적 서사로 구분하고 박인기(2003)는 서사 텍스트 범주를 생활 서사와 허구 서사로 나누고 있다.

고학년에서는 사실적 이야기 종류를 중심으로 실제로 있었던 일이나 현재 있는 일을 솔직하게 말함으로써 사실이 의견보다는 인간 의사소통에 미치는 영향력이 강하다는 것을 인식할 수 있도록 한다. 논리적이고 일방적인 정보의 전달보다 장황하고 인상적인 이야기 구성을 통해 상대방의 마음을 움직일 수 있다는 것을 학습할 수 있을 것이다.

담화 수준과 범위에 대한 계열성에 대한 고려는 내용 요소와 밀접한 관련이 있고 내용의 위계성과 밀접한 관련이 된다. 담화의 수준과 범위가 배워야 할 담화 유형이나 종류를 미리 통어하고 규정하기 때문에 명확한 범위와 수준을 제시하지 않는 한 어떤 장르의 이야기이든 그 이야기 나름의 완결된 개념과 지식을 학습할 수 없다. 따라서 지식을 구조화해서 위계적으로 배열하기보다는 다양한 이야기 담화 유형을 학년별로 균형 있게 배열해서 삶의 경험을 다양하게 학습할 수 있도록 상상적 이야기, 허구적 사실 이야기, 사실적 이야기 유형으로 구분하여 그 종류별 교육 목적에 맞게 배열하는 것이 좋다.

그 원리로는 초등학교 저학년에서는 쉽고 친숙한 보편적인 이야기에서 중학년에서는 새롭고 낯선 형식이나 흥미를 유발하는 이야기로, 그리고 고학년에서는 논리적 결합을 강조하는 이야기 구조를 중심으로 명료한 의미 전달과 즐거움을 체득할 수 있도록 계열화하는 것이다.

3.3. 표현과 이해 측면에서의 균형성

균형 잡힌 교육과정이란 학생들이 완전히 지식을 습득하고 내면화할 수 있도록 자신들의 개인적, 사회적, 지적 목적에 맞는 적절한 방향으로 그 지식을 이용할 기회를 얻게 해주는 것을 말한다(Allan C. Ornstein·Francis P. Hunkins, 장인실 외 옮김, 2007: 390). 이는 교육과정 설계에서 구성 요소가 균형성을 지니거나 가르쳐야 할 교육내용의 각 측면이 골고루 반영되어야 함을 의미한다.

물론 학습자의 요구나 흥미 등 다양한 층위에서 균형성이 요구되기도 하지만, 특히 가르쳐야 할 교육 영역 간 내용의 균형성은 학습자가 학년별 교육과정을 충실히 학습했을 최종적인 수행 여부와 관련되므로 중요하다. 어느 한 측면을 과도하게 강조하거나 치우치면 교육과정의 의도를 달성할 수 없기 때문이다.

국어교육은 맥락에 따라 텍스트 중심의 생산과 수용 과정에 관여하는 지식을 주 내용으로 하므로 하나의 담화 유형은 생산적 측면과 수용적 측면을 모두 고려해야 한다. 즉, 담화 사용 표현적 측면과 이해적 측면에서의 균형성을 살펴볼 필요가 있다는 것이다.

이해는 듣기 활동을 통해, 표현은 말하기 활동을 통해 이루어진다. 1학년에서 10학년까지 듣기 성취기준 40개 중 이야기 담화를 언어자료로 제시하고 있는 것이 7개로 17%, 말하기 성취기준은 40개 중 3개로 7.5%를 차지한다. 개정 교육과정에서 이야기 담화는 이해 활동이 표현 활동에 비해 훨씬 많은 비중을 차지한다. 이는 자연스럽게 교육 내용의 불균형으로 이어진다.

다음은 1학년에서 10학년까지 듣기·말하기에서 이야기 담화가 제시된 것을 정리한 것이다.15)

---

15) 재담이나 경험담도 이야기 하위 종류에 포함되므로 이야기 담화에 포함해 제시한다.

[표 3-3] 1학년~10학년까지 듣기 · 말하기에서의 이야기 담화

영역	학년	담화의 수준과 범위	성취기준	내용요소의 예
듣기	1	어린이의 일상생활을 소재로 한 짧은 이야기	(2) 다른 사람의 말을 자연스러운 태도로 듣는다.	· 듣기 자세의 중요성 이해하기 · 몸가짐을 바로 하면서 집중하기 · 적절한 반응 보이기
	1	인물의 행동이나 모습이 뚜렷하게 나타나는 의인화된 동물 이야기, 위인전, 옛날이야기	(4) 인물의 모습을 상상하면서 듣는다.	· 이야기에 나오는 인물 파악하기 · 이야기에 나오는 인물의 모습 상상하기 · 상상한 모습을 그림으로 표현하기
	4	주제가 분명하게 드러나는 교훈적인 이야기, 우화, 창작 이야기	(4) 이야기를 듣고 주제를 파악한다.	· 주인공의 말과 행동에 주목하면서 듣기 · 사건을 중심으로 줄거리 파악하기 · 인물과 사건을 중심으로 주제 파악하기
	5	비언어적 표현을 다양하게 활용한 개인적인 경험담	(4) 경험담을 듣고 비언어적 표현의 전달 효과를 파악한다.	· 경험담의 특성 파악하기 · 비언어적 표현에 주목하기 · 비언어적 표현의 기능 이해하기 · 비언어적 표현의 전달 효과 평가하기
	7	재치와 유머가 있는 재담	(4) 재담에 나타난 재미있는 말의 발상과 의미를 파악한다.	· 재미있는 말의 종류와 사회적 기능 이해하기 · 재미있는 말의 발상 파악하기 · 재미있는 말에 적절하게 반응하면서 듣기
	9	지역 방언의 특성이 잘 드러나는 대화나 이야기	(3) 지역 방언을 듣고 언어의 다양성과 소통의 의미를 이해한다.	· 표준어와 지역 방언의 쓰임 구분하기 · 지역 방언의 문화적 가치 이해하기 · 지역 방언을 통한 소통의 의의 이해하기
	10	사회 방언의 특성이 잘 드러나는 대화나 이야기	(3) 사회 방언을 듣고 언어적 다양성을 이해한다.	· 사회 방언의 특성 이해하기 · 사회 방언의 다양한 표현 조사하기 · 사회 방언에 반영된 집단의 특성 파악하기 · 사회 방언의 소통 기능 이해하기
말하기	1	사건의 순서가 분명하게 나타나는 간단한 이야기	(4) 일이 일어난 차례에 따라 이야기를 정리하여 말한다.	· 일이 일어난 차례를 나타내는 표현 알기 · 이야기 내용을 일이 일어난 차례대로 정리하기 · 이야기 내용을 실감 나게 말하기
	3	사건의 전개 과정이 인과관계로 잘 연결된 경험담	(4) 겪은 일이나 들은 이야기를 인과관계가 잘 드러나도록 말한다.	· 원인과 결과를 나타내는 표현 이해하기 · 겪은 일이나 들은 이야기 떠올리기 · 원인과 결과로 나누어 내용 정리하기 · 인과관계가 잘 드러나게 말하기
	9	해학 문화가 반영된 재담	(4) 우리나라의 전통적인 해학 문화를 이해하고 재담에 활용한다.	· 해학의 구조와 표현 특징 이해하기 · 우리나라 해학 문화의 전통 이해하기 · 전통 해학을 재담에 활용하기

　　이야기 교육 이해와 관련된 교육 내용으로 '듣기의 중요성 이해하기', '인물 파악하기', '사건 중심의 줄거리 파악하기', '비언어적 표

현 이해하기', '지역 방언의 문화적 가치 이해하기', '사회 방언의 특성 파악하기'를 제시하고 있는데, 이는 단순한 이야기 구성 요소와 관련된 원리나 과정을 깨닫는 것으로 이야기 담화의 내용적 차원의 이해에 머무르고 있다. 여기에 학습자가 어떠한 상황에서 이야기 교육 내용을 어떻게 파악하게 되었는지에 대한 전략적 이해가 포함되어야 한다.

표현적 측면에서는 '이야기 내용을 실감 나게 말하기'를 제시하고 있는데 생각이나 감정을 밖으로 드러내는 활동만 강조한 나머지 무엇을 어떻게 드러내느냐는 간과하고 있다. 여기에서는 상황을 판단하면서 새로운 관점에서 창출할 수 있는 능력과 관련된 내용이 포함되어야 한다.

예를 들어, 사건이 흥미진진한 내용이라면 말의 속도나 억양을 강하게 하고 긴박한 표정을 지으며 이야기한다거나 반전이 일어나는 이야기는 잠시 멈추어서 청자로 하여금 궁금증을 자아내게 할 수 있다. 그리고 나의 관점이 아닌 제삼자의 관점으로 대상을 바라보고 말하게 할 수도 있다.

그리고 이야기 교육 내용을 보면 전체적으로 표현보다는 이해 영역에 치중되어 있음을 알 수 있다. 이야기 교육이 듣기 중심의 이해 활동으로 편성되었을 때 남의 이야기를 듣고 분석함으로써 새로운 경험과 다른 삶에 대한 다양성을 이해하는 폭을 확장시킬 수는 있지만, 이야기는 학생 개인적 차원이 아닌 집단의 구성원으로서 자신의 존재와 관련된 삶을 드러내도록 하는 데 더욱 치중해야 한다. 그리고 이야기 수행 자체가 교육적 경험이 되어야 한다.

다음으로 이야기 교육을 표현과 이해 활동인 듣기·말하기 교육 내용을 비교해 보았다면 같은 언어사용 기능 영역인 읽기나 쓰기와

어떠한 점에서 차이점이 나는지 살펴볼 필요가 있다.[16]

기존의 이야기 교육이 읽기 영역에서는 독해를 위한 이야기 서사 구조 중심의 교육이 많았고, 쓰기에서는 이야기 변형, 새로운 이야기 창작의 상상적 글쓰기 중심 교육이었다.

읽기나 쓰기는 즉각적인 상호작용보다는 학습자 개인의 인지적 차원에서 이야기 구조의 완결성이나 통일성, 응집성 중심으로 사고하고 표현하는 데 치중해야 하므로 장면마다 섬세하고 정교한 서술에 관심을 가져야 한다. 박영목(2008: 56)에서도 구어와 문어적 서사의 차이점을 문어적 서사가 구어적 서사에 비해 구조적 측면이 훨씬 복잡하고 정교한 경우가 많다고 언급하고 있다.

이렇게 본다면 듣기·말하기 영역에서 이야기는 이야기의 구조가 읽기, 쓰기 영역에서의 이야기보다 느슨하고 덜 복잡할 가능성이 크기 때문에 읽기와는 달리 사건의 이야기 가닥이나 이야기 엮음을 자연스럽게 이해하며 구체적인 상황을 상상하고 생략된 내용을 추론하면서 들어야 한다고 볼 수 있다. 물론 화자도 이를 고려하여 말해야 한다. 그러므로 전반적으로 듣기·말하기 영역에서의 이야기는 청자의 해석 용인성에 교육 내용의 중점을 두어야 한다.

말하기 영역에서 이야기는 작문과 달리 현실적인 상황 맥락을 고려하여 이야깃거리를 발견하거나 특별한 이야기가 될 수 있도록 사건을 선별하여 구성해서 표현할 수 있도록 해야 한다. 의사전달의

---

16) 문학에서 소설(이야기)은 인간의 삶을 다룬 것이므로 인간의 삶과 서사적 요소의 긴밀한 연관성을 중심으로 내적 논리구조를 가진다. 문법은 개정 교육과정에서는 국어 사용의 실제에 '담화/글'이 이야기의 성격과 유사한 것으로 보이나 이야기 관련 교육 내용은 보이지 않는다. 다만 7차 교육과정 문법 영역에서는 이야기 문법적 요소를 중심으로 이야기 구조, 발화의 기능, 장면에 따른 표현과 이해를 주요 내용으로 삼고 있다. 이 책은 언어 사용 기능 영역 안에서 이야기를 다루므로 논외로 한다.

효율성 측면보다는 학습자 개개인의 경험이 소중한 가치가 있도록 변인을 고려하는 것이 중요하다는 것이다.

개정 교육과정에서 이야기 담화 유형을 저학년에 배열한 것은 이야기 교육이 재미 이상의 교육적 의의와 초기 문식성 발달에 중요한 영향을 끼치기 때문(박창균 외, 2007: 119)이라는 것은 인정하나 이야기 담화가 가진 특수한 지식이나 기능이 표현과 이해의 측면, 전 학년에 걸쳐 균형 있게 배열되어야 국민공통기본의 내용을 충실하게 수행할 수 있는 기회를 가지게 된다.

면담이나 토론, 대화와 달리 심화선택과목인 화법에 이야기 담화 유형이 제시되지 않는 점을 고려한다면 1학년에서 10학년까지 학년별 범위 내에서 이야기 담화 교육은 완결성을 지녀야 한다.

4. 듣기·말하기에서 이야기 교육 방향

이야기는 그 내용이 외부에서 주어지는 것이 아니라 학습자의 삶에서 이끌어 낼 수 있고 스스로 그 내용을 만들 수 있고 누구나 교류할 수 있기 때문에 그 자체만으로도 가치가 있다.

앞의 논의를 바탕으로 듣기·말하기에서 이야기 교육 방향을 제안하면서 결론으로 대신하고자 한다.

첫째, 듣기·말하기 영역에서 이야기 교육은 비언어적, 반언어적 표현을 중심으로 상호 소통적 차원으로 구조화되어야 한다. 이야기 교육 내용이 언어적 표현에만 편중되어 있으며 비언어적, 반언어적 표현에 대한 교육이 미비하고 이야기 듣기와 말하기가 분절되어 있어 대인 관계적 차원에서 청자의 참여를 유도하기 어렵다.

둘째, 이야기 담화의 수준과 범위가 너무 한정적이기 때문에 다양한 이야기 종류를 배열해서 수행의 기회를 가지게 해야 한다. 특히 학년별로 저학년은 상상 이야기, 중학년은 허구적 사실 이야기, 고학년은 사실적 이야기 중심으로 계열화하는 방법을 제시한다.

셋째, 이야기 교육은 듣기와 말하기가 균형을 이루어야 한다. 개정 교육과정에서는 듣기에 편중되어 있으므로 표현과 이해 측면에서 불균형을 초래한다. 학습자 개인의 경험이 사회적 맥락 속에서 상호작용할 수 있도록 표현의 기회를 많이 부여하도록 해야 한다.

넷째, 듣기·말하기 영역에서 이야기 교육의 초점은 문어 매체와 다르다. 이야기 읽기 교육 내용과의 차별성은 청자가 이야기를 해석하고 상상할 수 있는 용인성을 높게 하고 가변적인 상황 맥락에 민감하게 반응하여 사고를 구성하는 변인을 고려하는 것에 초점을 두어야 한다. 즉, 듣기·말하기에서 이야기 담화 유형은 읽기나 쓰기에 비해 해석 가능도나 표현의 가변성이 높은 열려있는 담화 유형이라야 한다.

실제 듣기·말하기 수업 현장에서는 이야기하기에 소극적인 학생이 많다. 그러한 학생들을 교육적 처치 없이 방관한다면 듣기·말하기 수업은 재미없고 형식적인 그저 남의 말만 듣는 수동적인 수업이 될 것이다.

듣기·말하기 수업이 역동적이고 재미있는 삶의 이야기로 이루어지기 위해서는 교육 과정에서부터 그 체계성과 완벽성을 갖추어야 하며, 이 책은 그러한 문제의식을 시작으로 이야기 교육 내용을 비판적으로 검토해 보았다. 앞으로 더 논의해야 할 문제가 있지만, 후속 과제로 남기는 것으로 마무리하겠다.

참고문헌

강문희(2008), 『아동문학교육』, 서울: 학지사.

강성숙(1995), 「이야기꾼의 성향과 이야기 특성에 관한 연구」, 이화여자대학교 대학원 석사학위 논문.

강혜정(2002), 「이야기 학습을 활용한 초등영어 수업모형 개발 및 적용 방안」, 연세대학교 대학원 석사학위 논문.

구현정(2000), 「유머담화의 구조와 생성 기제」, 『한글』, 248, 한글학회.

국립국어원(2000), 『표준국어대사전』, 서울: 두산동아.

글쓰기 교재편찬위원회 편(2009), 『창조적 글쓰기』, 서울: 쿠북.

김갑이(2004), 「이야기 구성력 신장을 위한 이야기 읽기」, 한국교원대학교 교육대학원 석사학위 논문.

김봉국(2009), 「지역방언과 국어교육」, 『국어교육학연구』, 35, 국어교육학회.

김수업(2010), 「이야기대회에 던지는 물음」, http://korlan.gnu.kr.

김순복(2002), 「이야기 구조를 통한 이야기 글 지도 방안 연구」, 『초등 국어교육』, 12, 초등교육학회.

김정희(2010), 『스토리텔링 이론과 실제』, 고양: 인간사랑.

김재봉(2003), 『초등 말하기·듣기 교육론』, 파주: 교육과학사.

김의숙·이창식(2008), 『문학콘텐츠와 스토리텔링』, 서울: 역락.

김혜숙(2009), 「사회방언과 국어교육」, 『국어교육학연구』, 35, 국어교육학회.

교육과학기술부(2008), 『고등학교 교육과정 해설』.

도혜연(2010), 「이야기에 근거한 기독교학교교육의 한 모델」, 장로회신학대학교 대학원 석사학위 논문.

류민현(2009), 「인문계 고등학교 입말 이야기 교육현장 연구」, 경상대학교 교육대학원 석사학위 논문.

박인기(2003), 『국어교육과 미디어 텍스트』, 심지원.

박영목(2008), 『독서 교육론』, 서울: 박이정.

박창균·이정우·이정희·이창덕(2007), 『말하기·듣기 교육의 이론과 실제』, 서울: 박이정.

서영자(2002), 「중학생 이야기하기 실태 연구」, 경상대학교 교육대학원 석사학위 논문.

송경숙(2008), 『담화 화용론』, 서울: 한국문화사.

오진희(2009), 「이야기 이해에 기초한 수학적 추론 활동이 유아의 내러티브·수학능력에 미치는 영향」, 덕성여자대학교 대학원 박사학위 논문.

이경화·안부영(2010), 「텍스트 중심 교육과정의 의의와 한계: 2007 개정 교육과정을 중심으로」, 『새국어교육』, 85집, 한국국어교육학회.

이귀염(2000), 「영어 이야기 들려주기를 통한 어휘 인지도 비교 연구」, 서울교육대학교 교육대학원 석사학위 논문.

이무완(2002), 「삽입 이야기를 활용한 설득문 쓰기 지도 원리 탐색」, 『인문사회교육연구』, 5, 춘천교육대학교.

이삼형·김중신·이성영·서혁·최미숙·고광수·신명선·남가영(2003), 『국어교육 연구의 반성과 전망』, 서울: 역락.

이정우·김숙희(2004), 「스토리텔링으로 꾸미는 말하기·듣기 교육」, 『경인초등국어교육학회 학술 발표 자료집』, 경인초등국어교육학회.

이종희(2001), 「상호작용 이야기활동 활용방안」, 서울교육대학교 대학원 석사학위 논문.

이창덕·임칠성·심영택·원진숙·박재현(2010), 『화법 교육론』, 서울: 역락.

임칠성(2008), 「화법 교육과정의 담화 유형에 대한 범주적 접근」, 『화법연구』, 12, 한국화법학회.

위선희(2006), 「도덕교육 방안으로 이야기하기에 관한 연구」, 연세대학원 교육대학원 석사학위 논문.

장재우(2008), 「일반 영역의 이야기와 비교를 통한 이야기식 설교 방향성 연구」, 총신대학원 신학대학원 석사학위 논문.

전은주(2001), 「말하기 영역의 교육과정 내용에 대한 타당성 고찰」, 『화법연구』, 3, 한국화법학회.

정동순(2004), 「초등 영어 이야기 자료 선정 기준 설정에 관한 연구」, 서울교육대학교 교육대학원 석사학위 논문.

주경희(2008), 「언어의 유희적 기능에 대한 국어교육적 고찰」, 『국어교육학연구』, 33, 국어교육학회.

최미숙·원진숙·정혜승·김봉순·이경화·전은주·정현선·주세형(2008), 『국어교육의 이해』, 사회평론.

최연아(2000), 「이야기 자료를 활용한 초등 영어 수업 모형 연구」, 서울교육대학교 교육대학원 석사학위 논문.

표민선(2003), 「이야기 자료를 활용한 초등영어 지도 방안 연구」, 춘천교육대학교 교육대학원 석사학위 논문.

Allan C. Ornstein·Francis P. Hunkins(2007), *Curriculum,* 장인실·한혜정

· 김인식 · 강현석 · 손민호 · 최호성 · 김평국 · 이광우 · 정영근 · 이흔
정 · 정미경 · 허창수 옮김, 『교육과정』, 서울: 학지사.
David Nunan(1999), *second language teaching & learning*, 임영빈 · 한혜령
· 송해성 · 김지선 옮김, 『제2언어 교수학습』, 서울: 한국문화사.
Stephen W. Littlejohn(1996), *Theories of Human Communication*, 김홍규 옮
김, 『커뮤니케이션이론』, 파주: 나남출판.

제4장 국어과 표현 교육을 위한 사고과정

1. 문제제기

경험 말하기의 효율적 표현을 위해서는 기존의 학습 심리 과정에 기반을 둔 '계획하기 - 내용 생성하기 - 조직하기 - 표현하기'와 같은 과정 중심은 한계가 있다. 이러한 과정은 언어적 형상화에 치중함으로써 표현을 위한 일반적 사고과정을 가시적 측면에서만 주로 다루다 보니 표현 이면에 존재하는 학습자 기억 속 경험의 본질을 진정성 있게 충분히 살려내지 못하고 있다.

표현이란 어떠한 내용을 어떠한 방식으로 나타내느냐의 문제로 귀결되는 측면에서 사고력과 밀접한 관련을 맺는다. 특히 자신의 과거 경험을 말한다는 것은 과거 기억 속 각인된 행동이나 느낌, 사건 등 복합적으로 작동되는 요인들을 선택하고 현재의 자신과 관련지어 해석하는 과정이 동반되므로 학습자 개인의 인지적 사고의 부담이 크다. 이러한 인지적 사고는 표현을 위해 전제되어야 하며 불가분의 관계를 지닌다는 점에서 담화 표현 교육 이전에 선행적으로 탐구되어야 한다. 표현 교육이라는 명명하에 국어교육은 텍스트나 담화의 생산 결과물을 어떻게 잘 구조화하고 적절한 표현 기법을 사용하느냐의 문제에 집중했다.

기존의 말하기 교육에서 표현 연구는 효과적인 전달방식이나 비언어적 표현(이주섭, 2008; 노은희, 2005), 감정이나 정서표현(문금현, 2012), 언어적 표현 방식(조태린·정희창·이수연, 2008) 중심으로 이루어졌다. 이러한 연구는 표현의 층위나 범주 대상에 대한 연구도 다각도로 이루어지고 있지만 사고의 결과 이후 생산물로써 담화나 글의 형태를 가시적으로 분석하는데 치중하여 표현 양식을 형식화하고 규정한다. 물론 표현의 결과는 표현과정에 대한 사고력의 결과로 이어지고 효과적인 담화 수행을 위한 형식적이고 구조적인 차원에서 효율적인 전략을 제공한다는 점에서 중요하다.

그러나 이러한 연구는 담화 형식이 분명한 장르 종에 대해서 유의미한 결론을 도출할 수 있지만 그렇지 못한 담화인 경우 표현 영역에서 배제되거나 표현 과정에 대한 인지적 절차와 탐구와 관련하여 주목받지 못할 가능성이 높다. 실제 말하기 영역에서 다루는 주된 담화가 언어 사용 기능이나 형식이 분명한 토론, 면담, 협상, 연설, 발표와 같이 설득이나 설명을 목적으로 하는 담화 유형 교육에 치중되어 있고 이외의 복합적 장르와 언어 사용 목적이 혼합 양상을 보이는 담화¹⁾는 다루고 있지 못하다.

이런 부분에서 경험 말하기도 예외가 아니다. 국어교육에서 텍스트 경계와 확장 차원에서 최근 생활 국어 공간에서 장르들을 문화교육적 차원에서 새롭게 주목해야 할 때(박인기, 2003)임을 고려한다면 개인 경험과 관련한 개별적 텍스트 생산은 기존의 구조 중심, 기능 중심, 장르 중심의 텍스트 유형 분류에 나타나는 한계에 대한 대안이 되며 국어교육에서 주요하게 다루어야 하는 자아에 대한 접근을 가능2)하게 한다는 점에서 그 중요성이 크다.

경험 말하기3)는 개인의 삶과 교육의 유기성 측면에서 학습과 삶을 연계하기 용이한 담화 양식이고 실생활과 가장 가까운 담화 형태로 누구나 쉽게 접근할 수 있으며 최근 인성이나 자아 형성을 중점적으로 강조하고 있는 교육 정책과 부합되면서 활용성이 높은 담화이자 시의성이 높은 담화로 충분하다. 그러나 과학적 사고에 기초한 논리적 위계에 따라 교육과정에서는 초등 저학년에 말하기의 흥미

---

1) 장르관에 따라 담화를 유형으로 분류하느냐 장르 생성의 과정으로 보느냐에 따라 달리 접근된다. Knapp(2005)는 장르를 사회적 과정이며 다중 장르 산물을 생산한다고 하였는데, 서사 담화는 이야기나 기술, 논증이 전체적 관련성을 지니면서 통합적으로 변형되거나 생성되는 특징을 지닌다.

2) 국어교육에서도 자기의 경험을 바탕으로 자아 정체성을 찾아가는 연구물(이형빈, 1999; 임경순, 2003)을 볼 때 경험을 말한다는 것은 자신의 삶에 대한 인식과 성찰의 기회를 제공하고 자신의 정체성을 구성해가는 과정이 된다. Erikson(1968)은 아동기까지 형성된 자아의식과 달리 청소년기는 급격한 신체적 변화와 인지적, 심리적 변화와 그에 따른 적응, 그리고 사회적 요구의 변화에 대한 적응 등으로 또 다른 자아상(self-image)이 모색되면서 장차 한 사람의 성인으로서 자신이 갖게 될 통합된 일반적 자아를 형성하고 추구하게 된다. 이런 의미에서 청소년기의 경험 말하기는 정체성과 자아 형성 측면에서 중요한 의미가 있다.

3) 이 책에서 말하는 경험은 이야기 내용으로써 개인이 경험한 특정한 사건에서 의미 있는 것을 전달해주는 직접 체험한 경험을 말한다. 경험 말하기란 경험이라는 대상을 말하기라는 수행 방식으로 표현하는 것을 말하며 이야기하기와 같은 동사적 측면으로 본다. 따라서 경험 말하기란 경험 이야기하기와 같은 의미로 사용한다. 경험 말하기는 논자마다 경험적 내러티브(서현석·이주섭, 2013), 일상적 내러티브(김흥남, 2013), 개인적 내러티브(정미라·이영미·권희경, 2010), 경험한 이야기(유동엽, 2009)와 같이 다양하게 번역되어 사용되고 있으나, 이 책은 내러티브라는 원어 사용이 학생들에게 주지하기에 무리가 있는 점, 국어교육에서 순화된 용어 사용이 필요하다는 점 등을 고려하여 경험 말하기라는 용어를 사용한다. 경험 말하기는 다양한 방식으로 구현될 수 있으므로 여기서는 발표상황과 같은 공식적 담화 수행을 전제로 한 것에 한정한다. 따라서 여기서 사고 과정이란 공식적 경험 말하기 수행 전 학습자들이 자동으로 떠올리는 사고 과정을 의미한다.

를 위해 도입되는 경향이 있거나 중등의 경우 대화라는 담화 유형에 포섭되어 그 정체성이 드러나지 않아 담화 정체성이 모호한 실정이다. 실제 선행 연구를 살펴보면 주로 유아기인 5세에서 6세, 초등 학령기를 대상으로 이야기 구문 발달이나 어휘나 표현력, 부모나 교사와의 상호작용과 같은 연구(이영자·이지현, 2005; 권유진·배소연, 2006; 채미영·김경철, 2008)나 초등 저학년 연구가(유동엽, 2009, 2010, 2012, 2013; 서현석·이주섭, 2013)가 있을 뿐 중학생을 대상으로 한 연구는 전무하다. 현행 2009 개정 교육과정에서도 성격과 목표, 교육, 내용과 방법 전반에 걸쳐 학습자의 경험의 중요성이 명명되어 있음에도 불구하고 그것을 체계화하기 위한 인식이나 방법적 접근이 미진했다.

따라서 이 책은 자기표현4)의 구체적 담화로 실현되는 경험 말하기를 위해 담화로 표현되는 이전 단계인 심리적 사고 과정에 주목하고자 한다. 표현 전과 이후를 분리하여 접근하는 것이 무리일 수 있고 '무엇을 어떻게 말하느냐'에서 내용(의미)과 표현(방법)이 불가분의 관계를 지니지만, 표현이 더 적극적으로 상대방에게 자신을 알리는 언어행위(국어교육연구소, 1999: 765)임을 고려할 때, 발신자의 심리적 작용이 표현의 원천임을 알 수 있다. 발신자의 심리 내용이 텍스트 생산의 중심5)에 있으며 표현 의도(purpose), 표현 형식

---

4) 화법 영역에서의 자기표현(assertiveness)과 작문에서의 자기표현(expressive)은 사용 양상이 다르다. 화법에서는 확신을 가지고 기술적으로 생각이나 느낌을 직접 전달하는 말하기 훈련 기법과 관련된 용어이고, 작문에서는 필자가 내적으로 성찰하고 반성한다는 의미로 주로 사용되는 용어이다. 이 책에서는 경험 말하기를 통해 자아에 대한 성장에 기여할 수 있다고 보기 때문에 말하기 영역이지만 expressive의 의미로 해석한다.

5) 텍스트 생산 모형에서 발신자의 심리 내용이 중심에 있고 문화 상황, 텍스트, 표현 원천은 서로 관계 맺음을 알 수 있다(이삼형 외, 2000: 48). 따라서 의미 구성의 핵심 요소가 의미를 생산하는 주체에 근거하고 있다(Ogden & Richards, 1930).

(form), 표현 실체(substance)를 결정하기 때문이다.

경험 말하기에서 발신자의 심리 내용을 중심으로 학습자의 사고 과정에 대한 근거를 자동 사고 기술지를 통해 범주화하고 다각도의 차원에서 교육 방안을 제안하고자 한다. 기존의 교육에서 막연하게 '경험을 떠올려 말해보자'는 식의 방법은 학습자의 과거 기억 속 특정 사건 중심의 편파적인 기억에 의존할 가능성이 높다. 개인의 경험이 진정한 의미에서 자아 성장에 기여하기 위해서 사고 과정에 대한 체계화된 접근을 교육적으로 시도할 필요성이 있으므로, 이 책은 학습자들의 실태와 배경 학문의 이론을 바탕으로 논의를 진행하고자 한다.

2. 경험적 사고 과정의 인식 실태 분석

과거의 경험을 떠올릴 때 학습자들은 어떠한 사고를 하는지 자동 사고 기술지를 투입하여 중학생들의 실태를 알아보고자 한다.

연구 대상 학생은 경남 김해 'ㅈ중학교'로 중학생 1학년, 2학년, 3학년 학습자 총 249명이다. 대상 학교는 농산어촌 남녀공학으로 전교생을 대상으로 한다. 집단 구분을 하지 않은 이유는 학습자 개개인의 경험의 표현 양상을 지능, 개성, 교과별 성취 수준과 같은 변인을 통제하지 않음으로써 일반적으로 중학생이 지니는 경험 말하기 사고 실태를 알아보기 위함이다.

지역별 학교를 표집 한다든지, 성적이 상위권인 학생을 대상으로 한다든지, 대도시 학생을 대상으로 경험 말하기 담화를 분석했을 경우 중학생 경험의 일반적인 양상을 종합적으로 분석할 수 없을 것으로 판단된다.6) 학습자의 경험 형성은 다양한 사회 문화적 변인에 영향을 받기 때문이다. 이 책의 연구 목적이 학습자 경험에 영향을 미치는 변인에 대한 접근이 아니라 경험 생성 과정에 관련된 연구이므로 개인의 인지적 과정에 집중할 필요가 있다고 보았다. 따라서 실태조사를 위한 대상 선정에서 대도시나 도시, 농촌과 같이 다양한 집단을 표집해서 양적으로 분석하는 것도 일반화의 측면에서 의의가 있으나, 여기서는 특정 집단을 대상으로 함으로써 유사한 환경에 노출된 학습자들의 경험 말하기를 위한 인지적 과정을 분석함을 전제로 한다.

학습자가 경험 말하기를 산출하기 전에 어떠한 사고 과정을 거치는지 알아보기 위해서 '자동 사고 기술지'라는 검사 도구를 사용하였다. 자동적 사고는 활성화된 도식에 대한 단서를 제공할 수 있고 가장 쉽게 접근할 수 있는 인지 수준이다. 이 기술지는 자동적 사고를 유도하는 표준적이고 신뢰할 만한 방법(Lawrence P. Riso · Pieter L. Toit · Dan J. Stein · Jeffrey E. Young, 2010: 16, 김영혜 옮김)이다. 자동 사고 기술지의 내용은 특정 상황에서 기분과 그때의 사고를 질문에 따라 기술하면서 자동으로 떠오르는 사고 인식을 알아보기에 좋은 도구로, 특정한 상황에 대한 반응으로 특정한 노력

---

6) 개인별 경험은 다양한 변인의 영향을 받기 마련이다. 즉 가정 형편이나 부모의 양육태도, 대도시나 농촌과 같이 사는 지역의 문화적 영향 등은 학생 개개인의 경험에 영향을 미친다. 예로, 대도시 중학생들의 경우 부모의 경제력이 높아 문화 경험이나 다양한 체험 활동을 농촌 학생보다는 많이 할 가능성이 높다. 경험의 편차가 클 수밖에 없는 점을 고려하여 이 책은 농산어촌 남녀공학 학교를 표집대상으로 선정한다. 이러한 단위 학교에서의 표집 선정은 이러한 환경과 유사한 다른 학교 학생들의 경험 말하기 실태의 전형성을 보여줄 수 있을 것으로 본다. 일반화의 가능성은 낮지만, 농산어촌 단위학교에서 경험 말하기 사고 과정에 대한 경향을 파악할 수 있을 것으로 본다.

없이 자발적으로 발생하는 순간적인 인지를 알아볼 수 있다. 또한 경험은 개인의 기분과 상황에 대한 행동 반응이 모두 관련되어 있다는 점에서 자동 사고 기록지는 경험 말하기와 관련된 학습자의 사고 과정을 가시적으로 분석할 수 있다는 점에서 신뢰할 만하다. 자동 사고 기록지의 양식은 부록에 첨부하고 사고와 관련된 부분은 필요한 항목을 중심으로 선택해서 사용하고자 한다[7].

경험 말하기를 하기 전 어떤 사고를 생성하는지 자동 사고 기술지 항목에서 '무엇이 당신의 마음에 떠올랐나요?', '그 상황이 당신에 대해 무엇을 의미했나요?,' '마음에 떠오르는 이미지를 묘사하시오' 에 대한 반응을 중심으로 대표성을 띤 문구를 선택하여 기술하면 다음과 같다. 범주 구분은 자기 자신을 적극적으로 드러내어 상대방을 이해하기 위한 세 가지 요소, 즉 표현의 내용(자신이 드러내는 정서, 사상 등), 표현 수단(말, 글), 표현하는 사람(화자, 청자, 독자)과 같은 표현의 3요소(서울대학교 국어교육연구소, 1999)를 상위 범주화 하였다.

---

7) 자동 사고 기록지는 특정 상황에 대한 기분과 사고를 알아보기 위한 것이지만, 이 책은 학습자들이 특정 경험을 떠올리게 하는 사고 중점으로 논의를 진행하고자 하므로 사고 항목을 중심으로 기술지의 내용을 분석하였다.

[표 4-1] 기억과 관련된 경험적 사고 인식

범주	기술 문구
주제 (내용)	좋은 일을 말해야 하나, 나쁜 일을 말해도 되나? 긍정적인 이야기를 할까, 부정적인 이야기를 할까? 더 특별한 경험을 찾기 가장 최근의 사건 가장 기뻤던 일 쉽게 말할 수 있는 것 장소와 관련된 사건 가장 흥미로웠던 것 진지하고 교훈적인 내용 직접적인 영향을 주는 사건 사진을 가지고 있는 추억
방법 (수단)	있는 그대로 사실대로 말하는 방법 자연스럽게 말할 수 있을까? 가장 부담 없이 말하기 혼자 어떻게 말하지? 이야기를 잘할 수 있을까?
관계 (화자, 청자)	다른 사람이 듣기에도 부담이 없음. 공개적으로 말할 수 있는 내용 상대방과 공감 나누기 다른 사람에게 반응 좋음. 상대방에게 웃음을 주고 싶음.

경험 이야기를 하기 위해 이전 사고로 '무엇을 떠올리는가?'에 대한 반응 결과를 보면 '무엇에 대해 말할까?'와 관련된 주제에 대한 고민이 186명으로 전체 249명 중 74.7%를 차지한다. 다음으로 방법적으로 고민한 학생이 35명으로 14%, 청자 인식은 18명으로 7.2%를 차지한다.

중학생을 대상으로 경험 말하기를 위한 기억 생성과 관련된 기술지 응답을 분석한 결과 학년별 공통으로 '무엇에 대해 말할까?'를 가장 큰 고민하는 것으로 나왔다. 경험 말하기를 위해 어떤 경험을 떠올리고 선정하는 문제가 가장 큰 문제라 할 수 있다. 이는 이때까지 살아오면서 어떤 경험이 의미 있고 기억에 남아 있는지 선정하는 문제로 학습자들이 기억에 의존하는 경향이 있다는 것이다. 특별한 경험이 떠오르지 않거나 기억에 남아 있지 않거나 많은 경험에서 선정하는 차원에서의 문제와 관련된다.

이밖에 경험 말하기를 '어떻게 해야 하는지'에 대한 사고 인식은 학년별로 전반적으로 낮았지만, 청자 인식에 비하면 높은 편이다. 이는 경험 말하기 교육 방법을 지도받지 않은 것도 원인이겠지만 일반적으로 심리적인 차원에서 불안이 지배하는 것을 알 수 있다. 말하는 방법이나 태도의 문제와 심리적인 문제가 그 원인일 것이다. 학년별 공통으로 경험 말하기를 하기 위해 청자에 대한 인식도는 매우 낮은 편이다. 이는 청중을 고려하지 않고 자기중심적 말하기에 치중되어 있음을 알 수 있다. 경험을 공유한다는 것은 나의 경험뿐 아니라 상대방의 경험을 수용하고 이해하면서 함께 의미를 나누는 과정이므로 청자 인식은 아주 중요한 문제라 할 수 있다. 앞의 인식 실태를 주제 범주, 방법 범주, 청자 인식의 관계 범주로 구분한다. 이러한 범주 구분은 앞으로 논할 경험 말하기 교육 내용이나 방법 설정을 위한 범주 구분의 근거가 된다. 범주 구분을 통해 교육적 시사점을 찾으면 다음과 같다.

주제 범주는 '무엇에 대해 말을 할까?'에 대한 것으로 이전까지의 경험의 양과 질을 고려하면서 이야기를 탐색하는 단계이다. 이때 주제도 긍정·부정 이야기, 기쁘거나 가장 슬프거나 흥미로운 일과 같은 정서적 요소와 가장 최근의 사건과 같은 시간적 요소, 교훈적인 내용과 같은 가치적 요소, 장소와 관련된 장소 요소나 물건과 소품을 통해 심상이나 추억을 떠올리거나 내용을 마련하는 매개 요소로 구분할 수 있다.

　방법 범주는 경험 말하기를 떠올릴 때 말하기 위한 방법을 탐색하는 경우이다. 여기서 방법은 개인이 말하기를 수행할 때 경험 말하기를 표현하는 과정에 대한 심리적 사고를 말한다. 대중 앞에서 발표해야 하는 상황에서 인지적 부담을 느끼고 있으며 내면적인 대화 형식으로 나타나고 있다. 일상적인 행동을 방해받거나 어떤 선택을 해야 하는 경우 인식이 반드시 필요하다는 Meichenbaum 주장(전은주, 2008: 7)과 맥을 같이 한다. 어떻게 경험을 표현하느냐에 대한 선택 이전에 학습자들은 불안과 같은 심리적 반향(counterproductive)을 인식하며 말하기 불안의 세 관점인 인지적, 감정적, 행동적 측면 중 인지적 측면에서의 표현 방법에 편중되어 있음을 알 수 있다. 그리고 가장 부담 없이 말하기, 있는 그대로 사실대로 말하는 방법을 통해 방법적 선택의 양상은 수사적 꾸밈이나 내용의 과장이나 축소가 아닌, 있는 사실을 그대로 표현하고자 하는 양상이 주로 나타남을 알 수 있다. 이러한 양상은 경험적 말하기가 실제 있었던 사실을 지향하고 있음을 알 수 있으며, '자연스럽게 말을 할 수 있을까?', '이야기를 잘할 수 있을까?'와 같은 긍정적인 표현 과정을 추구하고자 하는 사고 과정을 경험할 수 있도록 교육적 처치가 되어야 한다.

　관계 범주는 의사소통에서 내용 정보를 전달하는 외에 모든 의사소통은 의사소통자들 사이의 관계에 대한 규정을 내포하고 있는데, 이것은 의사소통 내용을 어떻게 해석해야 하는가를 지시해 주므로(임칠성, 2004) 말할 내용과 방법을 규정한다는 의미에서 중요하다. 학습자의 양상은 긍정적인 관계를 지향하기 위해 청자 지향의 사고 과정을 거침을 알 수 있다. 듣는 사람을 고려하는 요소로 부담이 없는 내용, 공감 나누기, 반응도, 웃음과 같은 유쾌한 정서를 공유하기를 지향한다. 이러한 긍정적 관계에 대한 사고과정은 듣는 이에게 적극적인 반응을 유도하며 내용 이해나 확인과 더불어 이어질 내용을 촉진하게 하여 의사소통 참여자들 간의 상호 교류를 원활하게 진행하게 한다.

경험 말하기는 화자와 청자의 공통된 경험의 공유 과정이나 정서의 수용적 접근을 용이하게 하므로 청자를 전제로 한 상호작용에서 긍정적 유도를 촉진한다. 또한, 경험에 대한 개방성이 높은 사람은 지적 자극을 좋아하고 변화 및 다양성을 추구한다. 또 창의적이며 교양이 풍부하고, 호기심이 많아 새로운 일에 도전적이며 개방적이고 지적으로 민감성을 나타낸다(Barrick & Mount, 1991, 장해순 재인용). 관계 범주에서 청자에게 수용 가능 정도성, 우호적 청자 반응 표현과 관련된 내용 요소를 설정할 필요가 있다.

중학생의 자동 사고 기술지 반응을 통해 나타난 실태를 정리하면 다음과 같다.

먼저 중학생은 기억 생성과 관련된 사고 인식에서 과거 경험 중 어떠한 경험을 떠올려야 하는지와 관련된 회상 부분에서 어려움이 많았다. 무슨 경험을 말해야 하는지에 대한 의식이 없다는 것은 학습자들의 일상생활 속에서 사소한 경험이나 행동들에 대해 특별한 의미를 부여하지 못한다는 것으로 해석된다. 주로 초등학교 때, 유치원 때와 같은 학교 입시와 관련된 기억에 의존하여 경험을 회고한다든지, 사고나 고통과 같은 물리적 아픈 기억을 먼저 떠올린다는 것을 보면 일상의 생활 속에서 경험을 통한 의미 부여가 부족하고 물리적 고통이나 아픔, 두려움과 같은 편중된 경험에 한정되어 있음을 알 수 있다.

　방법과 관련된 인식은 말하기 불안과 관련된 심리적인 부분에 대한 인식이 많음을 알 수 있다. 모든 말하기에서 불안은 생리적인 현상이기도 하겠지만, 불안한 마음은 더욱 생산적인 활동을 방해하므로 긍정적인 사고를 생성할 수 있도록 학습 분위기가 조성되어야 할 것이다. 학습자들이 인지적인 방법인 심리적 불안을 주로 인식한 것에 치중하고 있는 것은 개인의 심리적 불안도 원인이겠지만 이러한 담화를 수행하기 위한 방법적인 처치가 미흡하기 때문이다. 어떠한 절차와 방법에 따라 경험 말하기를 수행한다는 것을 인식하게 되면 심리적인 불안은 더 감소할 것으로 본다. 따라서 방법적인 차원에서의 교육 방향은 온화한 학습 분위기를 조성하고 경험 말하기를 수행하기 위한 방법적인 절차를 교사가 안내할 필요가 있다.

　청자 인식과 관련된 부분에서 중학생들은 아주 낮은 인식을 가지고 있다. 나의 경험을 누가 듣느냐는 경험의 수준과 내용을 결정짓기 때문에 중요한 변수이다. 청자들과 같이 공유할 수 있는 내용이나 청자들이 호기심을 가지고 즐겁게 들을 수 있는 내용을 선정할 수 있도록 청자에 대한 인식을 가지는 것이 중요하다. 이는 자기 중심성이 강한 청소년기의 특성에 기인하기는 하나 경험 말하기를 하는 목표가 상대방과의 삶을 공유하는 측면에서 청자가 수용하고 공유하기 위해서는 타자에 대한 인식도 중요하다는 것을 인식시킬 필요가 있다. 이들 요소는 상호 관련성이 있으므로 교육적 처치를 위해서는 균형 있게 접근하는 것이 타당하다.

3. 경험 말하기 사고 과정에 따른 교육 방안

3.1. 참여자 개인의 의미 생성 차원

듣기·말하기의 인지 체계는 개인이 스스로 기억에서 경험을 이끌어 내는 과정이 필수적이다. 이러한 인지 처리 과정에 따른 의미 구성은 개인의 정체성과 관련된 가치관과 신념이 주요 기제가 된다. 이는 앞장에서 주제 범주는 '무엇에 대해 말을 할까?'에 대한 것으로 이전까지의 경험의 양과 질을 고려하면서 자신의 경험을 탐색하는 단계에 해당하며, 어떠한 주제로 의미를 구성할 것인가와 관련된다.

첫째, 외부의 자극이나 정보를 참여자는 수용하여 일차적으로 자신이 가진 스키마를 활용하여 입력된 정보와 결합한다. 외부정보와 자신의 경험과 관련된 정보를 결합하는 단계이다. 예로, 외부 참여자가 날씨와 관련된 이야기를 하면 자신의 기억 속 날씨로 인한 특정 기억을 이끌어 내는 단계라 할 수 있다. 그런 정보들은 말하기를 위한 소재나 자료와 같은 중립적인 정보에 해당한다. 예를 들면, 지난여름 놀이공원에 갔는데 소나기가 왔던 일, 장마철에 홍수가 나 강물이 불어난 일, 이번 겨울에 폭설이 와서 도로가 마비된 일 등이 해당한다. 이러한 일은 객관적인 사실로써 자신만이 경험한 것이 아니라 실제적 정보이다. 그러나 이러한 객관적 정보가 자신에게 의미 있는 경험으로 작용하기 위해서는 나름의 변환규칙이 적용된다. 상대방이 말하고자 하는 의도와 관련된 주제를 선택하고 자신이 말하고자 하는 목적이 잘 드러나는 방식을 선택하기 위해서 내용을 선정하고 조직하게 된다. 이때 상대방이 누구냐, 나와 어떤 관계냐에 따라 그 변환 규칙은 달라진다. 예로, 교장 선생님께 날씨와 관련된 경험 말하기와 어린 동생에게 날씨와 관련된 경험 이야기를 한다면 표현법이나 내용이 달라질 수 있다. 교장 선생님께는 공적인 이야기나 공손법과 같은 변환 규칙이 적용될 것이고, 어린 동생에게는 사적이고 낮춤과 관련된 내용으로 변환될 수 있다. 즉, 변환 규칙은 경험 말하기를 하기 위해 의식적인 인지 작용이 본격으로 되며 상황맥락이나 참여자 관계나 목적에 따라 외적인 규칙이 적용되는 단계이다.

둘째 경험적 말하기 상황을 고려한 제반 요소들이 관련된 내용이나 표현에서 결정되면서 경험적 말하기를 위해 내용이나 표현이 재구조화되는 단계이다. 이 단계는 편파적인 경험적 정보의 나열이 아니라 주제를 가지고 참여자가 의도한 바를 효과적으로 재조직한다. 예를 들어, 자신이 폭설을 극복하기 위해 노력했다는 것을 알리려는 의도라면 몇 시간 동안 눈을 치우고 119에 신고하였다는 경험적 내용을 강조할 것이고, 눈이 너무 많이 온 날씨를 강조하기 위해서라면 강원도에서 길이 막혀 오지 못한 경험을 이야기할 수 있다. 이처럼 주제가 무엇을 의도하느냐에 따라 내용 조직 방식이나 표현이 달라질 수 있다.

셋째 앞선 단계들이 인지 과정을 거치면서 전체적으로 통합하는 것을 가리킨다. 객관적인 사실이나 자신의 직접 경험 중 특정 내용을 선정하고 조직하여 표현하는 전체적인 과정을 총합한다는 의미이다. 이러한 과정은 분절적, 단계적으로 이루어지는 것이 아니라 통합적으로 동시에 작용하며 회귀적이면서 조절과 점검과정을 거치면서 수정된다. 위 내용을 바탕으로 경험 말하기 생성을 위한 의미 구성 단계를 재도식화하면 <그림 4-1>과 같다.

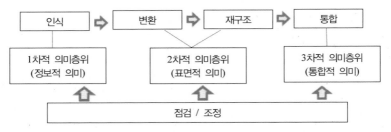

<그림 4-1> 인지적 차원에서 의미 구성 과정

1차적 의미 층위는 정보적 의미로서 단편적인 지식이나 자신의 배경지식과 관련되며 학습자가 사물이나 대상을 어떻게 인식하느냐, 무엇을 인식하느냐와 관련된다. 또 같은 경험이라도 그것을 바라보는 관점이나 경험의 초점을 선택하는 단계이다. 2차적 의미 층위는 표현적 의미로 외부 관습에 따른 장르 지식과 관련된 것으로 자신의 경험으로 해석한 내용을 청자나 상황맥락에 따라 표현을 선택하고 내용을 장르 관습에 따라 구성하는 단계이다. 3차적 의미 층위는 배경지식, 중립적인 정보, 장르 지식, 내용 지식을 자신의 신념과 가치로 해석하는 단계이며 조정과 조절을 적극적으로 활용하는 단계이다.

이러한 인지체계는 사고의 과정으로 학습자에게 어떠한 교육적 처치를 해줄 수 있는 근거가 된다. 그러나 이러한 인지 과정에 대해 학습을 한다고 경험 이야기를 잘하는 것은 아니다. 근본적으로 경험은 과거의 기억 속에 저장되어 있으며 그것을 유의미하게 현재의 경험과 관련시킬 수 있을 때 유의미한 교육이 되는 것이다. 따라서 경험 말하기는 개인의 과거 자전적 기억과 불가분의 관계를 맺으며 개인의 과거 경험에서 유의미한 경험을 이끌어 내는 것이 중요하다.

3.2. 개인의 경험 확장을 위한 방법적 차원

앞에서는 개인 경험이 어떠한 인지적 과정을 거쳐 내용이 생성되는지 그 과정을 살펴보았다. 이러한 논의는 개인적 차원에서 이루어지며 유의미한 경험이 되기 위해서는 과거 경험이 현재의 나와 어떠한 관련을 맺는지 의미를 부여할 수 있어야 가치 있는 경험이 된다. 가치 있는 경험이란 개인이 어떠한 의미를 부여하느냐와 관련되며 그것이 현재의 나에게 긍정적인 성장이 되는 발판이 되어야 하기 때문이다. 그러기 위해서는 개인 경험이 사회화의 과정을 거치는 과정에 대한 탐구가 필요하다. 따라서 이 책의 취지를 가장 잘 반영할 수 있는 이론적 모형으로 Pinar(1975)의 자서전적 방법(Autobiographical Method)을 도입[8]하고자 한다.

Pinar(1975)의 자서전적 방법(Autobiographical Method)은 국어 교과 내에서도 자기 이해, 자아 성찰, 경험 서사, 자전적 서사의 형상화와 같은 연구 방법(전한성, 2011; 서영진, 2013)으로 주로 사용하고 있어 시사 받을 만하다. 그 단계를 보면 다음과 같다.

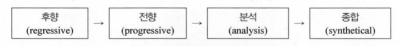

<그림 4-2> 개인의 경험 확장을 위한 방법적 과정

---

8) 개인의 경험 이야기는 자신이 직접 체험했거나 간접적으로 체험한 사건이나 심정을 표현하는 말하기이므로 자서전적인 유형과 유사하다. 그러나 자서전적에서 전(傳)이 '전하다', '보내다', '말하다'의 의미가 있음에도 불구하고 문어영역에서 일대기라는 의미로 고착화되었다는 점에서 구어인 듣기·말하기 영역에서 그대로 차용하기에는 무리가 있을 수 있다. 그러나 개인의 경험은 자신의 이야기인 자서전적인 성격을 지님을 감안하여 방법적 과정에서 이 용어를 도입하여 사용해도 무방하다고 본다.

'후향'은 과거의 경험으로 돌아가는 것이다. 과거를 회상할 때는 즐거운 경험 이외에 억압되고 부정되었던 경험들까지도 의식의 표면으로 불러내어야 한다. '전향'은 아직 일어나지 않은 미래와 관련하여 현재의 관심이 어디로 향하고 있는지 살피는 것이다. 이는 과거만이 현재에 영향을 미치는 것이 아니라 미래도 아주 복잡한 양상으로 현재에 영향을 미치고 현재를 구성한다는 관점을 바탕으로 한다. '분석'은 과거, 미래, 현재가 개인의 삶과 타인과의 관계, 역사적 상황 등의 다양한 맥락 속에서 어떻게 얽혀 있으며 어떤 의미를 지니는지 이해하는 단계이다 '종합'은 과거의 경험과 현재의 관심, 미래의 비전에 대해 새로운 안목을 얻는 것이다.

3.2.1. 개인의 경험 기억 도출 단계: 후향

자신의 개인적 경험에 관한 일화적 기억을 자전적 기억(autobiographical)이라 한다. 자전적 기억의 특성은 개인적으로 중요한 의미를 지닌 경험으로 더 잘 기억되며 자기와의 관련이 있는 것을 중심으로 경험의 의미 부여 정도에 따라 자전적 기억은 오래가는 특성이 있다.

또한, 자전적 기억은 복잡하면서 일정한 형태가 없어 보이지만 위계적 구조를 지닌다. 위계상 상위 수준에는 인생 기간(lifetime periods)이 해당된다. 인생 기간 수준에서는 그 시기에서 중요한 사건, 정서, 목표, 의미 있는 타인 등이 표상된다. 인생 기간은 특정 기간과 관련된 주제적 지식(thematic knowledge)을 포함하는 추상적이고 일반적인 수준의 자전적 지식에 대한 표상으로 일정 시기에서 여러 일반사건들에 대한 지표 역할을 담당한다. 예로, 내가 유치원 시절에, 초등학교 6학년 졸업할 때, 내가 중학교 입학할 때와 같은 기간을 말한다. 위계의 중간 수준은 일반 사건(general event)이 포함된다. 하루 사건 또는 수개월 동안 일어나는 반복적이고 다소 오랜 기간 일어난 일화를 일컫는 것으로 중학교 1학년 청소 시간 때, 초등학교 여름방학 때마다 할머니 댁에 간 사건과 같은 형식으로 요약된 것을 말한다. 일반 사건은 유사한 내용의 반복을 통해 구체적이고 세부적인 행위에 대한 일반적인 맥락의 관점에서 조직화되기 때문에 빈번하게 회상된다.

위계의 하위수준은 특수 사건적 지식(specific-event knowledge)인데, 이는 일반 사건보다 훨씬 짧은 기간의 특정한 경험을 말한다. 특수 사건적 지식은 심상이나 감정으로 이루어져 있으며 일반적인 세부사항을 포함한다. 예로, 해수욕장에서 물에 빠질 뻔한 일, 등산하면서 비가 와서 고생한 사건 등이 이에 해당한다.

<그림 4-3> 자전적 기억 생성 단계

이러한 자전적 기억을 추동하는 요인으로는 정서와 동기가 있다. 정서적 측면이 개인이 경험한 과거 사건에 대한 정보 처리와 해석을 촉진시킴으로써 경험 기억 발달에 중요하게 기여한다. 즉, 정서와 인지가 상호작용한다는 의미로 해석할 수 있다. 특정 사건이나 상황

에서 개인은 자신의 감정을 상대방에게 표현하고 타인의 정서 상태를 정확하게 이해하는 정서 지식은 과거 자신이 경험한 사건에 대한 기억 회상에 영향을 미치는 결정적 요소가 될 수 있다. 위에서 언급한 자전적 기억의 층위를 고려하여 경험의 기억 생성 단계를 제안할 수 있다.

3.2.2. 과거와 현재의 연결: 전향

'전향'은 아직 일어나지 않은 미래와 관련하여 현재의 관심이 어디로 향하고 있는지 살피는 것이다. 이는 과거만이 현재에 영향을 미치는 것이 아니라 미래도 아주 복잡한 양상으로 현재에 영향을 미치고 현재를 구성한다는 관점을 바탕으로 한다.

과거 기억 연구는 과거 경험에 대한 기억 연구가 대부분이었지만 최근 들어 실제적이고 일상적인 기억에 대한 기억 연구자들의 관심이 증가함에 따라 미래계획 기억에 대한 연구가 활발히 진행되고 있다(이정모 외, 2013: 245). 이는 경험을 통한 기억이 과거에 국한되지 않고 현재의 시점에서 자아가 관심 있는 부분의 인식을 통해 앞으로의 경험 계획까지 포괄하는 측면에서 자기 주도적인 경험의 인식과 계획과 관련이 되는 부분이다.

전향과 관련된 부분에서 경험 말하기를 위한 교육 내용을 앞선 논의를 통해 관련지어 본다면 사건이나 시간의 진행과 관련된 부분이라 하겠다. 또 경험을 행하기 위한 동기와 관련이 된다. 높은 동기는 행위의 순서를 명료화하고 위계화를 정교화하는 작업을 가능하게 하기 때문이다. 그러므로 사건의 정교화나 시간의 질서를 부여하는 부분과 관련된 교육 내용을 교수·학습할 수 있게 하고 삶의 주체자로서 적극적인 동기를 부여할 수 있도록 교육이 되어야 한다.

3.2.3. 경험의 의미 해석하기: 분석

'분석'은 과거, 미래, 현재가 개인의 삶과 타인과의 관계, 역사적 상황 등의 다양한 맥락 속에서 어떻게 얽혀 있으며 어떤 의미를 지니는지 이해하는 단계이다.

학습자의 경험은 그 자체가 지식이 된다. 직접 경험의 상태로서의 앎, 사고능력으로서의 앎과 관련된다. 구조화된 학습자들은 기억 속에서 경험, 감정, 인물과 같은 요소를 이끌어 낼 수 있어야 한다. 그러기 위해서는 개인의 기억 속에서 편파적으로 나열된 경험이나 사건, 감정을 중심으로 특별한 경험, 학습 주제와 관련된 경험을 떠올려 보고 새롭고 적절한 것을 생성해 내는 능력이 동원되어야 한다.

경험의 의미를 해석하기 위해서는 개인적 차원과 관계적 차원으로 구분하여 교육적 지도 방안이 마련될 필요가 있다. 개인적 차원에서의 의미 부여는 과거나 현재의 경험을 통해 개별적인 사건에 그 경험이 나에게 어떠한 의미가 있는가에 대한 질문을 통해 의미 부여 방식에 대한 단서를 제공받을 수 있다. 이는 앞에서 논의한 경험의 주제 유형과 깊은 관련이 있다. 무엇에 대한 경험이냐는 즉 의미와 직결된다. 예로, 친구와의 다툼을 통해 마음의 상처를 받은 경험일 경우 관계 개선을 위해 노력하여 더욱 돈독한 우정으로 나아간다면 우정에 대한 중요성에 의미를 부여할 수 있을 것이고, 외국 여행 경험을 통해 힘들고 낯설었지만 새로운 세상과 마주하여 성장하는 자아에 대한 인식이라는 의미를 부여할 수 있을 것이다. 개인적 차원의 의미 부여는 개인이 지닌 가치관과 신념의 영향이 절대적이므로 긍정적이고 자아의 성장을 유도할 수 있는 방향으로 경험에 의미를 부여하여 자신을 분석할 수 있을 것이다.

관계적 차원에서의 의미 부여는 타인에 대한 인식이 전제된 상황에서 가능하다. 자아는 타인과의 관계 속에서 성장하고 경험의 의미를 확대할 수 있다. 개인 차원의 의미 부여가 개별적인 경험을 내면화하는 데 중점을 둔 것이라면 관계적 차원의 의미 부여는 담화 공동체의 문화를 형성하고 그것의 영향을 받는다는 점이 다르다.

3.2.4. 공동체의 삶과 가치를 이해하고 형성하기: 종합

종합 단계에서는 과거와 현재의 성찰을 바탕으로 자기 정체성을 구성하고 나에 대한 이해를 넘어 너에 대한 이해로까지 나아가도록 해야 한다. 경험 말하기를 통한 인식 확장의 연구를 Bruner(1990), Connelly & Clandinin(1988), Polkinghorne(2009)이 사용한 내러티브[9]와 관련지어 보면 다음과 같다.

Bruner(1990)는 인간 이해를 위해서 인간의 경험과 행동들은 의도된 상황에 의해 형성되며 상황과 인식은 문화 참여와 내러티브를 통한 의미 구성에 의해 실현된다고 보았다. Clandinin과 Connelly(1988)는 경험의 근거는 삶의 이야기이고 현재의 이야기는 과거의 경험이 기저가 되고 새로이 수정하고 새로운 이야기를 만들어 낸다고 하였다. 순환적인 사고 과정을 통해 자기 자신과 다른 사람들에게 표현되고 이해하게 함으로써 창조적 구성 행위뿐 아니라 사회 문화적으

---

9) 현행 연구물에서 경험 말하기를 서사(narrative)나 스토리텔링(storytelling)이란 용어와 유사하게 사용하고 있음을 고려할 때 경험 말하기를 담화적 차원으로 본다면 내러티브 용어 사용도 무방하다.

로 의미를 협상하고 공동체의 삶과 신념 가치를 이해하고 형성할 수 있다는 것이다.

Polkinghorne(1991)는 내러티브는 인간의 의미 영역에 대한 연구이고 그 목적은 의미를 만들어 내는 작용을 분명히 하는 것이며 인간 존재를 이해하기 위해서 그러한 의미가 함축하고 있는 것이 무엇인지 도출해 내는 것이라 하였다. 개인 경험의 편파적이고 혼란스러운 개별적 사건을 구조화하고 조직할 수 있는 능력을 넘어 담화 구성원들의 보편적 문화나, 진리, 인류 보편적 결과물로 나타나며 이러한 경험의 공유 과정을 통해 순환적이며 환원되어 지속적으로 삶에서 사건이나 실재를 형성하게 하며 심도 있는 이해나 재발견을 가능하게 한다.

3.3. 청중과 원활한 소통을 위한 관계적 차원

자동 사고 기술지에서 학습자는 경험 말하기를 위한 사고 과정에서 청중에 대한 인식이 나타남을 알 수 있다. 말하기 이전 과정에서 이미 청중에 대한 인식이 형성되어 있다는 점은 소통에서 타인에 대한 관계를 전제로 설정하고 있다는 점에서 유의하나 중학생 실태에서 보듯이 그 비중이 매우 미약함을 알 수 있다. 앞에서 경험 말하기는 자아를 드러내는 유용한 담화라고 언급한 바 있는데 이는 교육과정에서 관계 형성과 밀접한 관련을 가진다. 다음은 화법과 작문 교육과정의 내용 성취기준이다.

(28) 대화 방식에 영향을 미치는 자아를 인식하고 관계 형성에 적절한 방식으로 자기를 표현한다.
자기 자신에 대해 표현할 때에는 개인의 의사소통 방식에 영향을 미치는 자아 개념에 대해 인식하고 관계에 도움이 되는 방식으로 자기를 적절히 표현할 수 있는 방법을 익혀야 한다. 개인의 자아 개념은 타인과의 소통을 통해 형성되며 이렇게 형성된 자아 개념은 타인과 소통하는 방식에 영향을 끼치는 순환의 과정을 거친다.

개인의 자아[10)]는 타인의 관점에서 사회에서 대인 상호작용을 통해 성장한다(Cooley, 1902). 즉 타인과의 상호작용에서 타인의 반응에 의해 자아가 형성됨을 알 수 있다. 타인의 반응에 의해 형성된 자아는 이에 따라 말하는 방식이나 내용이 결정되며 이에 따른 또 다른 반응은 자아를 형성한다. 즉 순환과 고착의 관계에 의해 자아가 형성됨을 알 수 있다(박재현, 2013). 청자 인식이 긍정적 관계를 개선하는 방향으로 순환하기 위해서는 다음과 같은 점에 주안점을 두어 접근할 필요가 있다.

첫째, 경험 말하기는 진실성[11)]이 있어야 한다. 과장되고 왜곡된 경험 말하기는 자신에게 솔직하지 못하게 된다는 측면에서 윤리적 문제를 야기한다. 이는 결과적으로 상대방과의 관계나 믿음에 악영

---

10) 자아(self)와 관련된 용어는 자신(ego), 자아 지식(self knowledge), 자아 정체(self-identity), 자기 이해(self-understanding), 자아상(self-image), 자아 존중감(self-esteem), 현상적 자아(phenomenal self)와 같은 동의어로 혼용되어 사용되고 있지만, 이들 용어는 궁극적으로 '개인으로서 자신은 누구인가?'에 대한 총체적 의미라는 점에서 공통적이다. 일반적으로 자아에 대한 개념은 개인이 가지고 있는 능력, 성격, 태도, 느낌 등을 포괄하는 주관적인 자기 자신에 대한 견해(박재현, 2013: 16)를 의미한다.

11) Annette Simmons(2013)가 언급한 훌륭한 이야기꾼이 되는 조건을 통해 경험 말하기의 진실성 요건을 살펴보면 밑줄 친 부분과 같다. 분위기를 만들어라. 몸으로 이야기하라. 타이밍을 잡아라. 진실에 감정을 실어라. 상대의 힘을 내 힘으로 만들어라. 인간적 다양함을 인정하라. 반대를 인정하고 반대에서 출발하라. 거짓을 이야기 속 진실로 살려내라. 이성과 논리의 함정에 빠지지 마라. 모든 사람을 내 이야기의 협력자로 만들어라. 보이지 않는 이야기를 들어라. 판도로 상자의 비밀을 지켜라. 끊임없는 이야기 연습과 훈련을 하라.

향을 미친다. 경험은 자신이 직접 경험한 실제 사례를 바탕으로 새로운 깨달음이나 반성을 동반하면서 새로운 자아로 거듭나게 한다. 상대방에게 흥미 있게 전달하기 위해서나 자신이 이런 사람이라는 것을 거짓으로 꾸며 낸다면 신의에 있어서 치명적일 것이다. 유창하지 못하더라도 자신의 진실한 마음이 전달된다면 그것보다 더 좋은 내용일 수 없다. 그러한 진실이 오히려 상대방을 더 감동하게 할 수 있으며 공감을 유도할 수 있는 방향으로 교육되어야 한다.

둘째, 경험 말하기는 자기 관련성을 지녀야 한다. 그럴듯한 남의 이야기나 보고 들은 이야기만 전달된다면 그 경험은 순전히 자신이 직접 경험한 일이 아니므로 전달의 강도나 사건 경험의 감정 이입 측면에서 효과적인 표현이 미약할 수 있다. 매체의 홍수에 빠져 있는 현대에서 남의 이야기나 사건을 자신의 경험인 양 말할 수 있는 내용은 풍부하다. 그러나 자신만의 이야기, 자기가 살아온 경험들을 표현하고 공유할 때 상대방은 개인의 역사를 이해할 수 있으며 그 가치를 더 소중하게 여길 것이다. 특히 직접 경험을 통해 자신과 어떠한 관련이 되는지 의미를 부여하는 것이 중요하다.

셋째, 다양한 경험을 인정하는 수용성을 지녀야 한다. 사람마다 살아온 환경과 가치관과 배경지식이 달라 자신의 신념에 맞지 않으면 상대를 배타적으로 인식할 수 있다. 그러나 다양한 경험을 통해 자신도 그와 유사한 경험을 떠올리며 공감도를 높이고 상대를 인정할 수 있어야 한다. 경험 말하기는 상대방의 경험을 인정하면서 들어야 하는 자세가 중요하며 상대방과의 관계나 사회적 기대감이나 상황을 잘 파악하며 수용의 정도를 결정할 수 있는 방향으로 교육되어야 한다.

넷째, 긍정적 정서를 유도해야 한다. 정서란 감정과 유사하지만, 감정이 감각에 직접적으로 수반되는 심리 작용이라면 정서는 한 단계 복잡하게 체계화된 것(국어교육연구소, 1999)이라 할 수 있다. 일반적으로 정서는 인지와 무관하다는 이원론적 접근12)에서 시작했지만 최근 정서 표현 이전에 인지해석이 선행하고 있으며 인지적 해석에 의해 정서의 양과 질이 달라질 수 있다. 이는 정서와 인지의 통합적 관점으로 인지와 정서가 서로 무관하지 않음을 보여준다. 따라서 정서는 반사 작용과 같은 것이 아니며 어떤 사건에 대한 인지적 해석에 의해 발생한다(Shibles, 1974).

최근 정서 교육에 대한 관심이 높은 이유가 정서는 삶의 일부분이며 자기 자신을 더 잘 이해하는 기제이자 자신에 관한 지식을 얻는 중요한 방법이라는 점, 사회적 관계 형성이나 인격적이고 도덕적인 상품을 기르기 위해 교육활동에서 반드시 교육되어야 한다는 점, 모든 인간관계가 정서적 관계라는 점이다(정명화 외, 2005: 33). 특히 의사소통에서 언어적인 직접 메시지보다는 정서적 메타 메시지가 중요하다는 점에서 정서적 의사소통과 인간관계는 불가분의 관계에 있다.

---

12) 고대 그리스 시대부터 정서와 인지는 서로 반대이며 무관한 것으로 간주되었다. Socrates, Platon, Aristotles 와 같은 철학자들은 정서를 인지 아래 두었으며 정서와 감정의 영향에서 벗어나도록 권고하였다(정명화 외, 2005).

4. 교육적 시사점

지금까지 경험 말하기 수행을 하기 전 학습자들의 사고 과정을 자동 사고 기술지에 나타나는 사고 범주를 도출하여 교육적 방안을 제안해 보았다. 학습자들은 주제, 방법, 관계 범주로 사고 양태를 범주화할 수 있다.

이에 대한 구체적인 교육 방안을 다각도로 종합하여 정리하면 참여자 개인의 의미 생성 차원에서는 학습자의 개인적 사고는 경험 인식－표현 선택과 재구성－신념 가치와 같은 의미 부여 단계를 거친다. 이러한 개인적 경험을 확장하는 방법적 차원에서는 '과거 경험 기억을 생성하는 전향－과거와 현재를 연결하면서 사건을 정교화하는 후향－현재의 맥락에서 경험을 해석하는 분석－공동체의 문화를 형성하는 종합 단계'를 거친다. 마지막으로 청중과의 관계 개선을 위한 차원에서는 타인과의 관계 속에서 유의미한 경험을 공유함으로써 타인을 알아가는 것이 중요하므로 진실성, 자기 관련성, 수용도, 긍정적 정서에 대한 교육이 필요하다.

경험 말하기 담화 수행 전 학습자들의 사고 과정에서 각 차원에 따른 단계별 지도 방안을 모색해 볼 수 있는 틀을 제시했지만, 구체적인 지도 단계에 따른 교육 방법을 언급하지 못한 것이 한계다. 그러나 이러한 논의는 다음과 같은 부분에서 교육적 시사점을 얻을 수 있다.

기존의 담화나 글의 표현에 있어 '내용 생성하기, 조직하기, 표현하기'와 같은 담화의 내용 마련과 관련된 표현 과정 중심에서 학습자의 주체 중심으로 전향한 점에서 의의가 있다. 경험은 바로 주체의 삶의 축적이자 경험이 바로 자신이므로 이러한 사고 과정을 유도할 경우 주체자의 과거의 삶을 반추하고 좀 더 성숙한 나로 거듭나게 할 수 있는 내적 자아에 대한 탐구를 가능하게 한다는 점이다.

또한, 경험 말하기는 기존의 담화 유형 중심의 기준 분류로 인해 통합적으로 다루지 못한 교육 내용을 종합적으로 접근할 수 있다는 점에서 의의가 있다. 예로, 논증을 핵심 기제로 토론이나 협상, 연설 중심은 담화 내적 논리성에 치중하거나 정보 중심의 발표는 객관적 정보 조직 중심의 객관화된 정보를 다루었다. 그러나 경험 말하기는 이러한 담화 수행에 효율적으로 활용할 수 있을 뿐 아니라 독립적으로 사용할 경우 자아, 정서, 타인 인식 등 화법 교육에서 주요하게 다루는 요소를 통합적으로 접근할 수 있는 장점이 있다.

기존의 표현 교육이 소통의 효율성만 중시한 나머지 말 잘하는 사람만 양산하지는 않았는지 반성하면서 표현 교육의 다차원적인 접근의 일면인 학습자의 경험 사고 과정에 대한 깊은 성찰이 필요하다고 본다.

참고문헌

김정란(2013), 「중학생의 경험 말하기 교육 방안」, 경남대학교 박사학위 논문.

권유진·배소영(2006), 「이야기 만들기(story generation) 과제를 통한 초등 저학년 아동의 이야기 구성 능력」, 『언어치료연구』, 15권 3호, 한국 언어치료학회, 115~126.

김홍남(2013), 「유치원의 경험 이야기 나누기 활동에서 나타난 만 3세반 유 아의 일상적 내러티브 특징 연구」, 한국교원대학교 대학원 석사학위 논문.

노은희(2008), 「말하기·듣기 교육과정의 '비언어적 표현' 내용에 관한 비판 적 고찰」, 『한국어학』, 39권, 한국어학회, 159~189.

문금현(2012), 「한국어 감정표현 어휘에 대한 말하기 교육」, 『시학과 언어학』, 22권, 시학과 언어학회, 175~200.

박인기(2003), 「국어교육 텍스트 경계와 확장」, 『제45회 국어교육학회 학술 대회 발표집』, 국어교육학회since1969, 131~174.

박재현(2013), 『국어교육을 위한 의사소통 이론』, 서울: 사회평론 아카데미.

서울대학교 국어교육연구소(1999), 『국어교육학 사전』, 서울: 대교출판.

서현석·이주섭(2013) 「초등학교 1·2학년의 경험적 내러티브 양상 연구: 학 급에서의 발표 상황을 중심으로」, 『화법연구』, 23집, 한국화법학회, 121~138.

유동엽(2009), 「초등학교 1학년의 이야기 능력 발달에 관한 연구」, 『한국초등 국어교육』, 41집, 한국초등국어교육학회, 133~180.

_____(2010), 「초등학교 2학년의 이야기 능력 발달에 관한 연구」, 『한국초등 국어교육』, 45집, 한국초등국어교육학회, 119~151.

_____(2012), 「초등학교 3학년의 이야기 능력 발달에 관한 연구」, 『한국초등 국어교육』, 48집, 한국초등국어교육학회, 183~209.

_____(2013), 「초등학교 4학년의 이야기 능력 발달에 관한 연구」, 『국어교육 연구』, 31집, 서울대학교 국어교육연구소, 107~140.

이삼형·김중신·김창원·이성영·정재찬·서혁·심영택·박수자(2000), 『국어교육학과 사고』, 서울: 역락.

이영자·이지현(2005), 「유아의 개인적 내러티브와 가상적 내러티브의 구조 발달 양상 및 구성요소에 관한 연구」, 『유아교육연구』, 25권 5호, 한국유아교육학회, 173~206.

이정모(2009), 『인지심리학』, 서울: 학지사.

이주섭(2005), 「듣기・말하기 교육에서의 비언어적 표현 지도 방안」, 『청람어문교육』, 31집, 청람어문교육학회, 101~121.

이형빈(1999), 「고백적 글쓰기의 표현 방식 연구: 해방공간의 소설을 중심으로」, 서울대학교 대학원 석사학위 논문.

임경순(2003), 『서사표현 교육연구』, 서울: 역락.

_____(2010), 「한국 초・중등 학생의 서사 표현력 발달 연구」, 『작문연구』, 10권, 한국작문학회, 227~271.

임칠성(2004), 「담화의 관계 층위 연구」, 『한국어 의미학』, 15권, 한국어의미학회, 1~26.

전은주(2008), 『말하기 불안, 어떻게 극복하는가?』, 서울: 한국문화사.

전한성(2011), 「자전적 서사의 형상화 과정을 통한 서사 창작 교육 방향 연구: 『백범일지』를 중심으로」, 『새국어교육』, 89권, 한국국어교육학회, 353~379.

정명화・강승희・김윤옥・박성미・신경숙・신경일・임은경・허승희・황희숙(2005), 『정서와 교육』, 서울: 학지사.

정미라・이영미・권희경(2010), 「논리적 사고를 촉진하는 교사의 발문이 5세 유아의 개인적 내러티브 발달에 미치는 영향」, 『유아교육연구』, 30집 2호, 한국유아교육학회, 431~448.

조태린・정희창・이수연(2008), 「설명적 말하기의 언어적 표현 방식에 대한 선호도 연구」, 『한국어학』, 39권, 한국어학회, 293~329.

채미영・김경철(2008), 「4세, 5세 유아의 일상적 내러티브 발달 과정 분석」, 『열린유아교육연구』, 13권 4호, 열린유아교육학회, 401~420.

최혜실(2013), 『스토리텔링, 그 매혹의 과학』, 서울: 한울.

한혜정(2005), 「자아성찰과 교수 방법으로서의 자서전적 방법」, 『교육과정연구』, 23집, 한국교육과정학회, 117~132.

Annette Simmons(2013), *Stoty telling*, 김수현 옮김, 『대화와 협상의 마이더스 스토리텔링』, 서울: 한언.

Clandinin D. J.・F. Michael Connelly(1999), 소경희・강현석・조덕주・박민정 옮김(2006), 『내러티브 탐구』, 파주: 교육과학사.

Cooley, C.(1902), *Human Nature and the Social order*, New York: Charles Scribner's Sons.

Erikson, E. H.(1968), *Identity: Youth and Crisis,* New York, W. W. Norton

Company.

Lawrence P. Riso · Pieter L. Toit · Dan J. Stein · Jeffrey E.(2010), 김영혜 옮김(2010), 『심리적 문제의 인지도식과 핵심믿음』, 서울: 시그마프레스.

Meijs, K. J.(2004), *Generating natural narrative speech for the Virtual Storyteller*, University of Twente, Enschede The Netherlands, 8.

Peter Knapp, Megan Watkins(2005), *Genre, Text, Grammar: Technologies for Teaching and Assessing Writing*, 주세형 · 김은성 · 남가영 옮김(2007), 『장르 텍스트 문법』, 서울: 박이정.

Pinar, W. F.(1975), *The method of currere, Autobiography, politics and sexuality*, Peter Lang Publishing.

제5장 자기 표현적 글쓰기의 비판적 검토와 지도 방향 모색

1. 들어가며

최근 국어교육 연구 경향을 보면 인성적 측면을 중시한 교육적 접근을 시도하고 있으며 이에 따른 구체적인 지도 방향을 영역별로 모색하고 있다. 이는 창의·인성 교육을 지향하고자 하는 범교과적 교육 정책의 일환이기도 하지만 궁극적으로 자아에 대한 성찰과 탐구로 귀결되는 측면에서 교육의 본질에 부합된다. 교육은 다양한 교과적 목표 아래 활동을 통해 최종적으로 개인의 내적 성장에 기여할 수 있어야 하므로 교과 내적으로 이에 대한 효율적인 내용이나 방법에 대한 탐구가 선행되어야 한다.

이러한 측면에서 자기 표현적 글쓰기는 자신의 과거와 현재를 통해 본인의 가치관을 객관적으로 조명하여 성찰을 이끌어 내는 측면에서 교육적으로 유용한 함의를 지니고 있다. 또한, 시대에 따라 새로운 방식과 유형이 생성되고 강조되는 작문 교육의 동향을 볼 때, 자기 표현적 글쓰기는 이전의 연구 흐름에 따른 문제점을 개선할 수 있는 대안이 되고 있다.

기존의 질서나 언어 규범에 대한 의구심으로 새로운 변화를 추구하는 것과 관련하여 주어진 사고 과정을 그대로 답습하기를 거부하며 관습적인 틀을 깨는 사고와 표현을 중시한 창의성 중심 작문 교육이나 사회 문제에서 해결해야 할 상황이 빈번해짐에 따라 편지, 광고문, 이력서, 알림 글과 같은 실용적인 시대적 요구에 의해 사회인으로서 갖추어야 할 의사소통 중심 작문 교육은 이전의 형식 중심의 작문 교육 문제점을 상당히 해결했다. 그러나 이미 정해진 교육 목적과 글 작성을 위한 조건의 규범성이 엄격하여 글쓰기에 대한 두려움과 외부적 조건에 의한 글쓰기는 여전한 실정이다.

글쓰기 능력은 사회 중심적인 쓰기와 자기 지향적인 쓰기(Gary A. Troia, 2009, 박영민 옮김)가 공존하면서 발달하지만, 설명이나 설득과 같은 언어사용 목적이 분명한 사회 중심적인 쓰기 유형에 치중됨으로써 개인적인 글쓰기나 자기 지향적인 글쓰기의 중요성을 간과하고 있다.

자기 표현적 글쓰기는 자아 성찰과 자아 확신, 학습자의 내적·외적 상황과의 관련성을 주요 동인으로 하기 때문에 텍스트나 독자보다는 글쓰는 주체에 대한 관심으로 전향했다는 점에서 의의가 있다.

자기 표현적 글쓰기가 교육적으로 유용하지만 교육의 장에서 구체적 지도를 위해서는 해결해야 하는 과제를 안고 있다. 중학교 교과서 학습활동 대부분이 '자신의 경험을 되돌아보고 반성해보자'라는 형식으로 천편일률적인 활동이 제시되고 있는 상황에서는 본질적으로 자기 표현적 글쓰기를 제대로 구현할 수 없기 때문이다.

자기 표현적 글쓰기가 자아에 대한 반성과 성찰 같은 주제를 다루고 있음을 고려할 때 반성이나 성찰에 대한 접근이 단순히 경험을 떠올리고 반성하고 앞으로 나의 행동은 이래야 한다는 식의 단순한 도식에 그칠 경우 문제 행동에 대해서만 선택하고 해결하기 위한 이성적이고 논리적인 인지 과정을 중시할 가능성이 높다. 이러한 과정이 도식화될 경우 진정한 의미에서 개인의 자아 성장에 기여할 수 있는지 근본적으로 재고할 필요가 있다.

따라서 이 책은 현 교육과정에서 작문 교육이 장르 중심의 사회 문화적 관습이나 규약을 중시하고 있음을 고려하여 미시 장르관의 분류 중심의 형식적 관점을 비판적으로 검토하고 이야기라는 상위 담화를 도입하여 자기표현의 형식을 제안하고자 한다. 그리고 자기 정체성 형성에 있어 주체의 가치인식에 입각한 내용적 관점을 중심으로 자기 표현적 글쓰기의 내용을 비판적으로 점검한다. 그런 후 앞의 논지를 종합하여 이에 따른 지도 방향을 모색하고자 한다.

이러한 연구는 자기 표현적 글쓰기가 개인 경험의 속성에 근거함을 강조함으로써 중학생 학습자로 하여금 경험의 가치 인식과 형성을 유도할 수 있는 교육적 방안을 모색했다는 데 의의가 있다.

2. 자기 표현적 글쓰기의 비판적 검토

자기 표현적 글쓰기 연구 동향을 살펴보면 온라인을 통한 자기 표현력 향상(김수아, 2008; 장현미·김은미·이준웅, 2012)이나 다문화 교육과 관련하여 외국인 학습자에게 자기 표현적 글쓰기 관련 사례 연구(원진숙, 2010; 이수미, 2012), 쓰기 치료를 위해 자기 표현적 글쓰기를 활용한 연구(박영민, 2012) 등 자기 표현적 글쓰기의 목적이나 대상, 매체를 확대하면서 연구되고 있다.

이러한 연구 경향을 보면 자기 표현적 글쓰기는 학제 간 교육적으로 활용 가능성이 높은 글쓰기라는 점을 입증하고 있으나 진작 학령기를 대상으로 한 연구는 초등학생을 대상으로 한 몇몇 연구물(이해진, 2009; 정민영, 2012)과 고등학생(여승욱, 2010)과 대학생을 대상으로 하는 연구물(김미란, 2009)이 보일 뿐 중등교육에서 실제적 지도를 위한 연구물은 미흡한 실정이다. 중등교육에서는 자기 표현적 글쓰기의 유형 정립과 교육적 가치를 언급하여 중요성을 인식하기 위한 시초를 마련했다고 할 수 있다(최숙기, 2007).

그러나 논의를 진행하기에 앞서 선행 연구를 분석한 결과 자기표현이라는 용어 사용이 모호하고 다양한 의미로 사용하고 있어 국어교과에서 어떠한 관점으로 규정해야 할지 짚어 볼 필요가 있다. 단어가 규정하는 의미에 따라 영역별 교육 내용과 방법적 접근이 달라지기 때문이다.

국어교육에서 자기표현은 화법과 작문에서 주로 사용된다. 화법영역에서 자기표현(assertiveness)이란 확신을 가지고 기술적으로 생각이나 감정을 분명하고 직접적으로 자신의 욕구나 생각, 감정을 전달하는 것을 의미한다.

자존심을 높이고 자신감을 앙양하기 위해서 중요하다고 생각되는 자신의 뜻을 분명하게 표현하거나 상대방의 모욕적인 행동을 고치도록 상대방에게 요구하는 등 자기 생각을 주장하고 자신이 행동할 바를 선택하여 자신의 권리를 옹호하는 능력(Bower, 1976)과 관련된다. 또 대인관계에서 다소 갈등이나 위험이 있을 때 능동적인 느낌의 주장을 통해 바라는 결과를 얻으려는 내면에 대한 학습된 기술(Rakos & Schoroeder, 1980)과 관련된다.

이에 반해 작문 영역에서 자기표현(expressive)이란 필자가 자신의 개인적인 경험을 의사소통하고 탐색하는 것, 어떤 대상에 대한 자신만의 의견을 떠올리는 것, 세상에 대한 자신만의 반응을 표출하는 것을 목적으로 하는 글쓰기 유형(mode)1)(최숙기, 2007)으로 접근한다.

자기 표현적 글쓰기는 다른 유형의 글쓰기와 달리 보다 사적이고 개인적인 글이며 자신의 경험 및 대상이나 사건에 대한 자신의 감정이나 느낌을 형식에 구애 없이 자유롭게 털어놓고 표출하기 위한 글쓰기라 할 수 있다(오임순, 2009). 필자의 경험과 지식을 바탕으로 기술되는 '나'의 이야기이며 서술적 자아가 경험하거나 이미 획득한 지식을 바탕으로 기술되는 것으로 '즐거움의 실현'과 '정보 제공'을 목적으로 한다(이수미, 2012).

이처럼 자기표현이란 용어는 말하기에서는 '표현'2)에 치중하고

---

1) 자기 표현적 글쓰기의 유형은 논자들에 의해 다르지만 대동소이하다. 논자들의 유형 분류에서 밑줄 친 부분이 자기 표현적 글쓰기 유형과 관련된다. Martin(1976)는 소통적 쓰기(transactional), 자기 표현적 쓰기(expressive), 문학적 쓰기(poetic)로 분류하였고 Applebee(1981)는 정보적(informational), 개인적(personal), 상상적(imaginative) 글로 분류하고 있다. 표현적 쓰기(expressive writing)란 묘사적 글쓰기나 그 외 다른 쓰기와 달리 자신의 감정을 털어놓고 표출하기 위한 글쓰기라고 말한다(Pennebaker, 2007, 이봉희 역).

2) 화법에서 자기표현은 Gordon(1971)이 제시한 나 전달법(I-message)이나 아무도 잃지 않는 법(No-Iose method)과 같이 문제 상황에서 해결(전은주, 1999: 227)을 위한 전략적 표현법을 의미한다.

있으며 글쓰기에서는 '자기'에 치중하고 있음을 알 수 있다. 이는 영역의 특수성으로 말하기는 청자를 대면하는 상황에서 자기주장적 행위에 치중함으로써 효과적인 인간관계의 발전과 유지의 측면에 중점을 두고 있고 글쓰기에서 글쓰기 행위를 통해 필자가 내적으로 성찰하고 이를 바탕으로 바람직하게 성장해 나갈 수 있도록 도움을 준다.3) 여기서는 작문교육에서 의미하는 자기표현을 중심으로 형식과 내용적 차원에서 비판적으로 검토하고자 한다.

2.1. 장르관에 입각한 형식적 차원

글쓰기는 어떠한 양식이든지 간에 구체적인 텍스트로 실현된다. 현행 교육과정은 장르 중심 접근법을 근간으로 교과서 단원 구성으로 제시되고 있는바, 여기서는 글쓰기 형식을 장르관에 입각하여 비판적으로 검토하고자 한다.4)

2007 개정 교육과정과 2009 개정 교육과정에서 내용 성취기준을 구체적으로 실현할 수 있는 실제로서 담화와 글의 종류를 언급하고 있는 점을 고려한다면 자기 표현적 글쓰기가 어떠한 장르5)로 수행

---

3) 최숙기(2007)에서는 자기 표현적 글쓰기(expressive writing)의 교육적 가치를 다음과 같이 제시하고 있다. 첫째, 작문 교육과정과 실제 작문교육 간의 원활한 연계 방안 마련에 기여할 수 있다. 둘째, 학생 필자의 정의적(affective) 쓰기 요인 발달에 기여할 수 있다는 점을 들 수 있다. 셋째, 학생 필자의 쓰기 주체(主體)로서의 성장에 기여할 수 있다. 넷째, 학생 필자의 긍정적 정서(emotion) 발달에 기여할 수 있다.

4) 쓰기 영역에서 자기표현의 교육 내용을 살펴보면, 여기서 '표현'이란 인용이나 속담, 격언, 명언 등 수사적 기법을 활용한 편협한 수준에 머무르고 있다. 자기 표현적 글쓰기에서 형식이 중첩적으로 해석될 수 있다. 자기표현에서 '표현'과 '글쓰기'라는 형식의 의미가 중첩되기 때문이다. 그러나 여기서 '표현'이란 정보를 생산하고 이해하는 과정에서 수반되는 도구로서의 이해에 대응하는 단어가 아니라 주체를 의미화하는 방법적인 측면으로 해석해야 한다.

5) 장르란 한 담화 공동체가 합의한 양식으로 텍스트를 모아서 반복적으로 발생하는 언어의 전형성을 표시하기 이한 용어이다(Hyland, 2004: 4)

되는지 살펴볼 필요가 있다.

표현적 쓰기는 목적에 따라 글쓰기의 내용 및 표현방식에 차이가 나타난다. 텍스트 유형도 표현적 쓰기의 표현 목적과 내용에 따라 일기, 감상문, 편지, 저널 및 개인적 에세이, 자서전, 탐방기, 안내문 등 다양하다. 이들 유형은 독자 상정 여부나 필자나 독자, 텍스트에서 어떤 요소를 중심으로 하느냐의 문제이지 공통적으로 개인의 체험을 쓰는 것이다.

이들 유형의 특성은 필자가 가지고 있는 어떤 대상에 대한 감정이나 정서를 표현하여 드러낸다는 뜻으로 이 글의 유형이 무엇인지 확정하여 말하기는 어렵다. 마음속에 떠오르는 생각을 편집하지 않은 채 드러내는 방법, 생각이 흘러가는 대로 따라 쓰는 방법을 활용한 글쓰기이므로 글의 형식이나 요소가 확정적이지 못하다(박영민, 2012).

그럼에도 불구하고 현행 2009 개정 교육과정 중학교 1~3학년군에서 국어자료의 예로 '생활 체험을 바탕으로 자신의 생각이나 느낌을 담은 수필', '자신의 삶을 성찰하는 자서전이나 삶에 대해 계획하는 글'을 제시하고 있기 때문에 수필과 자서전 중심 자기 표현적 글쓰기가 주를 이루고 있다. 중학교 16종 교과서 중 5권을 무선 선정6) 하여 분석한 결과 자기 표현적 글쓰기의 쓰기 영역 대부분이 자서전 중심으로 이루어져 있음을 알 수 있다.

---

6) 16종 교과서 쓰기 영역에서 자기표현은 삶의 성찰과 반성이라는 내용 성취기준과 깊다. 이와 관련된 단원을 검토한 결과 대부분이 자서전 글쓰기 양식을 학습 활동으로 구현한 것이 80% 이상으로 나타났으며, 단원 구성도 대동소이하므로 16종 교과서 내용을 다 표로 제시한다는 것은 무의미하다고 판단했다. 특징적으로 나타나는 단원 구성을 선택하여 [표 5-1]로 정리하였다.

[표 5-1] 중학교 교과서에서 자기 표현적 글쓰기 활동 구성

교과서(권)	단원	학습 활동 구성
A 국어①	1. 문학과 경험 (3) 삶과 경험이 담긴 글쓰기	① 자신의 학교생활에서 가장 인상 깊었던 일을 떠올려 보자. ② 1에서 인상 깊었던 일을 떠올렸을 때 어떤 생각이나 느낌이 들었는지 말해 보자. ③ 가장 인상 깊었던 일을 했을 때로 돌아가 자신의 경 험과 느낌을 일기 형식으로 써 보자.
B 국어⑤	1. 삶을 보다 (3) 미리 쓰는 자서전	① 자신의 삶 돌아보기 ② 자신의 삶 계획하기 ③ 구성하기 ④ 표현방법 정하기 ⑤ 자서전 쓰기 ⑥ 평가하기
C 국어②	1. 공감 마음을 잇 는 징검다리 (2) 그림엽서	① 자신이 겪은 의미 있는 경험을 떠올려 보고 기억에 남는 일을 적어 보자. ② 글로 쓸 내용을 선정하고 내용을 순서대로 정리해 보자. ③ 효과적으로 표현하기 위한 방법을 떠올려 보고, 감동 이나 즐거움을 주는 글을 써 보자.
D 국어⑤	5. 나의 삶, 나의 글 (3) 성찰하고 계획 하는 삶	① 자신의 삶에서 의미 있었던 경험을 떠올려 보고 이를 바탕으로 자서전에 담을 내용을 마련해 보기 ② 자신의 경험을 효과적으로 나타낼 수 있는 관용적 표 현과 시각 자료를 생각해 보기 ③ 지금까지 정리한 자료를 바탕으로 자신의 삶이 잘 드 러나도록 자서전을 써 보기 ④ 자서전 평가하기 ⑤ 자서전을 통해 자신은 어떤 삶의 태도를 갖게 되었는 지 말해 보기
E 국어⑤	3. 삶의 이해와 성찰 (2) 안중근 의사 자서전	① 나의 삶을 되돌아보면서 다음 문장의 빈칸을 채워보자. ② 내게 일어난 일 중에서 의미 있는 사건을 시간 순서 대로 따라 정리해 보자. ③ 내 자서전의 개요를 짜 보자. ④ 적절한 표현 방법을 떠올려 보고 그 방법을 활용하여 예문을 써 보자.

[표 5-1]을 보면 자서전이라는 장르를 분명히 제시하여 자기 표현
적 글쓰기를 형식적 차원에서 명료하게 한 장점은 있지만 글쓰는 과
정을 중심으로 일률적으로 제시하고 있다. 경험을 떠올리고 사건을

시대별로 정리하여 그 단계별로 자신의 심정이 잘 나타낼 수 있는 효과적인 표현과 시각자료를 재시하고 있다.

이는 Dean & Deborah(2007)가 제안한 장르 이론의 변화 과정 중 '텍스트로서의 장르'나 '수사학으로서의 장르'에 치중되어 최근의 장르 변화 동향에 역행하는 모습을 보여준다. 그는 장르를 '실천으로서의 장르'로 변화되어야 한다고 말하며 의미를 만들어내는 과정, 장르가 가능하게 하는 행위에 관심을 두어야 함을 강조[7]하고 있다.

이는 장르 접근이 다른 장르와 구별되는 텍스트 유형의 구조보다는 텍스트 형성 과정에 더욱 주목해야 하며 텍스트의 역동적이고 수행적인 면을 강조하는 사회적 과정으로서 보고 있다. 한편 상호 배타적인 성격을 극복할 수 있는 언어관을 체계로서의 언어가 아니라 사용으로서의 언어로 보고 있기도 하다(이성영, 2002). 형식적 규칙은 언어 사용을 가능하게 하는 조건일 뿐이지 그 자체가 효과적인 언어 사용을 규정해 주는 요소는 아니라는 것이다.

그렇다면 고정적이고 화석화되어 있는 텍스트 내 기본 틀과 텍스트 간의 파별을 규정짓는 특성을 학습하는 것보다 텍스트 원천 자료로서 변용 가능성과 유용성을 내포할 수 있는 담화 자료가 국어교육

---

7) '텍스트로서의 장르'는 형식(form)에 관심을 둔다. '수사학으로서의 장르'는 텍스트가 상황에 대한 반응에서 출발했다는 관점이며, 텍스트의 특징이 어떠한 상황에서부터 만들어졌는지 분석하여 그 텍스트가 지닌 수사적 선택이 과연 효과적인지 파악하는 데에 관심을 둔다. 주재우(2012)는 자서전의 실천적 장르로서의 특질을 반성하는 나에 대한 글쓰기, 되고 싶은 나에 대한 글쓰기, 영웅적인 나에 대한 글쓰기를 언급하였다. 하위 장르 종에 대한 실천적 장르의 접근도 가능함을 시사 받을 수 있다.

← 구체적(concrete)		추상적(abstract) →
텍스트(text) 로서의 장르	수사학(rhetoric) 으로서의 장르	실천(practice) 으로서의 장르

장르 이론의 변화(Dean, 2007: 11)

의 본질에 가깝다고 볼 수 있다.8) Flowerdew는 언어 교수 교실에서 제시되는 딱딱한 방식에 의문을 제시하면서 언어 자료를 개인적 변화를 허용하는 원형으로 다루어져야 한다고 지적한다(Brian, 2001).

따라서 자기 표현적 글쓰기에서 그것을 표현하는 글쓰기 형식은 결과물이나 텍스트 유형으로 보기보다는 묘사하기, 설명하기, 지시하기, 주장하기, 서사하기와 같은 장르 일반적인 과정의 핵심 집합으로 간주하고 텍스트 유형이 상호 배타적이지 않고 보완하며 융합적 성격(Knapp & Watkins, 2005)을 지닌다는 관점으로 접근해야 한다.

그러기 위해서는 자기표현의 형식을 이야기 양식9)으로 접근할 것을 제안한다. 이러한 관점은 앞에서 언급한 문제점과 한계를 극복할 수 있는 방안이 된다.

텍스트의 내용과 형식이 불가분의 관계라면 자기를 표현하는 내용을 담을 수 있는 형식이 서사 형식이고 이러한 서사는 이야기 양식이 적합하다는 것이다. 논증의 양식이 토론 담화로 구현될 때 그 특질이 잘 나타나는 것처럼 개인의 삶이 효과적으로 드러내는 양식이 이야기 텍스트로 구현될 수 있기 때문이다. 또 이야기는 실생활과 가장 가까운 글 형태를 지니며 일상생활을 담기 좋은 언어 형식이다. 자신의 삶을 표현하고 구성하는 과정을 통해 과거 행동을 반

---

8) 현행 교육과정에서는 영역별 담화와 글의 종류를 제시하고 있어서 이에 따른 특수 지식을 습득하는 것을 요구하고 있다. 이러한 내용이 현장에서 교수되면 교실이라는 경직되고 제도적인 환경에서 장르의 모델이 고정적이고 규칙이 지배되는 위험을 안고 있다.

9) 이야기는 구어나 문어로 표현될 수 있다. 표준국어대사전(국립국어원, 2000)에서 이야기의 정의를 보면 ① 어떤 사물이나 사실, 현상에 대하여 일정한 줄거리를 가지고 하는 말이나 글, ② 자신이 경험한 지난 일이나 마음속에 있는 생각을 남에게 알리는 말이나 글, ③ 어떤 사실에 관하여 또는 있지 않은 일을 사실처럼 꾸며 재미있게 하는 말로 정의하고 있다. 여기서는 문어로 된 이야기를 뜻하며 ①과 ②의 정의를 따른다.

추할 수 있다는 점에서 유용한 양식이다.

이야기의 속성이 자기표현을 드러내는 유용한 양식이라는 점 이외에도 기존의 제도권 장르들과 생산적인 상호성을 높일 수 있다. 이러한 과정을 통해 기능과 전략을 더욱 정교하게 개발해 나가야 하는 측면(박인기, 2013)과 상통한다. 이러한 측면에서 이야기는 자기표현적 글쓰기의 하위 장르들을 상위적 차원에서 포괄할 수 있으므로 교육적 활용성 측면에서도 효과적이다.

그렇다면 이야기라는 상위 담화와 자기 표현적 글쓰기 장르 간의 관계를 살펴볼 필요가 있다. Feez(1998)는 자기 표현적 글쓰기를 이야기 텍스트 하위로 분류하여 구조 및 자질을 구분하였다. Feez(1998)가 제시한 장르 범주를 바탕으로 이야기를 살펴보면 다음과 같다.

[표 5-2] Feez(1998)의 이야기 텍스트 장르 범주

분류	장르	목적	구조	주요자질
이야기 텍스트	서사	* 문제가 되거나 일상적이지 않은 사건을 다루는 것 * 즐겁게 하는 것	안내 – 문제 – 평가 – 해결	접속사로 연결된 과거 시제의 일련의 절 * 등장인물, 맥락, 사건과 관련된 어휘
	자기 표현적 글	* 사건을 순서에 따라 다시 이야기하기 * 즐겁게 하거나 정보를 제공하기	안내 – 사건 – 방향전환 – 종결	* 연속적인 접속사 * 2개의 절로 된 문장 * 과거 시제와 표지

그는 이야기 텍스트의 하위 장르로 자기 표현적 글쓰기와 서사를 구분하여 제시하고 있다. 기준을 보면 서사는 허구적이고 신비한 이야기나 갈등 상황을 동반하는 것을 주요 자질로 하고 자기표현 글쓰기는 사건을 다시 이야기하는 것을 목적으로 본인의 과거 경험을 근

거로 사건 중심으로 진술하는 것이 특징이다. 그러나 이러한 구분은 단지 허구나 실재의 구분일 뿐 혼합적으로 사용되고 있음을 알 수 있다.

Loncare(1976, 1983)는 서사 담화의 유형적 특질을 1인칭·3인칭, 행위자 지향적, 시간, 연대기적 연결과 같은 속성을 가진 담화가 서사적 담화라고 보았다. Georgakopoulou & Goutsos(1997: 52)은 내용적인 측면에서 서사 담화를 시간 순서, 특정 사건, 방해·균형의 재형성, 재구성된 사건, 개인적, 유동적 성격을 비서사 담화와 비교하면서 특질을 논하고 있다. 자기표현도 자기를 표현할 근거를 경험에 토대를 두기 때문에 개인의 경험을 통한 주체의 행위나 생각이나 느낌을 진술한다. 또 과거 경험은 실재 사건을 재구성하는 과정을 통해 전달하고자 하는 의미가 구성되므로 자기 표현적 글쓰기와 서사 자질은 별반 구분되지 않는다.

구조적 측면에서도 마찬가지이다. 문학 작품 대상이 아닌 일상에서 이루어지는 이야기를 최초로 연구 대상으로 삼은 Labov & Waletzky(1967)는 '요약안내—방향설정—갈등—종결부'의 구조나 Dijk(1980)의 이야기 구성요소를 위계적으로 밝힌 연구, Quasthoff(2005)의 이야기의 협력적인 언어활동 형식을 규정한 연구물에서 이야기의 구조적 원형을 살펴볼 수 있다.10) 이러한 정통성 있는 이야기 구조 연구11)는

---

10) 기존의 연구물들은 문학 작품 분석을 통한 이야기 구조 분석이 대부분이다. 문학 작품일 경우 감상의 도구로써 유용하게 활용(한명숙, 2003)하고 있다. 위에 제시한 연구자들은 이론을 도식으로 나타내고 있으나 여기서는 지면의 문제로 생략한다. 도식의 정보는 박용익(2006)의 '이야기란 무엇인가'를 참고하길 바란다.

11) 서사물의 문법적 구조를 연구한 G. Prince는 서사물의 문법이란 서사물에 존재하는 동일한 규칙으로서의 법칙들을 기술할 수 있거나 동일한 결과를 만들어 낼 수 있는 공식적인 언명의 집합으로 언급된다(독서교육사전, 2006: 377). 서사 구조에 대한 연구는 학자마다 다양하다. 그 내용을 보면 Stein & Glem은 이야기 범주를 배경, 발단, 내적 반응, 계획의 시도·결과·반응

모든 이야기에 해당하는 구조이다. 이러한 구조는 주체의 의도에 따라 얼마든지 유동적이며 다양한 변이 양상으로 나타난다.

이렇듯 서사와 자기 표현적 글쓰기 장르 구분이 명확하지 않다면 이야기 텍스트를 상위 담화(Meta discourse)로서 원형으로 삼고자 한다. 논증의 방식으로 그것을 구체화할 수 있는 논문, 논술문, 논설문, 논평문과 같이 다양한 장르로 구현이 가능한 것처럼, 이야기를 자기 표현적 글쓰기의 원형으로 설정한다면 보다 효율적으로 자기 표현적 글쓰기의 장르를 다양하게 구체화할 수 있을 것이다.

이야기라는 상위 담화(Meta discourse)는 담화에 대한 수사적 전략의 차원이다. 상위담화는 독자와 더 잘 소통하기 위해서 필자가 의도적으로 마련한 수사적이고 전략적인 장치이다(정혜승, 2013: 209). 자기 표현적 글쓰기를 위해 자서전 중심의 형식적이고 제도적 장르의 관습을 고답적으로 학습하는 것에 대한 반성이 필요하다.

자기 표현적 글쓰기를 장르적 관점에서 하위 미시 장르의 속성을 포괄하고 원형적 속성을 내포한 이야기를 상위 담화로 활용했을 때 다음 측면에서 유용하다.

첫째, 자서전과 같은 자기와 관련된 장르 규약12)이 명확한 형식 중심의 글쓰기에서 벗어나 주체가 스스로 형성한 사고과정 중심의

으로 나누어 문법구조를 체계화하였다. Thorndike는 이야기 문법구조를 배경, 주제, 구성, 종결로 정리하였고, Rumelhart는 배경과 일화로 1차 구분하고 다시 배경은 장소, 인물, 시간으로 에피소드는 사건, 반응, 종결로 구분하였다. T. van Dijk는 생성 문법을 기초로 텍스트에 존재하는 서사 구조를 분석하였다.

12) 자서전을 엄격한 내적 규칙을 가진 독자적인 장르로 규정하기 위해서는 자서전을 '독서의 규약'에 따라 정의해야 한다고 주장한다. 텍스트 내적 요소인 '등장인물', '언어학적으로만 존재하는 화자', 그리고 텍스트 외적 요소인 '저자'라는 세 인물의 이름이 동일하다는 것이 자서전을 인접 장르와 구별하는 특성이라고 주장하면서, 이를 "자서전의 규약"이라고 명명한다(Philippe Lejeune, 1998). 자서전의 규약은 진정성이라는 작가의 담화 생산 규약과 작가가 자신만의 진실을 말하고 있다고 믿는 독자의 태도를 절정 짓는 독서의 규약이 되는 것이다(유호식, 1998).

글쓰기로 전향할 수 있다. 전자는 절대적이고 외재적인 기준이 명확한 데 반해, 후자는 주체 중심의 상대적인 내적 기준 적용이 중시된다(한철우 외, 2003: 16). 텍스트 유형 분류를 자아와 세계라는 이원론적 관점에서 볼 때 자아 중심의 내용이 글의 주요 특징으로 이끌어 낼 수 있는 장점이 있다. 주체자의 개별화와 다양한 자기 이야기는 어떠한 형식으로든 표현이 가능하다. 상황과 맥락에 따라 어떠한 의도로 어떻게 사용하는가의 문제이다.

둘째, 글쓰기의 소통 과정에 관여하는 다양한 요소를 통합적으로 다룰 수 있다. 이야기는 발화, 보고, 묘사, 논평과 같이 현상을 기술하는 다양한 방식이 혼합되어 사용되기 때문에 이에 따른 교육적 기능을 활용할 수 있다.

개인의 이야기는 독자에게 강력한 몰입을 위한 동기를 부여할 수 있을 뿐 아니라13) 필자가 의미를 구성하는 과정에서 자아의 정서나 인지 과정, 그것을 효과적으로 구성하는 내용 조직이나 표현법 등을 통합적으로 학습할 수 있다.

셋째, 글쓰기의 주요 요소를 필자 중심, 텍스트 중심, 독자 중심으로 볼 때(Hyland, 2004) 이들 요소가 한쪽으로 치우치지 않도록 소통을 통한 사회 문화적 맥락으로 확장할 수 있다.14) 이때의 소통은

---

13) 국어교육에서 이야기의 효과와 중요성에 대해 언급한 연구물(강성숙, 1995; 이종희, 2001; 서영자, 2002; 김갑이, 2004)에서 공통적으로 이야기가 즐거움을 주는 강력한 요인으로 학습자들의 참여를 적극적으로 유도한다고 언급하고 있다. 이야기 속에서 타인의 감정과 기쁨, 슬픔, 분노와 같은 정서적 차원이나 사건 진행이나 경험 양상과 같은 주체의 행위에 동화되면서 즐거움을 맛볼 수 있기 때문이다.

14) 이야기를 내러티브(narrative)란 의미와 동의어로 사용하고 있음을 고려할 때 그 어원에서 이미 소통을 포함하고 있음을 알 수 있다. 내러티브(narrative)는 라틴어 'narro'와 '알다', '친숙하다'의 의미를 지닌 산스크리트어 'gna'에서 유래되었다. 영어 동사형(to narrate)이 '관계를 맺다'의 의미로 해석하면 내러티브는 구어든 문어든 상대방에 대해 유의미한 요소를 주체와 관련지어 해석하고 정신적 유대를 강화하는 의미가 내포되어 있다.

개인의 내적·외적 소통을 종합한 의미이다. 글의 내용이 형식으로 구체화될 때 기존의 자기 표현적 글쓰기는 자신의 내적 관점에서 자아에 대한 조망을 중심으로 다루었다. 이럴 경우 자아에 반영된 행위나 생각에 대해 무조건적으로 수용하다 보니 행위의 타당성이나 정서나 가치, 윤리적인 부분에 대한 판단의 근거가 미약하다는 점이다. 타인과의 소통을 통해 필자와 독자 간의 사회 문화적 가치 수용이나 인지나 정서적 차원의 삶의 범위들이 용인될 수 있도록 조절하여 평형화를 유지할 수 있어야 한다.

2.2. 주체의 가치 인식에 입각한 내용적 차원

쓰기 교육의 내용은 그 목표에 의해 규정되므로 여기서는 쓰기 교육의 세부 목표인 지식, 기능, 태도 층위 중 '태도'와 관련된 하위 범주인 '가치'를 중심[15]으로 논하고자 한다. 여기서 가치는 주체가 가지고 있는 가치 있는 속성으로서의 의미와 어떤 사물에 대하여 주체가 중요하다고 판단하는 일종의 신념으로서의 이원적인 의미 개념(최현섭 외, 2005: 389)으로 규정한다.

자기표현에서 '무엇'을 표현하느냐의 문제는 글쓰기 내용과 관련되고 이러한 내용을 생성하는 주체가 바로 자신이라는 점에서 내용은 주체인 '자기'와 직결된다.[16] 그렇다면 그 내용은 어디서 오는가?

---

15) 2009 개정 교육과정에서 쓰기 태도는 쓰기에 대한 동기, 흥미, 습관, 자세, 태도, 가치를 포함한 정의적 영역을 나타내는 포괄적인 범주를 지칭하는 개념이다. 이러한 정의적 영역에서 태도 형성은 쓰기 과제를 성공적으로 수행하게 하며 자신의 삶 속에서 글쓰기를 생활화하고 즐기는 평생 필자로 만드는 것을 교육 목표로 지향하고 있다(노명완 외, 2012: 361).

16) 흔히 쓰기 활동을 수행할 때 필자는 자연스럽게 쓰기 주체로서의 자신과 의도된 독자(intended reader)로서의 외적 주체를 상정한다. 이때의 의도된 독자란 필자가 글을 쓰면서 글을 읽을 것

그것은 경험과 사유에서 온다고 판단된다. 사유는 직접 경험이든, 간접 경험이든 경험에 토대를 둔다. 경험에 의미를 부여하는 일이 사유라고 할 경우 표현의 뿌리는 경험에 있다고 할 수 있다(임경순, 2003).

자기 표현적 글쓰기가 서사와 구별되는 점은 허구적이고 예술성을 중심으로 한 문학적 글쓰기가 아니라는 점과 텍스트 내 논리적 응집력이나 내용 전개의 일관성 보다는 개인 경험을 다시 회고하여 과거의 경험을 통한 현재의 나에 대한 의미를 부여함으로써 자아에 대한 성장을 도모할 수 있다는 점이다.

개인이 직접 경험한 것을 말하고 그 사고 과정에 대한 자신의 경험을 반추한다는 것은 학습자 스스로 과거 경험 속에서 내용을 계획, 선택, 산출의 과정을 스스로 구성한다는 측면에서 적극적으로 담화 생성을 유도할 수 있다. 개인적 체험을 통한 자기 성찰 과정을 통해 자신의 상태를 점검하고 자아를 이해할 수 있는 계기를 마련할 수 있다는 점에서 경험 이야기는 의의가 있다.

경험[17]은 인간의 행위와 활동을 나타내거나 외적 세계를 인식하는 과정의 의미로 사용되는가 하면 이러한 것의 결과로써 축적된 것을 가리키기도 한다(최홍원, 2007). 경험이라는 말은 내용의 소재,

---

이라고 예상한 독자이며(Flower & Hayes, 1980), 필자는 글을 완성하는 동안 계속해서 쓰기 주체로서의 자신과 의도된 독자로 상정한 타(他) 주체와 타협하거나 경쟁하면서 글을 완성하게 된다. 이런 관점에서 볼 때, 자기 표현적 글쓰기는 다른 어떤 글 유형에 비하여 쓰기 주체로서의 필자가 쓰기 수행에 있어 가장 큰 의미를 갖는다고 볼 수 있다(최숙기, 2007).

17) 경험의 정의는 다음과 같다. ① 직접적이고 개인적으로 관찰, 참여, 접촉하는 것, ② 이때 습득한 지식이나 기술, ③ 혹은 그 습득 과정, ④ 관련되는 대상(혹은 사건), ⑤ 이러한 과정에서 나타나는 심리적인 상태를 말한다. 이러한 사실로 미루어 보아, 경험이란 직접적인 감각을 통해 생성될 뿐만 아니라 간접적으로도 겪을 수 있는 속성임을 알 수 있다(이진용, 2003). Schmitt(1999)는 경험을 감각(sense), 감성(feel), 인지(think), 행동(act), 관계(relate)로 유형화하였다. 이들 정의를 보면 경험은 인간 삶의 총체적인 성격을 반영한다.

실제 대상과 같이 경험되는 것(the-experienced)과 그것이 경험되는 방식, 즉 경험 과정(the-experiencing)을 포함하고 있다(김병길 외, 1994). 이러한 의미에서 경험은 이미 용어 자체에 과정과 결과에 대한 의미를 내포하고 있음을 알 수 있다. 모든 경험이 교육적으로 가치 있는 경험이 되는 것은 아니나 경험에 의미를 부여하여 가치 있는 대상으로 경험을 탐구하고 인식할 수 있는 교육적 실천이 요구된다.

국어교육에서 가치 경험에 대해 다루는 연구는 전무할 정도이지만 문학 영역에서 교육 내용으로 가치 경험을 다룬 황혜진(2006)의 연구는 시사 받을 만하다. 가치를 도덕적 측면에서 보고 소설 작품이라는 제재를 통해 가치 있는 문제의 발견, 서사적 추론을 통한 가치 갈등의 탐구, 인물에 대한 공감 유발, 서술을 통한 가치 감화, 도덕적 상상력에 의한 가치 판단을 제안하고 있다.

그러나 가치 경험을 문학 작품을 통한 간접적 체화(體化)라는 점, 작품에 나타난 서술적 요소를 통한 가치 내면화라는 점은 작문에서 가치 경험과 차이가 난다. 작문은 주체가 스스로 체험한 경험을 통한 가치 인식과 형상화 과정을 동반한다는 점이다. 그럼에도 불구하고 가치 경험은 개인의 깊은 성찰과 탐구 과정을 동반하고 도덕적 판단을 근거로 해야 한다는 점은 공통적으로 수용해야 한다.

이러한 관점에 근거하여 중학교 국어 교과서에 반영된 자기 표현적 글쓰기 내용을 '감동과 즐거움을 주는 경험을 선정하는 데 있어서 가장 힘들었던 일, 가장 기뻤던 일, 보람을 느꼈던 일 중에서 다른 사람과 공유하고 싶은 경험을 선정한다(교육과학기술부, 2009)'고 제시하고 있다. 이러한 내용 성취기준이 그대로 교과서에 반영되어 있는바, 공통적으로 다음과 같은 문제점이 지적된다.

첫째, 제한된 읽기 텍스트를 통해 편협된 주제와 관련된 경험을 다루고 있다. 읽기 텍스트 내용에 근거하여 자신의 경험을 비추어 반성하는 것이 대부분이다. 자서전을 읽고 위인들의 행적과 관련된 자신의 고난을 떠올려 본다든지, 가족 간의 사랑이나 위기를 극복한 수기를 읽고 자신도 이와 비슷한 경험이 있는지 떠올려보고 언제, 어디서, 누구와, 그때의 생각이나 느낌을 적어 보는 내용이 대부분 이다.

읽기 제재를 제시한다는 것은 배경지식이나 활성화나 글쓰기를 위한 형식을 제시한다는 점에서 유용하나 대부분 작가가 위인이나 특별한 상황에서 특수한 경험이 대부분이라 문제 상황에서의 극복 담 중심으로 이루어져 있다. 위기 극복 중심의 경험에 한정할 경우 일상적인 중학생 생활환경 속에서 이와 비슷한 경험을 하기에는 무리가 있을 것으로 본다. 따라서 경험 생성과 관련하여 유사성이 있는 주제를 찾기 힘들거나 이러한 경험을 하지 못한 학습자들에게 교육적 처치를 하기에는 한계가 있다.

둘째, 과거 개인의 경험 중 최근의 기억이나 감각적인 사건, 부정적 정서 중심의 경험 내용에 치우칠 가능성이 높다.[18] 읽기 제재를 사용하지 않은 경우, 인상 깊은 경험을 떠올릴 때 학생들은 대부분 일상적인 소소함에서 경험의 의미를 발견하는 것보다 단기 기억에 저장된 최근의 경험이나 사고나 싸움, 외로움, 분노, 질책과 같은 부정 정서 중심의 경험 사건을 떠올리는 것이 대부분이다(김정란, 2013).

---

18) 중학생 1~3학년 249명을 대상으로 한 경험 이야기 쓰기에서 정서 경험을 확인한 결과 부정정서 134명(53.8%), 중립정서 69명(27%), 긍정정서는 56명(22.5%)이라는 반응 비율이 나왔다(김정란, 2013). 이러한 결과를 보더라도 중학생 경험 이야기에서 부정정서가 높은 비중을 차지하는 것을 알 수 있다.

전반적으로 부정정서가 긍정정서보다 더 오래 기억되고 면밀히 분석된다(Baumeister · Bratslavsky · Finkenauer, & Vohs, 2001)는 선행연구 결과와 맥을 같이 하지만, 긍정정서 역시 과거 경험을 통해 미래 계획을 함축할 수 있고 장기적으로 긍정적인 효과를 마련한다(구재선 · 이아롱 · 서은국, 2009; Fredrickson, 2005)는 점에서 긍정과 부정 정서의 균형은 필요하다. 또 최근 기억의 사건만 생성하는 것은 이전에 자신이 경험한 행위나 감정을 인지하고 성찰하고자 하는 자세가 부족한 것이 원인이므로 소소한 일상에서 경험의 가치를 발견할 수 있는 태도가 요구된다.

셋째, 감동이나 즐거움을 줄 수 있는 경험의 판단 기준이 제시되지 않고 있다. 실제 감동이나 즐거움을 독자들에게 전달하기 위해서는 상황 맥락에 따라 작가와 독자 간의 감정적인 유대가 마련되어야 한다. 전문적인 작가는 사회에서 공인된 유대를 통해 감동과 즐거움을 줄 수 있는 글을 쓰지만, 실제 학교 현장에서는 그렇지 못하다. 연구자가 중학생들의 글쓰기 수행을 한 경험에 비추어보면 중학생 필자는 자신의 경험에서 감동이나 즐거움을 줄 만한 내용을 생성하기 힘들 뿐 아니라, 설령 마련했다 하더라도 독자에게 감동과 즐거움을 주지 못하는 경우가 대부분이다. 경험한 사실만 나열한 채 사건 진술 중심의 객관적 정보만 전달한다면 진정한 의미에서 자아를 드러내는 데 한계가 있을 것이다.

따라서 개인 경험이 자아나 타인에게 의미 있는 경험이 되기 위해서는 개인의 주관적인 경험에 가치를 부여할 수 있어야 한다. Combs, J. et al.(2006)은 경험의 가치 판단의 조건을 다음과 같이 제안한다. 첫째, 판단을 지지하는 것으로 밝혀진 사실은 확실하게 증명된 것이어야 한다. 둘째, 사실은 타당성이 있어야 한다. 셋째, 판단의 과정에서 고려된 사실의 범위가 크면 클수록 그 판단이 옳을 가능성은 더 커진다. 넷째, 판단에 적용된 가치 원리는 판단을 내린 사람에게 수용될 수 있어야 한다. 이로써 가치 있는 경험 이야기의 내용 조건은 진실한 사실에 바탕을 두어야 하고 가치 있는 경험을 선정할 때 다양한 사실들을 고려한 후 선택하고 그러한 내용은 자신이 수용할 때 합리적인 가치판단이 내려진다.

앞의 비판적 검토를 통해 자기 표현적 글쓰기 내용에서 추구해야 하는 방안은 학습자 개인의 경험에 의미를 부여하는 인식이나 능력이 부족한 것이 원인이므로 이러한 문제를 근원적으로 해결하는 방향이 되어야 한다. 일상적인 경험을 통해 반성과 성찰을 위한 내용이 선정되어야 하고 주관적 가치로 의미를 부여할 수 있는 경험 이야기가 되어야 한다는 것이다.

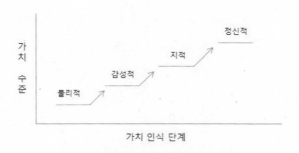

<그림 5-1> 가치 인식 단계의 네 가지 수준

그렇다면 경험의 가치는 어떠한 수준으로 발전하는가? Lutus(2000)는 인간의 경험을 느낌, 신념, 사실, 관점 등의 4단계로 설명하였다.

이러한 단계는 분명하게 구분할 수 없는 단점이 있다. '느낌'은 어떤 사건이나 대상물에 대한 물리적 상호작용의 결과이므로 느낌 이전 단계에 물리적 대상이 선행되어야 한다. 또 '신념'과 '사실'은 그러한 감성 단계와 지적 단계를 동반하며 '관점'은 정신적 작용 중의 하나이기 때문이다. 따라서 경험의 가치를 물리적 가치에서 감성적 가치, 지적 가치, 정신적 가치로 일차적으로 재설정할 필요가 있다. 이러한 단계 설정은 인간의 복합적인 사고를 단어로 명명하기 힘들고 이들 용어 간 불가분의 관계를 지니지만, 일차적으로 가시화할 수 있다는 점에서 용이하다. 물론 이러한 단계는 통합적이며 동시에 작용된다. 가치 인식의 단계 수준을 보면 다음 도식과 같다.

경험에 의미를 부여하기 위해서는 가치[19]의 발달 단계는 물리적 단계, 감성적 단계, 지적 단계, 정신적 단계를 거친다. 여기서 물리적이란 발생한 사건이나 실재 사태를, 감성적이란 이러한 사건이나 사태에 대한 자신의 느낌이나 생각, 기분을 말한다. 지적이란 이러한 앞의 경험 내용에 대한 학습한 것이나 새로운 사실을 알게 된 것을 인지하는 것이고, 정신적이란 이러한 모든 것을 바탕으로 자신의 내적인 반성과 자기 성찰적인 의미가 부여된 가치를 말한다. 이러한 가치 발달을 통해 자기 이해, 즉 자기 개념의 실체와 내용에 관한 인지적 표상 단계를 거치게 된다.

자기 가치(self worth)는 그 경험을 통해 자신이 누구이며 다양한

---

19) 가치란 사물이 지니고 있는 값이나 쓸모나 인간이 대상과의 관계에 의해 지니게 되는 중요성을 의미한다. 전자는 객관적 가치로서 사물이나 실재의 본질로 양으로 측정할 수 있다. 후자는 주관적인 가치로 대상과의 관계에서 상징적인 면을 해석한다든지 그것이 의미하는 것을 말한다. 예를 들면, 반지의 객관적 가치는 가격이나 세공기술, 디자인된 반지로 객관적으로 반지 본질의 가치를 말하고, 후자는 반지의 아름다운 상징이나 반지의 의미를 해석하는 것으로 사랑, 우정, 약혼, 충성심과 같은 주관적인 가치를 말한다. 같은 경험을 했지만, 그것을 주관적으로 해석하는 것을 보면 가치 있는 경험이란 그것을 해석하는 사람의 눈에 달려있다.

역할과 구성원들 간의 관계를 통해 자신에게 일어나는 많은 변화를 숙고해야 한다. 아직 청소년기는 Erikson(1968)이 말한 정체감 대 정체감이라는 혼란의 단계로 자신이 누구이며 어떤 존재로 살아가는지 삶에서 어떤 가치를 지향해야 하는지 혼란스러운 발달 단계를 지닌다. 따라서 교육적 처치를 위해서는 자기중심성에서 벗어나 다양한 관계 속에서 의미를 발견하고 그 경험을 통해 내적 성장에 기여할 수 있는 방안이 마련되어야 한다.

3. 자기 표현적 글쓰기의 지도 방향 모색

앞장에서는 교과서에서 반영된 자기 표현적 글쓰기 양상을 비판적으로 검토하였다. 그 결과 경험 이야기를 자기표현의 실천적 장르로서의 원형으로 활용할 것을 제안하였다. 그리고 경험 이야기 내용이 의미 있는 경험이 되기 위해서는 가치 인식의 중요성을 제안하였다.

가치는 분명하게 가르쳐야 하는 인지적 속성이 아닌 개인의 주관에 의해 형성되는 정의적 영역에 속하는 것으로 그것이 운용되고 실행될 수 있는, 습득할 수 있는 실천지의 성격을 지닌다. 이러한 제안을 교실 현장에서 실현하기 위해서는 세부적인 교수·학습 절차나 단계를 언급해야 하겠지만, 학습 환경이나 교사의 재량으로도 운용할 수 있다. 여기서는 자기 표현적 글쓰기를 위해 경험 이야기에서 가치 인식을 중심으로 전체적인 지도 방향을 모색하고자 한다.

첫째, 중학생들이 긍정적 자아를 형성할 수 있도록 지속적으로 안내하는 방안이 마련되어야 한다. 중학생들의 자아에 대한 인식의 개념이 낮거나 부정 정서와 가치 발달이 낮은 수준이 지속된다면 후속적인 자아의 형성에 부정적인 영향을 미치게 된다. 부정적 정서와 가치의 판단을 결정짓는 개인의 주관적인 의미 부여가 부정적이라면 이 또한 자아 개념은 절대 긍정의 방향으로 발현되지 않는다. 따라서 개인의 사고 과정에 관여하는 정의적인 영역에 속하는 정서와 가치가 긍정의 방향으로 나아가도록 지도해야 한다.

가치 판단은 가치관에 따라 달라지므로 청소년기의 가치관 형성은 중요하다 하겠다. 가치관은 나의 생각, 너의 생각 또는 우리 생각, 더 나아가서 어떤 한 가지 일을 세상 사람들이 어떻게 생각하느냐가 곧 가치관이고 세계관이다. 이러한 가치관은 물리적 사태나 행동에서 정신적 단계까지 도달해야 가능하므로 가치 판단이나 의미를 부여할 수 있는 정신적 가치 판단의 교육은 중요하다.

둘째, 경험적 사고를 형성할 수 있는 인지적 과정에 따라 내용을 생성할 수 있어야 한다. 그러기 위해서는 기억 생성 과정에 따라 경험이 확장될 수 있는 내용이 반영되도록 해야 한다. Pinar(1975)의 자서전적 방법(Autobiographical Method)은 국어 교과 내에서도 자기 이해, 자아 성찰, 경험 서사, 자전적 서사의 형상화와 같은 연구 주제를 위한 단계별 지도 방법으로 정통적으로 사용하고 있을 뿐 아니라 자아 형성 과정에 대한 구체적인 단계와 지침을 제공하므로 적극적으로 도입할 만하다.

그 단계로는 '후향-전향-분석-종합'으로 구분할 수 있으며 자세한 설명은 다음과 같다. '후향'은 과거의 경험으로 돌아가는 것이다. 과거를 회상할 때는 즐거운 경험 이외에 억압되고 부정되었던 경험들까지도 의식의 표면으로 불러내어야 한다. '전향'은 아직 일어나지 않은 미래와 관련하여 현재의 관심이 어디로 향하고 있는지 살피는 것이다. 이는 과거만이 현재에 영향을 미치는 것이 아니라 미래도 아주 복잡한 양상으로 현재에 영향을 미치고 현재를 구성한다는 관점을 바탕으로 한다. '분석'은 과거, 미래, 현재가 개인의 삶과 타인과의 관계, 역사적 상황 등의 다양한 맥락 속에서 어떻게 얽혀 있으며 어떤 의미를 지니는지 이해하는 단계이다 '종합'은 과거의 경험과 현재의 관심, 미래의 비전에 대해 새로운 안목을 얻는 것이다.

이러한 단계에 따라 경험의 발전적 속성이 반영되어야 하는데 Shedroff(2006, 손우진 재인용)는 경험의 확장 과정을 관심, 관여, 결말, 확장으로 보고 있다. 관심이란 외부 대상 세계에 대한 지각을 말한다. 관심에서부터 경험을 인지하게 되고 새로운 경험이 시작되는 것이다. 모든 경험이 가치와 의미를 담고 있는 것이 아니듯이 무교육적인 것으로서의 경험에서 교육적인 경험으로 전향하기 위해서는 관심이라는 경험의 과정적 요소 중 주체의 관심이 바로 경험을 지각하는 시작인 것이다. 관여는 경험 그 자체로 주체의 환경과의 상호작용을 위해서 주체자가 그 환경이나 사건에 관여되어야 한다. 이는 경험을 지속하기 위한 동기가 작동하는 과정이며 주체의 내면적, 외적 심리나 상황에 의해 경험의 지속과 진행을 유도하는 동인으로 작용한다. 결말은 어떠한 경험을 내용으로 표현하고 구조화해야 한다. 다양한 양식으로 표현화할 수 있지만, 그 표현을 통해 주체자가 그 경험을 통해 드러내고 싶은 감정이나 경험의 종결이 마무리되어야 하는 요구이다. 확장은 자신의 경험을 통해 자신의 내면적 성장 과정은 또 다른 경험과 관련지어 경험의 폭과 내용이 확장되는 것이다. 이러한 방법은 세계와 타인과의 상호 교섭적인 과정을 반드시 필요하게 하며 내적 외적 교류가 전제되어야 한다.

셋째, 경험 이야기를 자기 표현적 글쓰기 장르의 원형으로 효과적으로 활용하기 위해서는 표현 구성 원리를 잘 안내하는 일이다. 개인적으로 인지 심리학적인 사고 과정과 정의적 차원에서 자아에 대한 탐색이 시작되었다 하더라도 그것을 구체적인 담화로 표현할 수 있는 표현 원리에 대해 알아야 한다. 경험이란 일상생활에서 존재하는 무수히 일어난 일 자체를 보면 사고이지만 주체의 사고로서 세계 안에서의 관계를 부여하거나 해석하게 되면 사건이 되는 것이다.

구조주의 시학에서는 사건의 계열화를 중시하면서 작품을 분석하는 데 치중하여 사건을 유기적인 관계를 분석하는 주요한 도구로 보고 있지만, 작문 영역에서는 글 생산에 관여하는 다양한 변인에 대한 고려를 주요하게 보기 때문에 사건 분석만으로 경험을 해석하기에는 한계가 있다. 왜냐하면, 경험의 구성은 인지의 지적 기능에 의해서 단어를 계열적으로 저장하는 것이 아니라, 어떤 하나의 사건에 대해 일화나 장소와 관련하여 개념이 형성되고 그것은 경험의 구조 속에서 저장된다. 경험의 구성은 주체의 삶에 기초하여 상황과 목적에 맞는 자신의 체험을 이끌어내어 소통함으로써 자신의 의도를 표현한다.

넷째, 공감적 소통의 공유를 위한 지도 방안이 마련되어야 한다. 경험 이야기를 위한 내용과 표현을 위한 교수·학습을 지원했다면 상대방과의 소통을 통한 경험 이해의 폭과 넓이를 확장할 필요가 있다. 이는 자기 표현적 글쓰기가 개인적 차원에만 머무르는 것이 아니라 사회적 글쓰기 차원으로 나아가기 위해서 더욱 중요하다. 그 방법은 동료 독자를 상정하여 읽게 할 수도 있고 이야기 나누기 형식이나 다양한 매체를 활용하여 경험을 공유할 수 있다. 이때 고려해야 할 점은 공감이라는 방법을 통해 상대방과 나의 경험 공유를 통한 상호작용을 원활히 수행할 수 있도록 해야 한다.

4. 나오며

자기 표현적 글쓰기의 본질적 접근을 위해서 장르관에 입각한 형식적 차원에서의 문제점과 개인 경험의 가치 인식을 중심으로 한 내용적 차원의 문제점을 언급하고 이에 따른 지도 방향을 모색해 보았다.

중학생에게 자기 표현적 글쓰기는 중요한 의의를 지닌다. 인생 전반에 걸친 삶의 시기에서 청소년은 중간 단계로서 독자적인 삶을 형성하는 시기와 미래를 준비하는 시기로서 경험이 갖는 의미는 특별하다. 경험을 통해서 자신의 존재 규명에 도움을 줄 수 있을 뿐 아니라 경험을 직관적으로 선택하고 그것을 의식 차원에서 지각할 수 있기 때문에 그것을 일상생활 속에서 표현하는 방식으로서 경험 말하기는 주체의 잃어버린 경험을 회복할 수 있으며 더 나아가 풍요로운 미래까지도 기획할 수 있고 시간의 질서 속에 자신의 존재를 규명할 수 있는 기회를 갖는다는 점에서 가치가 있다.

자기 표현적 글쓰기는 아직 장르 중심의 형식적 관점을 중시하고 있으며 지나치게 주체의 주관적, 개인적 차원에 머물러 있다. 그리고 과거 기억 속 누가 경험한 일을 잘 떠올리느냐와 관련된 위험을 안고 있다. 자기 표현적 글쓰기를 통해 진정한 자아의 성장을 기대하기 위해서는 기억의 회상 정도의 여부로 판단할 것이 아니라 일상적이고 소소한 경험 속에서 가치와 의미를 부여할 수 있는 자신에 대한 조망과 성찰의 자세가 선행되어야 할 것이다. 우리는 수많은 경험을 하면서 개인의 삶을 형성해 나간다. 사소한 경험이더라도 자신의 성장에 기여하기 위해서는 그러한 경험을 통해 내가 어떠한 가치를 부여할 것인지 인식을 가지고 의식적으로 사고해야 한다.

앞으로 구체적인 지도 방법과 수업에서 활용할 수 있는 전략에 대한 탐구 등 연구가 지속적으로 이루어져야 할 것이다. 중학교 교육 과정에서 자기 표현적 글쓰기의 문제점을 인식한 것을 첫걸음이라고 생각하고 나머지 해결 과제는 후속 연구로 미루도록 한다.

참고문헌

교육과학기술부(2011), 『국어과 교육과정』, 교육과학기술부 고시 제2011-36호.

교육인적자원부(2007), 『초중등학교 교육과정』, 교육부 고시 제2007-79호.

　　　　　　　(2009), 『2009 개정 교육과정』.

구재선·이아롱·서은국(2009), 「행복의 사회적 기능: 행복한 사람이 인기가
　　　있나」, 『한국심리학회지』, 15집, 한국심리학회, 29~47.

국립국어원(2000), 『표준국어대사전』, 서울: 두산동아.

김미란(2009), 「대학의 글쓰기 교육과 장르 선정의 문제: 자기표현적 글쓰
　　　기에 대한 비판적 고찰을 중심으로」, 『작문연구』, 9, 한국작문학회,
　　　69~94.

김수아(2008), 「온라인 글쓰기에서의 자기 서사와 정체성 구성」, 『국어언론학
　　　보』, 52권 5호, 한국언론학회, 56~82.

김정란(2013), 「중학생 경험 말하기 교육 방안 연구」, 경남대학교 대학원 박
　　　사학위 논문.

노명완·신헌재·박인기·김창원·최영환·원진숙·유동엽·김은성(2012),
　　　『국어교육학개론』, 삼지원.

박영민(2012), 「쓰기 치료를 위한 개인적 서사문 중심의 자기표현적 글쓰기
　　　활동」, 『한어문교육』, 27권, 한국언어문학교육학회, 31~51.

박용익(2006), 「이야기란 무엇인가」, 『텍스트언어학』, 20호, 한국텍스트언어
　　　학회, 143~163.

박인기(2013), 「국어교육 텍스트 경계와 확장」, 『국어교육학회 45회 학술발
　　　표대회 자료집』, 131~150.

손우진(2006), 「놀이와 학습의 측면에서 유아 그림책에 나타나는 경험디자인
　　　유형 분석 및 특성에 관한 연구」, 인제대학교 대학원 석사학위 논문.

여승욱(2010), 「표현적 쓰기를 활용한 인문계 고등학생 쓰기 지도 방안 연구」,
　　　한국교원대학교 교육대학원 석사학위 논문.

오임순(2009), 「표현적 쓰기를 활용한 중학생 쓰기 지도 방안 연구」, 한국교
　　　원대학교 교육대학원 석사학위 논문.

원진숙(2010), 「삶을 주제로 한 자기 표현적 쓰기 경험이 이주 여성의 자아
　　　정체성 형성에 미치는 영향에 관한 한국어 쓰기 교육 사례 연구」,
　　　『작문연구』, 11권, 한국작문학회, 137~164.

유호식(1998), 「자서전의 규약」, 『불어불문학연구』, 37권, 한국불어불문학회, 905~906.
이성영(2002), 『국어교육의 내용 연구』, 서울: 서울대학교 출판부.
이수미(2012), 「자기 표현적 쓰기 텍스트의 발달적 특성」, 『춘계학술발표논문집』, 국제한국어교육학회, 102~119.
이옥인(2013), 「지적 장애 학생의 자기표현 글쓰기에 나타난 주제 및 반성적 표현 유형 분석」, 『특수아동교육연구』, 15권 2호, 67~83.
이진용(2003), 「브랜드 경험에 대한 개념적 고찰과 실무적 시사점」, 『소비자학연구』, 14집 2호, 한국소비자학회, 215~242.
이해진(2009), 「표현적 글쓰기 교육 내용 연구」, 한국교원대학교 대학원 석사학위 논문.
임경순(2003), 『서사표현 교육연구』, 서울: 역락.
장현미・김은미・이준웅(2012), 「블로그에서 자기표현적 글쓰기와 읽기 선호도가 대인적 및 사회적 신뢰에 미치는 영향에 관한 연구: 블로그에서 공감경험의 매개적 효과를 중심으로」, 『한국언론학보』, 56권 2호, 한국언론학회, 48~71.
전은주(1999), 『말하기・듣기 교육론』, 서울: 박이정.
정민영(2013), 「그림책을 활용한 자기 표현적 쓰기 교육 방안」, 서울교육대학교 대학원 석사학위 논문.
주재우(2012), 「장르 중심의 쓰기교육 연구:자서전 장르를 대상으로」, 작문연구』, 14권, 한국작문학회, 137~158.
최숙기(2007), 「자기 표현적 글쓰기의 교육적 함의」, 『작문연구』, 5권, 한국작문학회, 205~239.
최현섭・박태호・이정숙(2000), 『구성주의 작문 교수 학습론』, 서울: 박이정.
최홍원(2008), 「시조의 성찰적 사고 교육 연구」, 서울대학교 대학원 박사학위 논문.
필립 르죈(1998), 윤진 옮김, 『자서전의 규약』, 서울: 문학과지성사.
한명숙(2003), 「이야기 구조 교육의 의의 탐구」, 『청람어문교육』, 27집, 청람어문교육학회, 1~25.
한철우・성낙수・박영민(2003), 『사고와 표현: 작문 워크숍과 글쓰기』, 서울: 교학사.
황혜진(2006), 「가치경험을 위한 소설교육내용 연구: 조선 시대 애정소설을 대상으로」, 서울대학교 대학원 박사학위 논문.
Baumeister, R. F., Bratslavsky, E., Finkenauer, C., & Vohs, K. D.(2001),

"Bad is stronger than good", *Review of General Psychology*, 5, 323~370.

Bower, E. M.(1976), *Early identifiction of emotionally disturbed childern school*. Springfild.

Combs, J. et al.(2006), "How Much Do High-performance Work Practices Matter Meta-analysis of Their Effects on Organizational Performance", *Personnel Psychology*, 59, 501~528.

Dean, Deborah(2007), *Genre Theory*, NCTE, 20~23

Erikson, E. H.(1968), *Identity: Youth and Crisis*, New York, W. W. Norton Company.

Feez, S.(1998), *Text-based syllabus design*, Sydney: McQuarie University.

Flower, L. S. and Hayes, J. R.(1984), "Images, plans and prose", *The representation of meaning in writing. written communication 1,* 102~160.

Gary A, Troia(2009), *Instruction and Assessment for Struggling Writers*, 박영민 옮김, 『쓰기 지도 및 쓰기 평가의 방법』, 2012, 서울: 시그마프레스.

Georgakopoulou, A. & Goutsos, D.(1997), *Discourse Analysis. An Introduction*, Edinburgh: Edinburgh University Press.

Hausendorf, H. & Quasthoff, U.(2005), *Sprahentwicklung und Interraktion: eine linguistische Studie zum Erwerb von Diskursfahigkeiten*, Opladen: Westdeutscher Verlag.

Hyland, Ken(2004), *Genre and Second language writing*, Ann Arbor: University of Michigan Press.

Labov, William & Joshua Waletzky(1967), "Narrative Analysis: Oral Versions of Personal Experience", J. Helm (ed), *Essays on the Verbal and Visual Arts,* Seattle: University of Washington Press, 12~44.

Lutus, P.(2000), *Arachnophilia*, Port Hadlock, WA. Michigan Press.

Paltridge Brian(2001), *Genre and the Language Learning Classroom*, Univ. of Michigan Press.

Pennebaker James W.(1968), Writing to Heal: *A Guided Journal for Recovering from Trauma & Emotional Upheaval*, 이봉희 옮김, 『글쓰기치료』, 2007, 서울: 학지사.

Peter Knapp, Megan Watkins(2005), *Genre, Text, Grammar: Technologies for Teaching and Assessing Writing*, 주세형·김은성·남가영 옮김 (2007), 『장르 텍스트 문법』, 서울: 박이정.

Pinar, W. F.(1975), *The method of currere, Autobiography, politics and sexuality*, Peter Lang Publishing.

Rakos, R. F. & Schroeder, H. E.(1980), *Self-directed assertiveness training*, New York: Bio Monitoring Applications(BMA).

Schmitt, B.(1999), *Experiential marketing: How to get customers to sense, feel, think, act and relate to your company and brands*. New York: The Free Press.

van Dijk, Teun A.(1980), *Macrostructures*, Georgetown: Georgetown University Press, 177~195.

제6장 국어과 내러티브 교수·학습 적용 방안
-구성주의 학습 환경을 중심으로-

1. 들어가며

최근 다양한 학문 분야에서 논의되고 내러티브(narrative) 인식론은 논리 중심의 과학적 인식론과 대비되면서 '무엇'을 교육해야 하는가에 대한 본질적인 질문을 재고하게 만든다. 기존 국어교육은 기능중심, 인지적 측면을 강조한 경향이 있었다. 내러티브는 인간을 주체로 자아와 경험의 구성과정 전반에 관여하는 심리적, 자아 정체성, 윤리적, 문화적 측면까지 아우를 수 있기 때문에 교육 주체로써 인간에 대한 탐색을 모색해 볼 수 있는 대안이 된다.

학습자 경험을 교육적 준거로 본 내러티브 관점은 학습을 학습자의 삶과 밀접한 연관을 맺을 수 있도록 교과 교육의 맥락적 차원에서 방법을 제공한다. 그러기 위해서는 교육은 학습자들 자신의 삶

속에서 경험한 것을 텍스트와 교류하면서 자신의 삶의 전체성에 기여할 수 있도록 해야 한다.

학습자 주체가 중요한 것을 알면서도 아직 단편적인 교과 내용, 맹목적인 교과서 중심의 단순 수업에서 벗어나지 못하고 있는 실정이다. 이재승(2005: 35)에서도 국어수업 운용의 문제점으로 강의식, 주입식 중심, 교사 중심, 학습자들의 능력이나 흥미를 고려하지 못한 점, 지나치게 교과서 중심이라는 점을 문제점으로 지적하고 있다.

이를 극복하기 위해 교수·학습 모형을 교과 특성에 맞게 수정하고 변용하여 적용함으로써 국어과 특성 모형을 구안하기 위해 노력하고 있음에도 불구하고 교사 주도의 수업, 내용 요소 전달 수업, 이해를 위한 단편적 자료 제시와 같은 절차와 방법적 차원에 머무른 경향이 있다.

내러티브 사고는 인식론적 절차인 '알게 되는 것'과 존재론적인 '알게 되는 수단'의 상호작용으로 실재가 만들어진다고 전제하기 때문에(방선욱, 2004) 언어화의 과정을 통한 의미구성이 필연적이다. 이는 국어과가 다루는 대상이 언어이므로 본질적으로 내러티브 연구의 당위성을 지니고 있다. 국어과에서 내러티브 연구가 독자적 위상을 지니기 위해서는 교과별 연구 대상1)에 대한 본질적 접근이 필요하다.

이 책은 인간의 마음과 지식을 설명하는 새로운 대안으로 제시되

---

1) 최근 내러티브 연구 동향을 살펴보면 내러티브를 소개한 강현석(2005, 2007, 2009, 2011) 연구, 다른 교과에서 이미 내러티브적 관점을 적용한 교육과정 재구성의 연구물들(이현정, 2003; 이흔정, 2004; 박보람, 2007; 한승희, 2011)이 있다. 다른 교과의 교수·학습 방법적 차원에서 연구물은 주로 사회, 도덕 교과가 많은 편인데(윤란자, 2006; 박호철, 2007; 최은규, 2009; 윤일선, 2010; 서민경, 2010), 이는 교과 내용을 전달하기 위한 방법이나 정의적, 역사적, 교육적 가치를 전승하기 위해 활용한 수단으로 볼 수 있다.

고 있는 내러티브적 사고를 구성주의 학습 환경에서 적용하고자 한다. 학습자의 삶과 경험에서 교육적 의의를 찾고 이와 관련한 지식을 생성하고 구성하여 환원하기 위해서는 이를 지원하는 학습 환경이 필요하다. 내러티브적 사고와 생성과정을 촉진하기 위해서는 능동적으로 의미를 구성할 수 있는 효과적인 환경을 제공해야 한다. 그러기 위해서 먼저 국어교육에서 내러티브 이해를 위해 구성주의와 관련하여 살펴보고 내러티브 개념 정립을 알아본다. 교수·학습 차원에서 내러티브 사고 생성과정을 중심으로 설계한 후 구성주의 학습환경 모형인 CLEs(Constructivist Learning Environments)에 적용하고자 한다.

2. 국어교육에서 내러티브 이해

2.1. 구성주의와 내러티브[2]

21세기 지식기반 사회에서 요구하는 인간 육성을 위해서는 전통적인 학교교육체제가 아닌 새로운 패러다임의 학교교육체제가 필요하다. 학습자는 자신이 처한 문제를 해결할 수 있도록 정보를 활용할 수 있는 능력이 요구된다. 이에 학교 교육은 학습자가 자기 주도

---

[2] 국어교육에서 내러티브라는 용어의 개념이 명확하지 않아 연구자마다 서사나 이야기, 스토리텔링과 혼용해서 사용하고 있다. 그 이유로는 서사적 요소인 인물, 사건, 배경, 시간, 줄거리와 같은 요소를 공통으로 지니고 있기 때문이다. 대체로 서사적 요소가 구어로 표출되면 이야기, 다양한 매체로 표현할 수 있는 매체 방법적 차원인 스토리텔링, 지속 가능한 역사적 의미로 공유함으로써 생성된 담화 차원을 내러티브라고 구분 지을 수 있을 것이다. 이 책에서는 내러티브를 원문 그대로 사용하기로 한다. 서사가 문학 영역에 근간한다는 점, 서사 요소 중심이 아닌 서사적 사고와 생성, 표현과 이해 과정까지 아우른다는 점에서 담화차원으로 접근할 것이다.

적 학습을 할 수 있도록 환경을 마련해야 한다. 구성주의 학습이론은 이전의 수동적, 형식적, 일제식의 학교 체제의 문제점을 해결해 줄 수 있는 대안적 교수·학습체제이다.

내러티브 인식론은 논리적이고 합리적 체제인 보편적 진리 추구를 목적으로 하는 패러다임과는 달리 개별적 인간의 삶을 전체로 이해할 수 있고 인간의 마음과 지식을 설명하는 새로운 인식론으로서의 대안적 패러다임의 유형이다. 인간 탐구의 방향이 물리적 세계의 적용 방식이 아닌 의도와 목적을 지닌 인간의 세계에서 적용되는 새로운 인식론이다.

Bruner(1990: 92)는 내러티브 이해가 그 자체로 패러다임적 유형이며 논리-과학적 유형과 함께 그 자체 작동 원리와 범주를 가지며 있으며 진리를 입증하는 방법이 근본적으로 다르다고 하였다. 그는 내러티브 사고를 패러다임 사고와 비교하며 그 특징을 제시했는데 지식의 발견적 특성인 원인-결과를 다루는 것이 패러다임적 사고이고 지식의 생성적 특성인 의미 구성을 중시하는 것이 내러티브 사고라 하였다.

내러티브의 등장 배경은 1960년대 이후 등장한 포스트모더니즘과 관련된다. 포스트모더니즘은 다국적 자본주의와 후기 산업 사회화, 소비 사회화, 정보 사회화하는 급격한 사회 변화와 더불어 나타나기 시작한 일종의 문화 논리이다(방선욱, 2004).

포스트모더니즘은 기존의 사고 체계나 설명 체계의 절대성과 확실성을 부정하고 우연성과 가변성을 강조하며 종래의 일원적 사고의 틀을 깨고, 보다 다원적이고 개방적인 사고와 신념 체계의 형성을 촉진한다. 즉, 포스트모더니즘의 관심은 탈역사성, 다원성, 이질성, 복수성, 타자성, 소서사, 항구적 갱신과 같은 데 있다. 결국, 이러한 포스트모더니즘 전파는 공교육의 이념과 목표의 재설정에도 영향을 미치게 되었다(박성희, 2011).

이는 곧 1990년대 이후 구성주의의 등장을 초래했으며 인지구조와 지식 체계의 변화를 요구하는 한 패러다임으로 부상하게 되었다. 지식이란 개인적 차원에서 재구성되는 가변적이고 사회 문화적, 개인적, 맥락적 차원에서 해석되며 활용되는 것으로 보았다. 학제적으로 광범위하게 적용되면서 구성주의 지식은 경험으로부터 구성된다는 명제를 바탕으로 적용되기 시작했다. 지식의 구성은 의미구성을 의미하며 개인 심리적 측면이나 사회문화적 측면을 중시한다. 개인의 주관에 의해 구성된 내러티브는 이야기를 넘어서 대화 의도성, 의식, 지식, 문화, 공동체, 실재의 구성, 그리고 궁극적으로 개인적 정체성과 같은 인간의 삶과 과정(human process)을 다룬다.

국어과에서 내러티브의 적용 가능성은 학습자 사고 차원에서 경험의 유의미한 생성과 조직, 표현에 있다. 경험은 개인적으로 문화적 상황과 환경에 따라 다양한 변수의 영향을 받고 스스로 선택하고 참여함으로써 결정된다. 국어교육에서는 개인적으로 유의미한 경험을 이끌어 내어 교육적 경험으로 추출하는 것, 국어교육적으로 일반화하고 공유할 수 있는 교수학습 체제가 필요하다.

그러나 현장에서는 학습자의 경험을 이끌어 내는 방법이나 그 경험을 학습과 관련시켜 조직하는 방법, 그것을 표현하고 공동체와 공유할 수 있는 학습 환경이 미흡하다. 예로 자서전 쓰기 같은 경우 위인이나 주변 인물의 일대를 쓴 글을 보여주고 자서전의 구성 요소를 알고 인물에게서 본받아야 할 점을 기록한 후 쓰기 절차에 따라 자신의 일대기를 적어보는 활동이 주를 이룰 것이다. 의도적으로 자서전 쓰기 수행 경험을 통해 자서전 형식에 맞게 글을 쓸 수 있지만, 학생 개인의 어릴 적 유의미한 경험을 어떻게 이끌어 내는지 그 경험은 왜 의미가 있는지 모른 채 자서전을 발표하거나 쓰는 것을 확인하는 수준에서 그친다. 교육 내용에 초점을 두고 경험은 교육 내용을 달성하기 위한 소재로 학생 개인의 경험을 사용하는 것이지 그 경험 자체가 교육 목적이 되지 않는다.

내러티브적 관점은 학생 개개인의 경험을 인식하는 과정과 그 구조에 관심을 가짐으로써 경험을 생산하고 이해하는 데 초점을 둔다. 경험이 기억 속 공간 중심으로 형성할 수 있고 감정을 중심으로 생성할 수 있을 것이다. 조직 과정을 병렬적으로 나열해서 사건을 연속적으로 조직할 수 있을 것이다. 그러한 결과는 말하기나 쓰기와 같은 자연적 언어 사용으로 표출될 수도 있고 만화와 같은 매체를 활용하면서 다양한 양식으로 표현될 수도 있다.

이전의 국어교육은 가르쳐야 할 원리를 먼저 제시하고 내용 중심의 지식에 초점을 두었다. 이는 형식적인 장르 도식에 따라 경험을 부수적으로 이용하게 될 가능성이 높다. 그 결과 학습자의 삶과 경험은 교실과 유리된 채 학습자의 생활과 교육 내용은 분리될 수밖에 없다.

구성주의와 내러티브는 의미를 구성하는 주체가 탐구 대상자의 내용의 생성자가 되는 것이다. 그러기 위해서 국어교육은 학습자가 이미 알고 있는 것들 간의 관련성을 찾아내거나 새로운 흥미를 자극할 수 있는 특별한 주제, 문제 상황, 자료를 발굴해 낼 수 있는 능력을 학습자에게 요구해야 하며 이러한 것들이 상호 촉진할 수 있는 환경을 체계적으로 조성해야 한다.

2.2. 국어과 내러티브 개념 규정

국어교육에서 내러티브라는 용어는 '서사'로 번역되어 통상적으로 사용하고 있다. 현재는 국어과 영역에서 서사의 교육적 효과가 입증됨으로써 언어 기능영역에서도 도입이 활발히 진행되고 있다. 그러나 여전히 문학 영역 중심에서 서사, 이야기나 설화, 동화와 같은 실체로서의 결과물로 의미하는 바가 크다. 이는 서사구조나 형식 중심, 작품이나 경험담이나 이야기와 같은 담화 결과물과 같은 구조주의적 측면에서 주로 접근했기 때문이다.

인간 탐구의 방향을 제시하는 철학으로서의 내러티브에 접근하기 위해서는 용어사용이 명확해야 되는데, 이 용어는 여러 학문 분야에서 광범위하게 사용하고 있고 학문 영역에서 어떻게 접근하느냐에 따라 달리 사용하고 있다. 내러티브는 철학적 인식론, 서사와 같은 이야기의 결과물, 학문의 탐구 방법적 차원에서 사용되기도 한다.

우선 어원을 살펴보면 라틴어 'narro'와 '알다', '친숙하다'의 의미를 지닌 산스크리트어 'gna'에서 유래되었다. 영어 동사형(to narrate)을 '관계를 맺다'의 의미로 해석하면 내러티브는 작품이나 상대방에 대해 유의미한 요소를 주체와 관련시켜 해석하고 정신적 유대를 강화시키는 의미가 내포되어 있다. 그리고 이러한 관계는 어떤 무질서한 집합체로서의 사건의 나열이 아니라 '부분과 전체' '처음과 끝'이 일관된 연결성을 갖게 하는 어떤 질서화 작업에 근거하고 있음을 말해준다.

내러티브와 이야기를 동일한 개념으로 본 Donald E. Polkinghorne

(1991)은 사건들과 인간의 행위들을 하나의 통합체로 조직하여 각각의 개별적인 사건과 행위가 전체에 미치는 영향에 그 의의를 부여하는 하나의 의미구조라 보고 있다. 그러나 Connelly & Clandinin(1988)는 Polkinghorne의 의견과 달리 이야기와 내러티브의 개념을 구별한다. 이야기는 구체적인 상황에 대한 일화를 말하고 내러티브는 긴 시간에 걸쳐 있는 삶에 대한 사건들을 뜻하는 것으로 구별한다. 내러티브를 '인간이 경험의 의미를 어떻게 만들지 자신에게 계속 되풀이해서 말하는 것'이라고 하였다. 즉, 인간이 그들 자신에 대해 끊임없이 말하고 또다시 말함으로써 경험에 대한 의미를 구성하는 방법에 관한 연구라 할 수 있다. 이러한 통상적인 내러티브 개념에는 앞의 연구자들이 정의 내린 속성들을 두루 포함하고 있다. 이야기와 내러티브는 사건의 진행을 반드시 포함하므로 동일한 용어로 사용될 수 있으나 담화의 차원에서 본다면 개인의 인식에서부터 출발하여 구조화 과정과 표출 과정을 두루 포함하는 광의의 개념으로 접근해야 한다. Rankin(2002)은 내러티브를 이야기 혹은 결과물(product)로서의 내러티브, 의식양태(mode of consciousness)로서의 내러티브, 커뮤니케이션(communication)으로서의 내러티브로 구분하고 있다. 내러티브를 이야기 구조나 결과물로서 보는 협소한 개념보다는 인식, 사고 과정, 공유의 과정까지 포함하는 광의의 개념으로 접근하는 것이 내러티브 본질에 근접하다 할 수 있겠다.

내러티브 연구에 관한 다양한 인식의 경로는 Bruner(1990), Connelly & Clandinin(1988), Polkinghorne(2009) 입장에서 살펴보면 다음과 같다.

Brune(1990)는 인간 이해를 위해서 인간의 경험과 행동들은 의도된 상황에 의해 형성되며 상황과 인식은 문화 참여와 내러티브를 통한 의미구성에 의해 실현된다고 보았다.

내러티브 사고는 경험을 표현하고 이해하는 최선의 방법이다. Clandinin & Connelly(1988)는 경험의 근거는 삶의 이야기이고 현재의 이야기는 과거 경험의 기저가 되고 새로이 수정하고 새로운 이야기를 만들어 낸다. 순환적인 사고 과정을 통해 자기 자신과 다른 사람들에게 표현되고 이해하게 함으로써 창조적 구성 행위뿐 아니라 사회 문화적으로 의미를 협상하고 공동체의 삶과 신념 가치를 이해하고 형성할 수 있다.

Donald E. Polkinghorne(2009)는 내러티브는 인간의 의미 영역에 대한 연구이고 그 목적은 의미를 만들어 내는 작용을 분명히 하는 것이며 인간 존재를 이해하기 위해서 그러한 의미가 함축하고 있는 것이 무엇인지 도출해 내는 것이다.

이상의 내용을 정리하여 내러티브 사고 과정을 도식화하면 아래와 같다.

<그림 6-1> 내러티브 사고 도식

<그림 6-1>이 말하는 내러티브 인지는 다양한 사건이나 개인적 경험 요소를 분간할 수 있는 서사 구조 틀에 대한 정보를 말한다. 편파적이고 혼란스러운 개별적 사건을 구조화하고 조직할 수 있는 능력과 관련되며 이러한 능력은 주제 중심이나 도덕적 진리, 인류 보

편적 결과물로 구성되며 의미구성 과정을 거쳐 이야기나 설화와 같은 결과물로 나타나게 된다. 이러한 과정은 순환적이며 환원되어 지속적으로 삶에서 사건이나 실재를 형성하게 하며 심도 있는 이해나 재발견을 가능하게 한다.

내러티브는 이야기나 스토리텔링과 공통분모도 가지지만 어디에 중점을 두느냐에 따라 달리 사용되고 있는 듯하다. 이야기는 일련의 사건들을 자세히 열거하는 데 중점을 두고 그 방식은 인간의 구어적 매체를 기본으로 하고 있으며 스토리텔링은 이미 사회문화적으로 다양한 분야에서 확대 사용되고 있는 만큼 매체의 변형적 표현방식에 초점을 두고 있다. '내러티브'는 이러한 것들을 모두 아우르는 인간 삶의 보편성을 닮는 방식으로 그러한 결과를 통칭하는 개념으로 보아야 한다. 즉, 내용이나 방법적으로 개인의 보편적인 삶의 수준을 아우르는 이야기나 스토리텔링보다 확대된 개념으로 본다. 그리고 인류 공동의 삶의 결과물이자 의미를 공유할 수 있는 경험의 구조물로 파악하는 것에 초점을 두어야 한다.

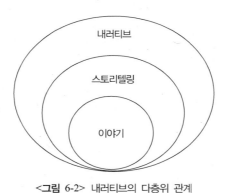

<그림 6-2> 내러티브의 다층위 관계

이야기, 스토리텔링, 내러티브의 공통 속성은 이야기라는 기본 요소인 인물, 사건, 배경이라는 공통분모는 있지만, 구어 중심의 이야기 요소 중심과 그것을 다양한 매체로 표현할 수 있는 매체 방법적 차원인 스토리텔링, 이러한 것을 지속 가능한 역사적 의미로 공유함으로써 내러티브라는 서사 담화가 형성된다.

이야기와 내러티브가 같은 개념이 아니라 내러티브가 더 상위의 개념이며 내러티브적 차원으로 통합해서 교육요소와 방법적 차원을 모색해야 한다. 국어교육에서 이들 용어 간의 관계를 주체, 형식, 내용을 중심으로 비교하면 [표 6-1]과 같다.

[표 6-1] 이야기, 스토리텔링, 내러티브 비교

분류	이야기	스토리텔링	내러티브
주체	개인	문화 공동체	인류 보편적
형식	구어	구어, 문어, 만화, 다큐, 영화, 신화 민담	모든 양식의 서사 구조물
내용	개인 경험담, 개인 허구담	사회적 허구담, 경험담 등	공동의 사회적 삶

내러티브는 경험의 공유이다. 내용은 수행을 통해 배우며 그 수행은 학생의 경험과 관련되어야 한다. 학생이 자신의 기억 속에서 유의미한 경험을 이끌어 내야하며 그러한 경험의 인식을 통해 국어교육에서 지향하는 바를 통합적으로 습득할 수 있어야 한다.

국어교육에서 내러티브 능력이란 개인적으로 기억 속에서 유의미한 경험을 다양하게 표현하고 담화 공동체와 공유함으로써 서사 구조 양식을 생산 수용할 수 있는 능력을 말한다. 국어 교과에서 내러티브 연구의 의의는 한 개인의 언어적 표현을 통해 개인의 삶을 어떻게 드러내는지, 세계와의 의미 구성을 어떠한 방식으로 하는지, 의미 있는 경험을 어떻게 조직하여 확장하는지, 개인의 삶을 다각적으로 분석하고 통찰할 수 있는 철학적 기반을 제공한다고 볼 수 있다.

정리하면 국어과에서 내러티브 개념은 이야기 속성이나 요소 중심의 개념 진술에서 더욱 확장하여 담화로써 개인의 경험 인식과 표상 과정을 통해 의미를 구성하고 다양한 매체로 변환할 수 있는 구조나 기능을 포함한다. 그리고 그 결과를 공유하고 내재화해서 다시 새로운 내러티브를 생성할 수 있는 소통 과정으로 보아야 할 것이다.

3. 국어과 내러티브 교수·학습 적용 방안

3.1. 내러티브와 구성주의 교수·학습 설계

국어과에서 내러티브의 교육적 접근을 위한 연구물(이병승, 2007; 제갈현소, 2011)[3]은 내러티브적 연구 결과에 국어교육적 내용을 접목했으며 이야기와 이야기하기를 내러티브로 동일한 용어로 사용하고 있으며 이야기 담화 수용과 생산 과정으로서 통합성을 강조하고 있다. 그러나 아직 이론으로 머물러 있는 수준이라 현장에서 다양한 양상이나 사례를 통한 연구물의 축적이 이루어져야 이론으로 정립

---

3) 이병승(2007)은 내러티브를 사고양식으로서의 내러티브, 실체로서의 내러티브, 활동으로서의 내러티브로 층위 구분하여 국어교육적 의미와 시사점을 연구한 것으로써 국어교육에서 내러티브의 교육적 활용을 위해 층위를 구분하여 접근하고 있다.
제갈현소(2011)은 교육 방법적 측면에서 내러티브적 접근을 하고 있다. 교재 구성과 수업 방법으로 구분하였고 교육 내용 구성을 이야기하기 활동과 이야기 형식으로 범주화하였고, 이야기하기 활동은 이야기 들이기(이해), 이야기 가지기(사고), 이야기 내놓기(표현)로 구분하고 있다. 이야기 형식은 사실적 이야기와 허구적 이야기로 구분하여 구체적 교육 내용을 제시하고 있다.

되는바, 현장에서 내러티브 교육을 실천할 수 있는 교수·학습 방법적 차원의 연구가 선행되어야 한다.

국어과 교수·학습 방법이나 모형에 대한 연구는 국어교육 모형 원리나 교수·학습 구성 원리(서혁, 2005, 2006)[4], 일반 교육학적 모형의 적과 그 효과에 대한 연구(임천택 2011) 또는 이러한 모형 적용과 관련한 비판(이정숙, 2003; 김혜정, 2005; 최규홍, 2007), 교육과정 영역별 특수 전략과 절차 중심의 모형 개발로 이어지고 있다.

이러한 연구들은 국어과 교수·학습 모형으로 일반화된 직접교수법, 상보적 교수법, 문제해결 학습법, 탐구학습법 등을 주로 다루면서 교육적 일반화와 효율성과 경제성을 다루고 있다. 그러나 이러한 교수·학습 모형은 체제적 설계모형으로 그 구성요소 및 절차가 유사하고 기본 틀에서 벗어나지 않도록 설계되어 있어 지시의 구성 활성화나 다변적인 학습 환경 변인을 고려하는 데 한계가 있다. 학급에서 작용하는 다양한 교육 문화 작용을 배제한 채 외적인 교수 방법상의 흐름을 강조하고 교육 성과 적용이나 교실의 물리적 환경이나 수업 보조 자료인 기자재 중심의 물질적 교육에 중점을 두고 있다.

구성주의 수업 설계는 앞의 문제점을 해결할 수 있는 보완책이나 대안을 제시한다. 구성주의 수업설계는 수업 진행이 형식상 두드러질 수밖에 없는 외적인 교수 방법보다는 교과 지식에 대한 내적 성찰과 탐색활동을 지원하고 학습자들의 사회적 측면과 인지적 측면

---

4) 수업 모형이나 방법을 동일한 수준으로 사용하고 있으며 연구자에 따라 혼용하여 사용되고 있다. 모형은 일반적으로 연구자의 손에 의해 이론적으로 정립된 형태라면 방법은 모형의 적용과 관련된다(서혁, 2006). 수업 모형은 복잡한 수업현상을 기술, 설명, 예언할 수 있도록 수업의 주요 특징을 간추려 체계화해 놓은 형태 또는 전략으로 정의한다(서울대학교 교육연구소 편, 1999). 이렇게 본다면 이 책에서는 국어과에서는 아직 내러티브가 이론적으로 정립되어 일반화할 수 있는 모형 단계라고 보기에는 한계가 있고 결과의 검증이나 변인 관계의 연구 등을 실시하지 않았기 때문에 방법적 차원에서 내러티브 교수·학습 적용 수준으로 언급하고자 한다.

을 모두 고려할 수 있다.

즉, 구성주의 수업 설계 원리5)를 바탕으로 하면서 일상생활 상황에서 과제가 추출되어야 하는 과제의 실제성, 학습 과정은 상황 속에서 지식이 되어야 하는 실천성, 다양한 매체를 통한 학습자들의 욕구나 동기를 충족시킬 수 있도록 학습 환경을 조성하는 것이 일반 교수·학습관과 대별되는 구성주의 수업 설계의 특성이라 할 수 있다.

[표 6-2] 전달식 수업 모형과 구성주의 수업 모형 비교

전달식 수업 모형	구성주의 수업 모형
폐쇄적 수업	개방적 수업
교사 주도 수업	학생 중심 수업
선행지식 무시	선행지식 활용
지식의 전달	지식을 일반화
외적으로 부여된 동기	내재적으로 부여된 동기
기능(skill)과 수업을 분리	맥락을 이용

그렇다면 구성주의 수업관과 내러티브는 어떠한 관련이 있는가는 내러티브가 문제 해결의 주요 수단6)으로 사용될 수 있다는 점이다.

---

5) Willis(1995)는 구성주의에 바탕을 둔 교수체제설계(ISD: Instructional System Design)모형의 특성을 다음과 같이 요약하고 있다(정재삼, 1996 재인용).
① ISD 과정은 순환적이고 비선형적이어서 때로는 무질서하다. ② 계획은 체계적이지 않고 유기적, 발달적, 성찰적, 협동적이다. ③ 목표는 분석에서가 아니라 설계와 개발 작업 중에 나온다. ④ 수업은 맥락에서 유의미한 학습을 중시한다. ⑤ 총괄평가보다는 형성평가가 중요하다. ⑥ 객관적인 자료보다는 주관적인 자료가 중요하다.

6) 이 책에서 내러티브를 인지 과정인 사고 과정과 표현과정, 이해과정을 통합적으로 보고 있다. 그러나 이러한 양식도 수업에서는 이야기나 설화, 우화와 같은 특정한 양식으로 표출되기 때문에 이하에서 다루는 내러티브 적용을 이야기 담화 중심으로 논의하고자 한다.
이야기는 진단을 하며 이해하고 설명하는 것, 새로운 방법을 가르치고 배우는 것, 불확실성을 처리하는 것, 문제에 대한 관점을 변화시키는 것, 실패에 대해 경고하는 것, 해결안을 제공하는 것, 문제 공간을 확대하는 것, 문제에 대한 원인을 찾는 것, 요점을 예증하는 것, 동료 기술자에게 도전하는 것, 문제해결자로서 확신을 세우는 것, 미래의 문제를 예상하는 역할이 포함된다(David H. Jonassen, 조규락·박은실 옮김, 2009: 149).

기존의 형식적 수업 목표는 내용의 목록에 위계적으로 배열된 내용을 전달하는 것이다. 이러한 접근이 갖는 큰 문제는 이렇게 조직하는 것이 자연에 대한 인간의 사고방식과 반대라는 점이다. 역사적으로 아이디어를 나누고 전달하는 지배적인 방법은 이야기를 하는 것이었다. 이야기는 매우 효과적으로 사람들의 문제 해결을 학습하도록 도와주는 교수지원 시스템으로 사용할 수 있다(David H. Jonassen, 조규락·박은실 옮김, 2009: 149).

내러티브가 개인적인 삶의 이야기 양식으로 표현되며 이러한 이야기는 개인의 삶을 나타낸다. 이야기는 뇌가 쉽게 인지할 수 있고 그 위에 특성을 쌓아 올 수 있는 패턴, 즉 정보에 대한 중요한 초인지적 조직자이다. 이야기적으로 구조화되지 않은 정보는 기억 속에서 잊힌다는 것을 보여주는 연구가 있다. 개인의 경험은 기억 속에서 경험과 관련된 정보뿐 아니라 감정적인 유대감, 성공과 기쁨, 슬픔과 좌절과 같은 정서와 관련지으며 자신을 발견하게 된다. 주체가 경험한 정보와 감정은 내러티브 사고 형성을 위한 기저로써 작용하고 인지적, 심리적 차원이 반영되어 있다.

내러티브 사고 형성 요소의 결합을 위해서는 유의미한 학습 맥락을 제공할 필요가 있다. 이것은 활동과정으로 표출되며 다양한 문제들을 해결하기 위해 언어적 도구를 사용하여 탐구하고 조직해야 한다. 내러티브 맥락은 탐구를 안내하고 한 영역에서 지식이 어떻게 사용되는지 이해할 수 있도록 심도 있는 연구로 안내한다(Pappas, Kiefe, & Levstik, 1995: 169). 그러기 위해서는 기존의 국어과에서 조직적인 내용 계열과 위계에 바탕한 조직 방법보다 학생들의 특별한 관심이나 공동체의 요구나 특별한 이슈를 중심으로 이야기식의 문제 상황을 제시해야 한다.

이때 유의해야 할 점은 내러티브 사고 형성을 위해 유의미한 경험을 기억하고 학습맥락과 관련짓고 그것을 이해하기 위해서는 통상적으로 수용할 수 있는 준거를 고려해야 한다. 유의미한 경험들은 자신의 논거를 바탕으로 다양한 능력과 배경을 가진 학습자들이 만들어 내는 의미와 해석을 조정하기 위해서라도 공동체에서 수용할 만한 판단 기준을 제공할 필요가 있다. 즉, 학습자들의 경험 간의 차이는 공동체에서 용인될 수 있는 수준이어야 하며 한 개인의 경험들은 공동체의 한 부분이 되어 전체적인 이야기에 참여할 기회를 주어야 한다. 그 결과 다양한 상황과 목적에 맞는 내러티브 사고를 형성하고 표현함으로써 내러티브 구조와 유형을 학습할 수 있을 것이다. 더불어 개인의 삶, 성찰, 경험, 가치관, 정체성과 관련한 성찰적인 자세도 획득할 수 있을 것이다.

교수·학습 과정에서 내러티브를 적용하기 위해서는 학습자의 인지 과정이 국어적 사고력에 근거해야 한다. 이삼형 외(2000: 406)에서는 다음과 같이 국어적 사고력 맥락을 제시하고 있다.

---

(1) 국어적 사고력 층위
    1차 생성자의 사고: 의미 생성 → 텍스트 → 의미의 재구성: 2차 생성자의 사고
(2) 언어 사용 층위   (표현)   (이해)

위 과정에 근거하여 교수·학습을 설계하기 위해서는 학습자 개인의 경험을 과제 맥락에 맞게 이끌어 내느냐인 1차 생성 사고와 관련한 인지적인 요소 층위, 경험을 기억에서 이끌어 내어 의미 구성

을 표현하고 이해하는 언어 사용 층위로 구분할 수 있다. 인지적 요소 층위는 학습자가 개인 과거 경험을 통해 기억 속에 잠재된 지적, 정서, 태도와 관련된 경험의 질료를 의미한다. 언어 사용 층위는 학생들의 수행으로 구체적인 텍스트나 담화로 나타나며 과제 해결을 위해 교수·학습 활동과정에서 교사의 지원과 도움이 많이 필요한 부분이다. 이러한 결과를 담화 공동체에서 공유함으로써 1차로 생성된 사고가 조정되고 확대됨으로써 의미의 재구성이 되며 2차 생성 사고가 된다. 의미의 재구성 단계에서는 내러티브 표현 구조나 유형을 일반화하여 내러티브 능력을 향상시킬 수 있는 결과 층위로 구분하여 설계할 수 있다. 정리하여 도식화하면 <그림 6-3>과 같다.

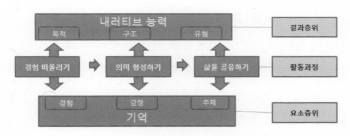

<그림 6-3> 국어교육에서 내러티브적 접근

요소 층위는 학생들의 개인적인 내러티브를 기억 속에서 경험, 감정, 인물과 같은 이끌어 낼 수 있어야 한다. 다양한 문화와 환경 변수의 영향으로 개인마다 경험의 양과 수준이 다르므로 어떤 부분을 초점화시키지 못하여 제시하면 학습자들의 경험을 이끄는 데 어려움이 있다.

Earl W. Stevick(신종호 외, 2007: 52)는 언어 교수에서 기억

(memory)의 중요성을 언급하고 행동에서 어떠한 변화라도 과거의 사건들과 상관관계를 보인다고 하였으며, 기억되는 것은 사건들과 사건 등의 부분으로 구성되어 있고, 학습(learning)의 증거는 행동의 변화 관찰에서 오고, 학습 그 자체는 기억이 제공하는 행동을 위해 기초를 수정하여 기억되는 것을 변화시키는 것이라고 하였다.

이는 기억과 학습은 관련성이 있으며 과거 사건이 학습과 연관될 때 유의미하다는 것을 의미한다. 또한, 기억은 감각과 관련되고 정서[7]와도 밀접하게 관련되어 저장되므로 이러한 요소를 중심으로 경험을 이끌어 낸다면 내러티브 교육을 위해 분명한 교육 요소를 이끌어 낼 수 있을 것이다. 기억 속의 주체도 자아뿐만 아니라 주체의 성(性)이나 성격이 변형된 주체, 또는 대상이나 객체 입장에서 사건의 경험을 떠올리게 할 수 있다.

활동 과정은 시간적 절차에 의해 학습자 중심의 개인적 차원인 기억에서 떠올린 경험을 구성하는 과정과 사회적 차원인 담화 공동체가 그 과정을 공유하는 것으로 내러티브 표현과 이해와 관련 있다. 이때 표현은 요소 층위를 기반으로 한 후 사고 자신의 배경지식을 동원하여 경험을 떠올리는 활동을 한다. 경험은 교육목표와 부합하는 주제 중심이나 교육 내용 요소 관련, 또는 범교과적 주제를 중심으로 파편화된 사건들을 생성한다. 그런 후 의미를 구성하기 위해 내러티브적 요소의 서사 구조물을 조직하는 단계로써 시간 중심이나 사건 중심, 주체나 사건을 다양한 방식으로 연결하여 형성할 수 있다. 이 단계에서는 의미를 구성하고 그것을 담는 장르 양식이 있

---

7) Schumann(정동빈·김길수 옮김, 2003: 21)은 언어의 인지와 습득에서 감정적인 개입의 중요성을 언급하고 감정적인 요소의 가치를 임상시험으로 증명하였다.

어야 한다. 이야기하기의 형식은 가공 없이 구어적 표현 방식을 활용할 수 있고 만화나 설화, 영상물, 다큐 등의 양식을 사용할 경우 그 장르 양식의 도식적 형식에 맞게 내러티브적 서사 구조가 적합하게 접목되어 한다. 학습자는 이야기를 통한 대화나 토의활동을 할 수 있다. 지식의 발달 과정에서 구성주의는 공동체적 가치를 선호하고 지식의 사회적 구성, 문화 속에서 널리 공유되는 협상된 동의를 중시하기 때문에 사회 구성원들의 언어적 상호작용을 중시한다(이상구, 2006: 55).

결과 층위는 이러한 과정을 거쳐 개인적 의미를 공유하면 내러티브 수업의 목적을 다시 환원해서 인식할 수 있으며 다양한 서사 구조물의 유형이 있다는 것을 이해할 수 있고 어느 정도 패턴화할 수 있다는 것을 탐구활동을 통해 스스로 터득할 수 있다. 이러한 과정에서 내러티브 구조의 특성인 개인의 삶과 경험이 어떻게 구조화되는지 알 수 있으며, 학급 공동체 내에서 친밀성이 높아지고, 상대방의 경험도 이해하고, 나아가 자신의 경험과 비교함으로써 성찰과 정체성 형성까지 나아갈 수 있다. 정현선(1997)에서도 경험적 담화가 갖는 문화적 함의를 일상생활에서 만들어지는 이야기의 생산성을 교육의 내용으로 끌어들여 학생들이 이야기 문화의 주체가 되어 스스로 정체성과 사회 문화의 판단력과 문화적 능력을 갖게 된다고 하였다. 이는 곧 내러티브 능력 향상과 관련된다.

3.2. 구성주의 학습환경에서 내러티브 적용

구성주의는 객관적인 지식의 존재를 부정하는 상대주의적 인식론에 근거하고 있다. 즉 구성주의에서는 학습은 개인적 경험과 흥미에 따라 지식의 가치가 판단된다. 구성주의에서 학습은 개인의 경험의 개인적 해석이며 학습자에 의해 능동적으로 일어난다. 지식은 지적, 물리적, 사회적 맥락에 의존하므로 학습은 실제 상황에서 습득된다. 이러한 학습이 이루어지기 위해서는 학습 환경 조성8)이 중요하다. 그러기 위해서 교육적으로 탈맥락 지식을 일방적으로 제시해서는 안 되고 개인의 의미 있는 지식 구성을 허용해야 하며 실제 문제해결 경험을 제공해야 한다.

David Jonassen(1990)이 제시한 구성주의에 입각한 학습 환경 설계모형 CLEs(Constructivist Learning Environments)의 전제는 목적이 분명하지 않고 구조적이지 않은 학습 영역에서 학습자의 문제 해결력과 개념 발달을 길러 주는 것이다(김신자 재인용, 2001: 5). 다음은 구성주의 학습 환경의 필수 요소인 6요소를 나타낸다. 문제의 공간 또는 학습과제 공간, 문제를 설명하는 데 필요한 관련된 사례들, 문제의 조사 연구를 지원해 줄 수 있는 정보의 출처, 지식 구성을 위한 인지 도구, 대화 및 협동 도구와 지원 등으로 구성되어 있다.

---

8) 구성주의 학습 환경의 특성은 다음과 같다. ① 학습은 지식의 구성과정으로 정보 해석에 의해 일어난다. ② 능동적인 학습자의 참여를 강조한다. ③ 인지적 유연성을 강조한다. ④ 인지적 도제이론 즉 습득해야 할 지식이나 기술은 그것이 쓰이는 사회적·기능적 상황에서 학습되어야 한다. ⑤ 상황 수업을 강조한다.

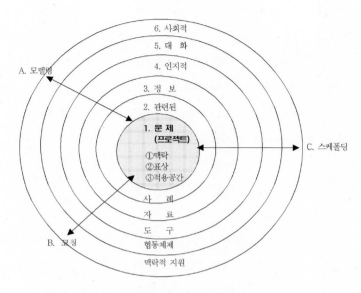

<그림 6-4> 구성주의 학습 환경 설계를 위한 모형(Jonassen, 1990)

CLEs(Constructivist Learning Environments) 모형에 근거한 구성
주의 학습 환경에서 고려해야 할 점을 교수학습 과정에서 내러티브
와 관련지어 적용해 보면 다음과 같다.

3.2.1. 중심부의 '문제/프로젝트 배경'을 가장 먼저 고려한다

형식주의 교육에서는 학습한 것을 활용하기 위해서 배운 내용을
문제에 적용했다. 그러나 구성주의에 기초한 학습 환경에서는 문제
를 해결하기 위해 주요한 내용을 학습하게 된다. 이는 지식이 개인
적 경험으로부터 구성된다는 구성주의의 지식관과 개인별 내러티브
요소의 조직으로 표출되는 다양한 이야기 사례로부터 의미를 형성
하여 내러티브 유형이나 목적을 도출할 수 있는 귀납적 과정과 접목

되는 부분이 많다. 특히 문제를 제시하는 방법9) 중 이야기 사례는 학습자의 사전 경험 사례와 상황에 맞추어 기억하며 학생 자신이 인지한 관련성에 따라 선택된다. 예를 들어, 사과를 주제로 한 프로젝트라면, 사과의 맛과 종류 이야기, 사과로 음식을 만들어 본 이야기, 사과와 관련된 에피소드, 사과 보관 문제, 제례음식으로서의 사과, 태풍으로 떨어진 사과 등 많은 이야기가 존재할 것이다. 이런 이야기는 언제 어디서 무슨 문제가 일어났는가에 대한 맥락에 대한 정보를 제공해주고 실제 가설을 설정하고 논의의 공간을 마련하는 시초가 된다.

특히 프로젝트 문제를 다양한 이야기 상황으로 제시하고 학습 맥락에 맞게 학습자들이 선택하고 주도할 수 있으므로 적극적인 참여를 가능하게 한다. 이때 교과 맥락에 맞는 과제나 사회적으로 시의성 있는 문제를 제시하는 것이 좋으며 표상 방법으로 웹기반과 같은 정보통신기술(ICT)을 적극적으로 활용할 수 있도록 한다. 이야기에 포함된 문제 성격에 따라 적용 공간을 교과별로 또는 지역사회, 온라인상에서의 적용 가능성을 고려하면서 이야기 상황을 문제로 제시할 수 있다.

과제 제시는 교사가 교육과정을 조직한 것을 근거로 다양한 문제 상황을 이야기 유형별로 분류하여 제시할 수도 있고, 주제와 관련해서 학습자가 어려운 문제 상황에 봉착한 경험을 떠올려서 이야기를 문제 형식으로 제시할 수도 있다. 이 단계는 내러티브적 교수·학습

---

9) 문제를 표상하는 방법은 학습자를 몰입시키는 데 매우 결정적인 역할을 한다. 그러므로 문제의 표상은 흥미롭고 매력적이어야 한다. 즉, 그 문제가 구체적 현실 세계의 인지적 도전이 주어지는 과업을 수행하는 것과 같은 문제 해결 활동에 처하도록 한다. 문제를 제시하는 방법은 비디오나 시나리오를 제시하는 방법, 가상 현실이나 이야기형식, 시뮬레이션과 같은 방법이 있다.

과정에서 이야기를 1차 생성할 수 있는 경험적 요소나 사건에 따른 감정적 요소, 사건의 주체가 누구인가에 따른 주체 요소를 중심으로 이야기를 구성할 수 있다.

3.2.2. '관련 사례'가 포함된다

관련된 사례는 학습자가 갖고 있지 못한 인지적 정보나 기억을 도와줌으로써 현재의 문제와 비교할 수 있도록 한다. 예를 들어, 사과가 태풍에 떨어져 과수 농민을 돕기 위해 어떻게 해야 하는가에 대한 문제를 해결하기 위해 다양한 관점이나 주제나 해석을 제공할 수 있다. 예로, 외국의 사례를 찾아 해결책을 모델링한다든지, 자연재해 대비와 관련된 정보나 사례담을 찾아 그 원인이나 현상, 다양한 해결 방법을 탐구할 수 있다.

3.2.3. '정보 자원'이 필요하다

구성주의 학습 환경에서는 문제 해결에서 어떤 정보가 필요한지 결정하고 풍부한 정보자원을 자료 은행이나 자료실에 연결해 실시간에 즉시 볼 수 있도록 해야 한다. 앞에서 말한 태풍으로 인한 과수 농민을 돕기 위해 어떻게 해야 하는가에 대한 문제 상황을 해결하기 위해 과수 농민과의 인터뷰 동영상 자료나 신문 자료, 뉴스 보도 자료, 농민 잡지, 자연재해로 인한 농사피해와 관련한 문서 등과 같은 정보자원을 제공해야 한다.

3.2.4. '인지 도구'를 제공해 주어야 한다

구성주의에서 인지 도구란 의미 형성을 위한 의사소통 도구를 의미한다. 이상구(2006: 89)에서는 개인의 커뮤니카트(소통소, 疏通素)를 바탕으로 집단 속의 다른 구성원들과 커뮤니케이션을 통해 정합성 있는 의미를 확정 짓는다고 하였다.10) 커뮤니케이션 과정 이전에 학습자가 지닌 인지적 배경이나 경험의 세계가 다양하므로 인지 정보에 대한 결함의 차이가 크게 나면 정합성 있는 의미를 도출하기 어렵다. 그래서 주체자 간의 협력과 상호작용을 위해서는 인지 도구를 제공해 주어야 한다.

구성주의 학습환경으로 주어지는 학습과제가 복잡하고 생소한 것이라면 교육은 학습자가 이 과제를 충분히 완수할 수 있도록 지원해 주어야 한다. 이러한 지원 형식은 다양하며 여러 형태11)로 나타날 수 있다.

여기서 인지 도구란 특정한 종류의 인지 과정의 학습을 촉진하기 위한 컴퓨터 도구글로서 이들은 사고 기술을 시각화하고 조직하고 자동화하고 또는 대체하는 데 사용되는 지적 장치를 말한다.

---

10) 구성주의 문예학에서는 문학 텍스트 이해에 관한 배경지식을 커뮤니카트 재질이라 하며, 이를 거쳐 구성하는 결과를 커뮤니카트(Kommunikat)라 한다. 커뮤니카트 형성 과정에 개입되는 요소들로는 단기기억, 장기기억 등을 포함해서 텍스트 산출 및 해석을 위해 어떠한 경험적 지식, 즉 절차적 지식을 활성화해야 하는가 하는 문제와 관련된다(이상구, 2006: 89) 구성주의 문예학에서 도입한 것이지만 텍스트 생산과 처리 과정에 커뮤니카트가 형성되고 작용됨은 내러티브적 사고가 소통되기 위해 주체자 간의 인지 과정에서 공동으로 소통할 수 있는 배경지식인 '무엇을 핵심요소로 추출할 수 있을 것인가'에 대한 시사점을 준다.

11) 신기술의 활용 특히 인지학습 도구로써 컴퓨터(Mindtools) 활용을 강조하고 있다. 비판적 사고와 고단위 학습 개발을 촉진하고 수용하는 컴퓨터 응용분야이다. 데이터베이스, 스프레드시트, 의미적 네트워크 전문가 시스템, 멀티미디어 구성 다이내믹 시스템 모델링 도구(복합적 체계 구현 도구), 시각화 도구, 컴퓨터 회의 시스템 등이 있다(David Jonassen, 김윤경·김영서 옮김, 2001: 222).

3.2.5. '대화와 협력 도구'는 학습자 상호 간에 이루어지는 학습활동을 지원하는 수단이다

구성주의 학습 환경은 그 공동체 내의 학습자들이 서로 협동하도록 지원해야 한다. 이렇게 하기 위해서는 학습자들이 작업하고 있는 문제나 프로젝트에 대해 대화 하도록 하고 질문이나 문제가 생겼을 때 학습자 서로에게 그리고 교사에게 알리도록 한다. 이처럼 모든 것을 협동함으로써 학습자들은 자연스럽게 같은 목적을 공유하게 되고 문제를 해결하게 된다(Jonassen, 1999).

협력적 토의나 대화를 통하여 아동의 언어 발달을 촉진할 수 있고 공동의 의미 구성을 재조직할 수 있다. 이러한 과정을 통해 정보를 나누고 질문하고 실수하여 스스로 수정하여 스스로 생각을 수정해 나가기 때문이다. 이러한 학습 환경에서 내러티브 적용은 각자 개인의 경험을 근간으로 떠올려서 조직한 정보나 이야기를 대화나 토의를 통해 나눔으로써 의미를 형성하고 각자의 삶을 공유하게 된다.

3.2.6. '사회적, 맥락적 자원'을 고려해야 한다

학습 환경을 조성하고 학습자들의 내러티브적 사고과정을 통해 문제를 해결하는 과정은 거시적 차원에서 사회적, 맥락적 자원을 고려해야 한다. 개인의 삶은 사회적이고 역사적인 삶과 상호 관련되며 여타 사회 구성원들과의 관계에 의해 형성된다.

내러티브적 사고는 공유됨으로써 공동의 사회적 삶을 형성한다. 단순히 이야기를 주고받는 식의 소통 문제를 넘어서 집단의 역사적인 삶과 우리 삶의 양식을 알 수 있게 한다. 국어교육은 이러한 자원을 고려해서 형성된 내러티브 담화를 통해 내러티브의 목적이나 일반화된 구조, 이야기 유형들을 학습할 수 있을 것이다.

앞의 학습 환경을 조성하기 위해서는 교사의 역할도 중요하다. 적절한 환경과 지원이 동시에 이루어져야 한다. 구성주의에서는 교사의 역할을 전문가가 시범을 보이는 모델링(modeling), 학생들이 목표에 도달할 수 있도록 교사의 도움단계인 스캐폴딩(scaffolding), 학습자가 과제를 수행하면 교사는 학습자에게 코멘트를 해주고 환류를 시켜주는 코칭(coaching)의 교수 방법을 활용할 수 있다.

내러티브적 적용을 위해서는 교사가 자신의 경험이나 삶을 학습자들과 친숙한 주제나 소재를 바탕으로 이야기해줄 수 있어야 하고 이야기를 어떻게 만드는지 모델링으로 시범을 보여야 한다. 그리고 학습자가 과제를 해결하면서 부딪히는 부분에서 이야기의 주제를 명확히 언급하거나 무슨 문제를 어떻게 해결했는가에 대한 안내를 스캐폴딩 할 수 있다. 이때 가장 중요한 것은 학습자들과 심리적 관계를 유지하는 것이며 갈등을 해결하기 위해 조력해야 한다.

4. 나오며

지금까지 국어교육에서 내러티브 교수·학습 적용 방법을 구성주의 학습환경에 적용해 보았다. 내러티브 등장 배경과 구성주의는 의미구성적 차원에서 맥락을 같이하며 내러티브를 국어교육적으로 접근하기 위해서 개념을 이야기 속성이나 요소 중심의 개념 진술에서 더욱 확장하여 접근하였다. 국어교육에서 내러티브 접근은 담화로써 개인의 경험 인식과 표상 과정을 통해 의미를 구성하고 다양한 매체로 변환할 수 있는 구조나 기능을 포함하는 과정으로 본 것이다.

교수·학습 과정에서 내러티브 접근을 국어적 사고력 충위와 사용 충위에 근거하여 경험 생성을 위해 기억에 근거한 요소적 접근, 그것을 구현하는 과정인 표현과 이해 활동 과정 접근, 그 과정의 결과로 내러티브 능력 습득 결과론적 접근을 중심으로 구분하였다. 이러한 과정을 고려하여 구성주의 학습 환경 설계모형인 CLEs의 6가지 학습 환경 필수 요소인 문제의 공간 또는 학습과제 공간, 문제를 설명하는 데 필요한 관련된 사례들, 문제의 조사 연구를 지원해 줄 수 있는 정보의 출처, 지식 구성을 위한 인지 도구, 대화 및 협동 도구와 지원, 사회적·맥락적 자원을 중심으로 적용해 보았다.

내러티브 교수·학습 방법 설계는 귀납적으로 접근하여 일반화를 지향하기 때문에 다양한 학습자들의 경험의 다양성을 공유할 수 있으며 소통과정에서 담화 공동체(discourse community)에 참여함으로써 타인을 이해하는 능력이 신장되며 경험의 공유와 활용을 통해 그 의미를 나누는 해석 공동체라는 것을 인식하게 한다. 이는 기존의 국어교육에서 가르쳐야 할 대상이 장르 지식이나 기능 중심이었다면 내러티브 교수·학습은 학습자의 경험과 삶을 교실 현장에서 본인이 주체가 되어 인간 마음을 위한 교육이 될 수 있을 것으로 본다.

참고문헌

강현석·유동희·이자현·이대일(2005), 「내러티브 활용을 통한 교과 교육론 구성 방향의 탐색」, 『한국교원교육연구』, 한국교원교육학회, 22권 3집.

강현석(2007), 「영재교육에서 내러티브 사고양식의 가치 탐색」, 『영재와 영재 교육』, 한국영재교육학회, 6권 1호.

강현석(2008), 「Bruner의 내러티브 논의에 기초한 교육 문화학의 장르에 관한 학제적 연구」, 『교육철학』, 36집, 1~40.

_____(2011), 「교과교육에서 내러티브의 의미와 가치」, 『역사교육 논집』, 역사교육학회, 46권, 3~57.

김신자(2001), 「구성주의 학습환경 설계모형 연구」, 『교과교육학 연구』, 이화여자대학교 사범대학 교과교육연구소, 5권, 5~20.

김혜정(2005), 「국어과 교수학습 방법론에 대한 비판적 고찰」, 『국어교육』, 한국어교육학회, 118호, 31~64.

박명숙(2010), 「스토리텔링을 통한 극문학 교육」, 『배달말』, 배달말학회, 47호, 201~225.

박인기(2006), 「국어교육과 교과 교육: 국어교육과 타 교과교육의 상호성」, 『국어교육』, 한국어교육학회, 120호, 1~30.

방선욱(2004), 「의미구성 및 커뮤니케이션으로서의 내러티브」, 『커뮤니케이션학연구』, 한국커뮤니케이션학회, 제12권 3호, 70~89.

서혁(2005), 「국어과 교수·학습 방법 구성의 원리」, 『국어교육학연구』, 24집, 297~324.

서혁(2006), 「국어과 수업 설계와 교수학습 모형 적용의 원리」, 『국어교육학연구』, 국어교육학회, 26집, 199~225.

이병승(2007), 「내러티브의 이해와 국어교육적 의미」, 『한국초등국어교육』, 한국초등국어교육학회, 34집, 269~294.

이정숙(2003), 「국어과 교수학습 모형의 탐색과 방향」, 『한국어문교육』, 한국교원대학교 한국어문교육연구소, 12집, 431~460.

이재승(2005), 『좋은 국어수업 어떻게 할 것인가?』, 서울: 교학사.

임천택(2011), 「국어과 교수·학습 모형의 적용 사례에 대한 타당성 검토」, 『청람어문교육』, 청람어문학회, 44집, 147~174.

이상구(2000), 「구성주의 동향에 따른 학습자 중심 문학교육 방안」, 『한국어문교육』,한국교원대학교 한국어문교육연구소, 9권, 169~196.

_____(2002), 『구성주의 문학 교육론』, 서울: 박이정.

이흔정(2004), 「내러티브의 교육과정적 의미 탐색」, 『한국교육학연구』, 안암
교육학회, 10권 1호, 151~170.

제갈현소(2011), 「국어과에서 내러티브적 접근의 적용에 대한 연구」, 『국어교
육학연구』, 국어교육학회, 제49집, 95~123.

최규홍(2007), 「국어과 교수·학습 모형 연구」, 『청람어문교육』, 청람어문학
회, 35집, 109~128.

한승희(1997), 「내러티브 사고양식의 교육적 의미」, 『교육과정연구』, 한국교
육과정학회, 제15권 1호, 400~423.

_____(2006), 「내러티브 사고의 장르적 특징에 관한 고찰」, 『교육과정연구』,
한국교육과정학회, 24회 2호, 135~158.

Carol Lauritzen · Michael Jaeger(2007), *Integrating Learning Through Story:
the narrative Curriculum,* 강현석·소경희·박창언·박민정·최윤경
·이자현 옮김, 『내러티브 교육과정의 이론과 실제』, 학이당.

David H. Jonassen(2009), *Learning to Solve Problems: An Instructional
Design Gudie,* 조규락·박은실 옮김, 『문제해결 학습-교수 설계 가
이드』, 서울: 학지사.

D. Jean Clandinin · F. Michael Connelly(1999), 소경희·강현석·조덕주·
박민정 옮김, 『내러티브 탐구』, 파주: 교육과학사.

Earl W. Stevick(2004), *Memory, Meaning & Method,* 정동빈·김길수 옮김,
『기억과 의미의 영어교수 학습론 관점에서』, 경문사.

Connelly, F. M. & Clandinin, D. J.(1988). *Teachers as Curriculum Planners:
Narratives of Experience,* Toronto, On: Teachers College Press.

Clandinin, D. J. & Connelly, F. M.(1992). "Teacher as Curriculum Maker",
P. Jackson(Ed.). *Handbook of Research on Curriculum,* New York:
Macmillan, 363~401.

J. Brune(1990), *Acts of Meaning Cambridge,* mass: Harvard University
Press.

Polkinghorne, D. E.(1991), *Narrative Knowing and the Human Sciences,*
Albany: State University of New York Press.

제7장 화법과 작문 과목에서
서사화 활용 방안
-화법과 작문 영역 간 통합을 중심으로-

1. 화법과 작문 통합의 문제점

본 연구는 2011 개정 교육과정에서 고등학교 선택과목인 화법과 작문 과목을 통합적으로 운용하기 위한 방안으로 서사화를 적극적으로 도입할 수 있는 방법을 모색하는 데 있다.

2011년 개정 교육과정에서 화법과 작문은 다른 선택과목과 마찬가지로 교과 외적인 정책적, 사회적 요구와 수요자의 현실적 요구에 부응하기 위해 선택과목으로서의 위상을 가져야 하고, 교과 내적으로는 국어 교과의 영역별 학문적 통합 근거 논의와 학교급별 내용 위계나 교육요소 선정과 같은 문제를 해결해야 한다. 이러한 다각적인 요구사항과 문제를 해결하기 위해 2009 개정 교육과정에서 <화법·작문Ⅰ>, <화법·작문Ⅱ>로 분권화된 것을 2011 개정 교육과정에서는 표현과 소통을 통합의 명분으로 화법과 작문을 한 과목으로 단권화했다.

이는 선택과목에서 화법과 작문이 독립된 과목으로서의 입지를 가지면서 화법과 작문 각 영역이 요구하는 심화된 능력을 어떻게 구현하고 어떠한 방식으로 통합하느냐의 문제를 내재하고 있다. 이러한 통합의 의지는 교육과정 문서에서도 이전 교육과정과 내용 체제를 달리하면서 표면화된다. 전형적인 담화 유형이나 글 종류를 실제로 제시하지 않고 정보전달, 설득, 자기표현과 사회적 상호작용이라는 실제 범주로 대체하고 있으며 내용 체계도 화법과 작문 각 영역에서 정보나 설득 목적에 따른 특정 담화 유형과 관련된 지식이나 말하기나 쓰기 과정 중심의 전략이나 기능을 제시하고 있다.

그러나 가시적으로 내용 체계의 변화를 보이지만 하위 항목은 여전히 토론이나 발표, 자기소개서나 면접과 같은 텍스트 유형 중심으로 구체화될 것이고 정보전달이나 설득 목적을 지닌 언어사용 실제만을 다룰 확률이 높다. 이는 결국 서로 속성이 배타적인 담화 유형 중심이 되거나 설명이나 설득 중심의 언어사용 목적이 주를 이루게 되므로 국어교육이 지향하는 교육 내용 통합성이나 언어자료 실제성, 담화나 글 사용의 균형성 측면에서 위배된다.

화법과 작문이 여전히 물리적이고 이원론적 통합을 극복하기 위해서는 교과 내적·외적으로 다양한 시도를 해볼 필요가 있다. 특히 문학 영역에서 이론적 기반을 확고히 정립한 서사는 순수 문예학을 넘어 교육적 효용성과 가치를 폭넓게 수용하면서 학문적 영역을 확대하고 있다. 그리고 최근 서사의 효용성을 인식한 나머지 영역 간 유기적 연계나 통합성 차원, 매체 활용적 차원에서 적극적으로 도입하면서 국어교육 전반에 걸쳐 활용 가치를 인정받고 있다.

서사는 기존 국어교육의 반성으로 대상물로서의 언어 중심, 인지적 측면, 기능적 측면에 대한 대안(임경순, 2003: 15)으로써 인간을 주체로 자아와 경험과의 구성과정 전반에 관여하는 심리적, 자아 정체성, 윤리적, 문화적 측면까지 아우를 수 있는 거대한 안목을 제공하는 역할을 한다.

이 책은 화법 작문과목에서 통합의 기제로 서사를 도입하여 구성할 것이다. 화법 작문은 통상적으로 음성이나 문자를 사용한 표현 영역이라는 점을 고려하여 서사를 구조주의 측면에서 이해나 분석이 아닌 담화 생산과 관련한 소통적 관점에서 서사화(narrating) 의미를 고찰하고자 한다. 그리고 고등학교 선택과목에서 화법 작문 과목이 서사 교육과 어떠한 관련성을 지니는지 알아보고 서사화를 통한 화법과 작문 과목의 통합 방안을 교육과정 내용 체계에 근거하여 모색하고자 한다.

2. 화법과 작문 교육과정에서 서사 교육 관련성

2.1. 개정에 따른 교육목표 변화

교과목표의 변화는 교육의 방향과 내용 선정 및 전반에 걸쳐 교육 방향을 결정짓기 때문에 선택과목도 개정의 의도나 목적에 맞게 내용이 설정되어야 한다. 2011 개정 교육과정의 교과목표 변화를 2007 개정 교육과정과 비교해 보면, 2007 교육과정은 미래지향의 민족의식과 건전한 국민 정서를 함양하며 국어발전과 국어문화 창달에 이바지하려는 뜻을 세우게 하기 위한 교과라고 명시하고 있다. 2011 개정 교육과정에서는 오늘날 급격히 도래한 다문화 사회를 고려하여 한민족이라는 의식 대신 대한민국이라는 국가 공동체를 우선으로 단합하여야 한다는 국가 공동체 의식을 중시하여 공동체 개념을 도입하였다. 올바른 국어생활을 통해 건전한 인격을 형성하여 국민 정서와 미래 지향적 공동체 의식을 함양하는 과목이라는 표현으로 바꾸었다. 이는 국어과가 도구교과라는 편협한 관점을 넘어 언어를 통한 인격 형성 교과임을 분명히 하였다(민현식 외, 2011).

결론적으로 2011 교육과정은 공동체 의식과 인격[1] 형성 교과라는 새로운 교과 목표를 제시하고 있다. 기존의 국어과 교육의 목표인 언어사용기능 신장을 위한 도구적 관점에서 개인적 고등 사고력 신장이라는 차원을 넘어 사회 문화적으로 의미를 협상하는 공동체 의식과 언어를 통한 개인의 신념과 가치 정도를 이해하고 도덕적 가치를 지향해야 한다는 의미로 확장하고 있다.

화법과 작문은 학문과 직업 분야의 미래를 준비하는 학습자가 자신의 사고와 정서를 다른 사람들과 나누는 의사소통 행위로서 창조적 의미 구성 행위가 수반된다. 화법과 작문 활동을 통하여 자기 성찰을 하고 공동체에 이바지하는 태도를 기르는 데 과목을 세우는 목적이 있다(교육과학기술부, 2011). 말과 글이 모든 사람에게 막힘없

---

[1] 인격이란 개인의 지적(知的), 정적(情的), 의지적 특성을 포괄하는 정신적 특성을 나타내는 말이다(서울대학교 교육연구소, 1999: 532). 따라서 인격이란 한 개인이 지향해야 할 가치나 이념 정도를 이해하고 고유한 정신작용은 수행의 실천으로 나타난다. 즉 인격 작용은 활동과 같은 의미이며 이는 자기 스스로 찾는 움직임을 지향하면서 그 자신이 대상과 관계 맺음을 의미하는 것이다.

이 두루 쓰일 수 있으면 공동체는 열려 있어서 누구나 능력을 마음 껏 펼치고 서로 사랑하는 사회가 되어 훌륭한 문화를 이룩할 수 있 다. 쉬운 말이 모든 사람 사이를 거침없이 오갈 수 있으면 지식과 감 정과 상상 같은 정보들이 자유롭게 드러나 누구나 활용할 수 있기 때문이다(서울대학교 국어교육연구소, 1999: 541). 인간은 출생에서 죽음에 이르는 동안 서사적인 삶을 구성하는 행위들과 경험에 의해 전체적인 삶이 구성된다(MacIntyre, 1984). 이러한 경험을 통해 삶 의 전체성을 인식하게 되는 것이다. 그러기 위해서는 교육은 학습자 들이 자신의 삶 속에서 경험한 것을 텍스트와 교류하면서 자신의 삶 의 전체성에 기여할 수 있도록 해야 한다. 서사는 삶을 구성하고 자 아를 확립해 가는 과정에서 교육적 의의를 찾아야 할 것이다.

국어과 교육과정은 앞에서 말한 국어과 교육목표를 인격형성과 공동체 정신 이외에도 지속적으로 추구하는 창의적 국어능력 함양, 국어문화 향유능력 함양을 추구하기 위해 하나의 온전한 경험(An Experience)이 되도록 구성되어야 한다. 온전한 경험이란 언어 사용 상황의 공과 사, 개인과 사회, 논리와 감성, 경험과 실체 등이 어우 러지고 인간 삶의 연속적 발달에 기초한 각 담화 유형들이 균형 있 게 다루어짐을 의미한다. 고학년에서 다루는 서사는 사실이 의견보 다 인간 의사소통에 미치는 영향이 다르다는 것을 인식하도록 하고 논리적이고 일방적인 정보전달이나 설득보다는 진솔하고 인상적인 이야기 구성을 통해 상대방의 마음을 움직일 수 있다는 것을 학습할 수 있도록 해야 한다(김정란, 2010).

앞의 내용으로 미루어 볼 때 서사는 2011 개정 교육과정이 강조 한 정의적 영역과 관련이 깊으며 교육목표에서 제시한 인격 형성,

공동체, 문화, 창의력 신장과 같은 부분과 접목되는 부분이 많다. 화법과 작문 선택 과목에서도 개정의 취지가 잘 드러나도록 학습자 개인의 삶과 정체성 확립과 같은 내용이 포함될 수 있어야 한다. 서사가 개인적인 경험 중심, 창의적 구연, 이야기하기와 같은 형식으로 제시됨으로써 고등학생 발달상 배제할 것이 아니라 학습자들의 전인적 능력을 균형 있게 발달시키고 교육 기회를 제공하기 위해서라도 필요하다.

2.2. 학업과 진로 두 축

화법과 작문 과목은 전문적인 학문과 직업 분야의 담화[2]나 글을 수용하고 생산하는 능력을 함양하기 위한 과목이다(교육과학기술부, 2011). 전문적인 학문이나 직업 분야는 무엇을 어디까지로 범주로 하느냐에 따라 해석이 달라지는 추상적인 표현이지만 고등학생으로서의 대학 진학과 관련된 대학수학능력시험에 대한 대비나 미래 직업 준비와 같은 진로와 관련된다. 2011 개정 교육과정 재구조 방안의 핵심 쟁점은 진로분야며 대학수학능력 시험과 연계하려는 사회적 요구의 반영이 크다. 고등학교 교육과정이 모두 선택으로 전환됨으로써 2009 개정 교육과정이 추구한 고등 3년 동안 체계적 완결성을 고려한 누계적 학습 위계성[3]보다는 학교 자율적 운영이나 직업

---

[2] 담화, 장르, 텍스트라는 용어들은 엄밀하게 출현한 학문적 배경이 다르고 속성이나 범위가 다르게 적용되나, 이들 용어는 "문장 이상의 소통 단위"라는 공통의 특징을 가지므로 이 책은 이들 용어를 같은 의미로 사용하기로 한다.

[3] 고등 3년 동안 학습의 위계는 '기본(국민 공통 기본교육과정) → 핵심지식 → 국어 능력 신장 (심화 선택)'의 단계를 거친다.

적성에 맞는 맞춤형 선택과목을 선택하게 함으로써 단위학교에서 자유롭게 편성하도록 허용하고 있다.

학교급별 선택과목을 선정할 시 학습의 위계적 발달이나 적성과 같은 진로 유형을 체계적으로 고려하지 못한다면 학교 현장에서는 편파적일 위험을 안고 있기 때문에 선택과목의 교육과정 설계 시 학업이나 진로와 관련된 학습 내용의 수준이나 가중치를 충분히 고려해야 할 것이다. 특히 진로선택의 유형도 일반계 및 전문계의 과학 기술계열, 예술계열로 유형화하여 선택과목 취지에 맞도록 가장 높은 단계의 국어과와 관련된 지식과 기능이 제시되어야 할 것이다. 그렇다면 화법과 작문에서 가장 높은 수준의 학문과 직업 관련 담화 생산과 수용 능력을 함양한다는 것은 무엇을 의미하는지 재고할 필요가 있다. 먼저 학문과 관련한다면 초·중등 국민공통과정의 내용과 고등학교 교양과목 성격인 국어1(학문기초), 국어2(직무기초), 전문적인 성격의 선택과목(학문심화, 직무심화) 간의 연계에서 최상위 심화된 국어능력인 말하기·듣기와 쓰기가 될 것이고 직업과 관련한다면 실제 직무를 효율적으로 수행할 수 있는 말하기·듣기·쓰기 활동이 될 것이다.

학업과 관련된 화법 작문 교육 내용을 살펴보면 화법 작문 교육 내용은 말하기·듣기·쓰기 영역에서 국민공통교육과정의 기본 내용이나 고등학교 국어 선택인 국어1, 2의 교양 성격을 기반으로 한 심화된 화법 작문 교육내용을 다룰 것이다. 교과서 구현에 따라 다루는 종류나 수준이 달라지겠지만 궁극적으로 담화 실제를 보여줄 수밖에 없으므로 2009 개정교육과정에서 제시한 담화나 글 종류와 별반 차이가 없을 것이다. 일반공통 과목에서 다루었던 담화 유형

중 형식적 절차나 심도 있는 수행이 필요한 토론이나 회의, 면접, 협상, 각종 계약서, 건의문, 보고서 쓰기 등과 같이 공익적이고 사회적 성격이 짙은 담화나 글 유형이 제시될 가능성이 높다. 2011 개정 교육과정 시안 개발(2011)에서는 토론이나 논술교육을 중시하겠다고 명시함으로써 논리적이고 합리적인 말하기나 글쓰기 중심으로 화법과 작문 교육내용이 주축을 이룰 것이다. 왜냐하면, 이러한 담화나 글 유형은 개정의 배경 취지에 맞게 진학과 결부되어 있고 학습 발달상 논리성, 다루는 주제나 내용이 사회적, 시의적 성격이 강하므로 교육 내용 선정 원리상 고등 수준에서 다룰 수밖에 없기 때문이다.4)

그러나 실제 직업 분야에서 설명이나 설득의 대표 장르인 논술이나 토론이 과연 얼마만큼 모든 직업군에서 적용해서 쓰이고 있는지 재고할 필요도 있다.5)

학업과 관련된 서사 교육 부분은 상당히 미흡하다고 볼 수 있다. 설명이나 설득과 같은 논리적 사고를 중심으로 교육내용을 편성했고 연계성 측면에서도 국민공통교육과정에서는 공통 핵심내용만 선정했기 때문에 말하기, 쓰기에서 원리중심의 교육내용으로 구성되어 있다. 서사가 구체화된 결과물인 이야기나 경험담, 자서전 쓰기와

---

4) 물론 국민공통교육과정에서도 이러한 담화나 글 유형을 다루지만, 고등수준에서 다루는 것만큼 다루는 주제나 형식적 절차가 까다롭지 않다. 예로, 토론의 경우 공통 교육과정에서는 자신의 입장을 정하고 주장에 대한 근거를 타당성 있게 제시할 수 있을 정도로 찬성, 반대 중심의 자유 토론을 진행하지만, 고등수준에서는 다루는 주제가 심화되어 있고 토론의 유형 중에서도 반대 신문식 토론, 칼 포퍼 토론, 회의 식 토론 등 목적이나 논제 성격에 맞게 세분화되어 경험할 수 있게 되어 있다.

5) 논술이나 토론 유형이 고등 사고의 집합으로서 하위 사고 유형을 통합, 분석하고 비판함으로써 창의적 내용을 생성하고 조직, 표현하기에 유용하다. 그러나 실제 직업군에서 학교 논술이나 토론 방식이 얼마만큼 사용 빈도가 높은지, 그 활용성은 어느 정도인지를 재고할 필요는 있다. 대학 입시준비나 대학 수학 능력의 일환으로 토론과 논술이 필요함을 볼 때 직업 진로와 관련된 부분은 토론과 면접 정도이므로 취약할 수밖에 없다.

같은 구체적 미시 장르도 약화되어 있다.

진로의 성격은 이와 관련된 구체적인 담화 유형인 면접, 자기소개서 쓰기, 토론 면접 등이 있으나 진로와 관련된 담화 유형이 명확하지 않다. 그리고 이러한 담화 유형들은 서사의 성격을 드러내기에 한계가 있으므로 화법과 작문과목에서 진로 성격을 드러내기에는 주제 중심이나 내용으로 접근하는 것이 용이하다.

최근 2011 국가과학기술위원회에서 문화 기술(CT: Culture Technology)을 21세기형 미래 국가전략산업으로 채택하고 대중음악, 영화, 드라마, 게임, 애니메이션, 뮤지컬 등을 포함하고 있다(박태상, 2012: 6). 이러한 문화 현상은 경제, 예술, 문학 등과 같은 사회 문화적 요소와 다양한 콘텐츠가 결합하여 서사적 내용을 더욱 풍부히 담아낼 수 있다. 따라서 이러한 문화적 현상은 교육적으로 서사적 경험을 향유할 수 있는 좋은 기반을 마련하게 한다.

진로와 관련하여 화법과 작문 과목에서 다룰 수 있는 내용으로는 미래사회 흐름과 방향을 같이 할 수 있는 서사적 내용 생성과 관련지을 수 있다. 이는 카피라이터나 드라마 작가 등과 같은 특정 직업인 양성이 아니라 다양한 주제에 맞는 이야기를 창의적으로 생성해 봄으로써 전문 지식의 창조적 운용과 관련된 자격 구비(entitlement)와 능력 창출(empowerment)을 경험할 수 있기 때문이다.

화법과 작문 과목에서 국민공통과정과 연계된 학업에서는 다양한 언어사용 목적을 경험하기 위해서라도 서사적 담화 유형을 도입할 필요가 있고 직업이나 진로에서는 미래 직업이나 현 문화 현상과 관련하여 서사적 내용이나 주제적 측면을 다양한 매체와 결합하여 콘텐츠 개발이나 아이디어를 생성할 수 있도록 해야 한다.

3. 서사화 과정과 구성요소

서사6)란 시간적 연계 속에서 이루어지는 일련의 사건에 의미를 부여하여 서술한 것으로 그것이 사실이든 허구든 사건들의 연속으로 이루어지는 담론의 체계, 그리고 그들이 연결되고 대립되고 반복되는 여러 관계를 지칭한다(국어교육학 사전, 1999: 409). 전통적 관점에서 서사는 형식주의, 구조주의에 기초한 요소 중심으로 대상의 움직임을 사건으로 기술하는 양식에 초점을 둔 것인데 반해 현대적 서사의 의미는 행동과 상황들이 서로 얽히는 총체적인 성격으로 규명하고 있다. 이러한 흐름을 화법과 작문과목에 대입한다면 말하는 화자의 입장에서 주체적인 경험이나 사건을 통해 의미를 구성하여 효율적인 표현방식을 구현하는 것이고 쓰기의 심화과목인 작문은 다양한 글쓰기 상황에서 목적에 맞는 내용을 서사적으로 생성하여 효율적으로 표현전략을 사용하여 전달하는 것이다.

서사 개념은 이야기 속성이나 플롯이나 인물 등 요소 중심의 개념 진술에서 더 확장하여 담화로써 개인의 경험 인식과 표상 과정을 통해 의미를 구성하고 다양한 매체로 변환할 수 있는 기능을 포함한다. 주체들 간에 그 결과를 공유하고 내재화해서 다시 새로운 서사를 생성할 수 있는 소통 과정으로 보아야 한다.

이러한 소통의 과정은 서사화(narrating)라는 용어로 사용할 수 있

---

6) 서사와 혼용해서 사용하고 있는 이야기, 스토리텔링, 내러티브의 정의가 아직 분명히 규정되어 있지 않다. 그 이유로는 내러티브나 스토리텔링을 번역하여 이야기나 서사로 사용하고 있거나 서사적 요소 인물, 사건, 배경, 줄거리 등을 공통으로 지니고 있기 때문이다. 대체로 서사적 요소가 구어로 표출되면 이야기, 다양한 매체로 표현할 수 있는 매체 방법적 차원인 스토리텔링, 지속 가능한 역사적 의미로 공유함으로써 생성된 담화 차원을 내러티브라고 구분 지을 수 있다.

으며 그것은 활동(act)으로 구체화되고 실행된다. 서사화의 과정을
보면 <그림 7-1>과 같다.

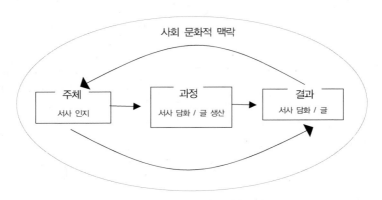

<그림 7-1> 표현영역에서 서사화 과정

화법과 작문은 말하기나 쓰기와 같은 표현 기능 영역과 관련되며
서사 담화를 생산하고 수용하는 과정에서 서사화를 생성할 수 있는
주체적 요인과 그 요인들을 조합하고 운용할 수 있는 생산 과정 요
인, 그 결과로 이야기나 성찰적 글쓰기와 같은 구체적 담화요인, 이
러한 서사 담화나 글쓰기에 영향을 미치는 사회 문화적 요인으로 구
성된다.

서사 인지는 다양한 사건이나 개인적 경험 요소를 분간할 수 있는
서사 구조 틀에 대한 정보를 말한다. 편파적이고 혼란스러운 개별적
사건을 구조화하고 조직할 수 있는 능력과 관련되며 이러한 능력은
의미구성 과정을 거쳐 이야기나 설화와 같은 결과물로 나타나게 된
다. 이러한 과정은 순환적이며 환원되어 지속적으로 삶에서 사건이
나 실재를 형성하게 하며 심도 있는 이해나 재발견을 가능하게 한

다. 서사화 과정에 따른 각각의 하위 능력은 다음과 같다.

· 서사 주체 요인
① 서사와 관련한 형식적, 내용적 스키마 인식능력
② 맥락이나 목적에 맞게 조절하는 초인지 능력
③ 적극적인 자세로 참여하고자 하는 동기나 태도

· 담화나 텍스트 생산 과정요인
④ 자기 경험의 다양한 관점을 선별, 배열하여 의미를 부여할 수
   있는 능력
⑤ 이야기 구조나 지식을 사용할 수 있는 능력
⑥ 표현과정으로 이야기 전달 능력

· 사회 문화적 요인
⑦ 개인과 환경과의 관계를 고려하는 능력
⑧ 과학, 기술, 인문 등 세계 흐름과 동향을 파악할 수 있는 능력

　　서사 주체 요인은 기억 속에서 경험, 감정, 인물과 같은 요소를 이끌어 내는 것과 관련된다. 다양한 문화와 환경 변수의 영향으로 개인마다 경험의 양과 수준이 다르므로 어떤 부분을 초점화시키지 못하여 제시하면 학습자들의 경험을 이끄는 데 어려움이 있다. 기억 속에서 요소 중심인 경험의 종류, 감정, 인물을 중심으로 기억 속 사건들을 회상하고 학습과 연관시킬 수 있어야 한다.
　　특히 개인의 서사적 구성적 행위는 개인이 겪는 사고의 과정이며

자기 자신의 정체성, 연속성 등의 느낌과 감정이나 목적 동기와 같은 수많은 기억을 지니게 된다. 우리의 기억 속에서 그 경험들은 사고와 행위 그리고 체험의 스키마로 농축된다(Gabriele Lucius Hoene Arnulf Deppermann, 박용익 옮김, 2006: 49). 지식은 어떤 특정 경험과 연관되어 기억되고 있는 일화적 지식(episodic knowledge)과 구체적 경험적 사실로부터 추상화 또는 일반화되어 기억 속에 남아 있는 개념적 지식(semantic knowledge)이 있다. 그리고 스키마는 이 두 종류의 지식을 모두 지칭하는 추상적인 개념이라고 하였다(전은주, 1999: 53 재인용).

서사화를 위한 형식적 스키마는 위에서 말한 개념적 지식과 관련되며 서사의 다양한 양식인 이야기나 우화, 사건 나열하기와 같은 서사의 구조에 대한 지식을 의미한다. 서사가 독자나 청자에게 이야기 속 등장인물이나 시간, 공간을 소개하고 줄거리를 안내하는 특징을 가지며 사건의 문제 해결 구조나 사건 안내나 전개와 같은 서사 구조와 관련된 지식을 의미한다. 내용적 스키마는 일화적 지식과 관련되며 개인이 이전에 경험했던 기억이나 자신의 삶과 관련된 부분을 직접, 간접적으로 떠올릴 수 있는 스키마(schema)와 관련된다.[7]

또한, 기억은 감각과 관련되고 정서[8]와도 밀접하게 관련되어 저장되므로 주체의 정의적 영역인 흥미나 동기, 태도에도 영향을 끼친다. 주체는 서사화를 위해 인지적, 정의적 요소를 인식하고 있어야 하고 목적과 환경이나 과제 성격에 맞게 조절할 수 있는 초인지적

---

7) 최미숙(2002)은 표현 교육의 문제점으로 내용이 없는 표현만 학습하는 것을 비판하고 있다. 경험과 지식의 총체인 스키마(schema)는 내용과 방법의 긴밀한 상관성을 확보할 수 있다.

8) Schumann(Earl W. Stevick, 정동빈·김길수 옮김, 2003: 21)은 언어의 인지와 습득에서 감정적인 개입의 중요성을 언급하고 감정적인 요소의 가치를 임상시험으로 증명하였다.

조절 능력까지 갖추어야 한다.

담화나 텍스트 요인은 서사화의 결과로서 나타나는 서사 담화 유형을 결정짓는 준거로써 작용한다. 서사화는 서사 담화 과정으로 드러나며 서사 텍스트는 그 내용과 형식의 구성 요건에 기반을 두어야 한다. 텍스트 내용 요건으로 자신의 경험이나 줄거리, 사건을 생성하고 선정, 조직할 수 있는 능력을 말한다. 텍스트 형식은 거시구조와 미시구조로 구분하여 접근할 수 있을 것이다. 거시구조는 이야기 문법과 같은 서사물의 구조9)와 관련되며 미시구조는 문장이나 단락 단위에서 어휘 선택이나 단락 내 문장들의 유기적 연결과 관련된다.

즉, 서사 구조물을 조직하는 단계로써 시간 중심이나 사건 중심, 주체나 사건을 다양한 방식으로 연결하여 형성할 수 있어야 한다. 서사물 중 이야기하기의 형식은 가공 없이 구어적 표현 방식을 활용할 수 있고 만화나 우화, 설화, 영상물, 다큐 등의 양식을 사용하여 전달할 수 있다.

적절한 서사 담화를 생산하기 위해서는 특정 사회나 문화적 상황의 영향을 고려해야 한다. 화자-작가나 청자-독자의 관계를 고려할 수 있어야 하고, 고등학교 선택과목에서는 고등 수준의 과학, 경제, 역사, 예술 등 다양한 방면의 동향이나 흐름을 파악할 수 있어야 한다. 서사는 통시적 관점에서는 과거 전래 이야기를 통해 우리 삶

---

9) 서사물의 문법적 구조를 연구한 G. Prince는 서사물의 문법이란 서사물에 존재하는 동일한 규칙으로서의 법칙들을 기술할 수 있거나 동일한 결과를 만들어 낼 수 있는 공식적이나 언명의 집합으로 언급된다(독서교육사전, 2006:377). 서사 구조에 대한 연구는 학자마다 다양하다. 그 내용을 보면 Stein & Glem은 이야기 범주를 배경, 발단, 내적 반응, 계획의 시도·결과·반응으로 나누어 문법구조를 체계화하였다. Thorndike는 이야기 문법구조를 배경, 주제, 구성, 종결로 정리하였고, Rumelhart는 배경과 일화로 1차 구분하고, 다시 배경은 장소, 인물, 시간으로, 에피소드는 사건, 반응, 종결로 구분하였다. T. van Dijk는 생성 문법을 기초로 텍스트에 존재하는 서사 구조를 분석하였다. 자세한 내용은 독서교육사전(2006: 374~377) 참고.

의 양식을 알 수 있고 당대 문화나 민족의 의식을 알 수 있다. 공시적으로 서사적 내용을 공유함으로써 자신의 문화에서 접할 수 없는 것을 자연스럽게 수용할 수 있는 맥락을 제공한다(정동순, 2001).

이러한 서사화 요소들은 그 경계가 분명하지 않으며 서로 밀접한 관련을 가지고 영향을 주고받으며 작용한다. 실제 서사 담화 수행 과정에서는 통합적으로 작용하게 된다. 그리고 위 요소들은 종합적인 서사의 사고능력과 관련된다. 이미 만들어진 범주, 가설, 법칙 등을 경험적 사실을 적용하는 환원적 사고인 논술적 사고와 달리 서사적 사고는 사건과 사건의 결합 속에서 맥락적으로 의미를 생성(최인자, 2008: 184)할 수 있다.

서사적 말하기나 쓰기는 자기 인식을 기반으로 한 통찰이나 창안, 반성적 사고를 함으로써 세상에 대해 새로운 인식을 얻을 수 있는 단계까지 나아갈 수 있으며 이는 궁극적으로 반성적 사고 역량(이삼형 외, 2000: 207)이나 비판적 문용력이나 성찰적 문용력(reflexive literacy)[10) 향상까지 확대할 수 있다.

4. 화법과 작문 과목에서 서사화 활용

화법과 작문 과목은 말하기나 쓰기 영역의 심화과목으로 표현 기능에 중점을 두고 있다. 말하기나 쓰기의 기계적인 결합이 아닌 인

---

10) 문영진(2008: 29)에서는 서사 교육 목표로서 일반적 문용력(literacy)을 설정할 것이 아니라 이념과 비판적 문용력이나 성찰적 문용력(reflexive literacy)이 적극적으로 수용되어야 함을 제시하고 있다.

간 의사소통 현상에서 나타나는 복합적인 양상을 표현론적으로 접근하므로 표현의 도구는 음성이나 문자, 복합 매체를 포함한다. 이러한 표현론은 국어교육의 하위 영역으로 국어교육적 사고[11])에 근거를 두고 논의되어야 한다. 이 책에서 화법과 작문 과목의 통합적 구성을 위해서 서사적 의미 구성, 서사 지식과 활동의 통합 과정, 서사 구조의 통합적 측면에서 논의하도록 한다.

4.1. 서사적 의미 구성

화법과 작문의 통합에 대한 연구물로서 민병곤(2009)은 화법 현상이 초점화되는 부분, 작문 현상이 초점화되는 경우, 두 가지 중첩되는 부분에서 통합의 단서를 제시하고 있다. 그러나 화법이나 작문이 각각 초점화되면 비초점화되는 영역이 상대적 비중이 약하여 통합의 강도가 적절하지 않거나 중첩되는 부분도 화자나 청자, 전달 내용과 같은 의사소통 구성 요소 중심, 설득이나 설명을 주된 목적으로 제한된 담화 수행 기회를 가질 수 있다.

2011년 개정 교육과정 내용 체계표에서 화법은 발표나 연설 및

---

11) 이삼형 외(2000: 406)에서는 다음과 같이 국어적 사고력 맥락을 제시하고 있다.

(1) 국어적 사고력 층위		
1차 생성자의 사고: 의미 생성 → 텍스트 → 의미의 재구성: 2차 생성자의 사고		
(2) 언어 사용 층위	(표현)	(이해)
	↓	↓
(3) 평가 대상 층위	과정 · 결과	과정 · 결과

토론, 토의와 같은 담화 유형을 중심으로 주요 기능이나 전략을 제시하고 있다. 작문은 글쓰기 과정에 따른 전략중심으로 교육내용이 체계화되어 있다.

동위 차원에서 화법과 작문 내용 요소 간의 관계는 각각의 교육 내용이 병렬적으로 나열되어 있고 관련성이 적어 내용의 통합이 어려워 보인다.12) 이런 경우 담화를 생산하기 위한 사고과정에서의 통합적 차원을 생각해 볼 수 있다. 정보전달이나 설득의 목적을 가진 언어활동이 매체의 차이로 결과물을 산출되는 표현과정에서 분리된다면 정신적 활동이 수반되는 의미구성의 과정은 통합될 수 있다. 특히 서사의 속성 중 의미생성은 서사의 본질을 가장 잘 나타내며 사고 양식의 도구이자 의미 생성 방식으로 가설을 생성하고 경험에서 의미를 발견하는 지식 발견 방법13)이 되고 있다(최인자, 2008: 25).

학습자의 경험은 그 자체가 지식이 된다. 직접 경험의 상태로서의 앎, 사고능력으로서의 앎과 관련된다. 기존의 교과 지식이 구조화된 학습자들은 기억 속에서 경험, 감정, 인물과 같은 요소를 이끌어 낼 수 있어야 한다. 즉, 지식을 생성할 수 있어야 한다. 이러한 부분에서 서사의 기여도가 높다. 기억 속에서 서사 요소 중심인 경험의 종류, 감정, 인물을 중심으로 기억 속 사건들을 회상하고 학습과 연관

---

12) 다음 페이지에 드러나는 [표 7-1]을 예로 든다면 화법과 작문 간 수평적인 동위에서 화법 (7)과 작문의 (11), 화법의 (8)과 작문의 (12)의 관계는 내용 관련성이 적어 통합의 가능성이 희박하다. 그러나 화법 내에서의 요소 (7), (8), (9), (19)와 작문 내에서의 요소 (11), (12), (13), (14)의 관계는 서로 담화 생산과 수용과 관련한 맥락에 따른다.

13) 내러티브 사고는 논리-과학적 유형과 함께 그 자체 작동 원리와 범주를 가지며 진리를 입증하는 방법에서 근본적으로 다르다고 하였다. 그는 내러티브 사고를 패러다임 사고와 비교하며 그 특징을 제시했는데, 지식의 발견적 특성인 원인-결과를 다루는 것이 패러다임적 사고이고, 지식의 생성적 특성은 의미 구성을 중시하는 내러티브 사고와 관련된다고 하였다(Jerome Bruner, 강현석·이자현 외 옮김, 1990: 92). 학계에서는 통상적으로 내러티브를 서사라고 번역하여 사용하므로 내러티브 사고를 서사적 사고와 동일시해도 무방하다고 본다.

시킬 수 있어야 한다. 그러기 위해서는 개인의 기억 속에서 편파적으로 나열된 경험이나 사건, 감정을 중심으로 특별한 경험, 학습 주제와 관련된 경험을 떠올려 보고 새로우면서 적절한 것을 생성해 내는 능력이 동원되어야 한다. 서사적 의미 구성은 객관적 자료 수집과 같은 객관적 실체나 대상에서 찾는 것이 아니라 학습자의 직접적인 삶과 관련된 경험에서 앎의 내용과 양식을 스스로 구성하는 과정이다.

[표 7-1] 2011 개정 교육과정 화법과 작문에서 '정보 전달' 내용 체계

정보 전달	(4) 정보를 수집·분류·체계화하여 청자나 독자가 이해하기 쉽도록 재구성한다. (5) 정보를 전달하는 담화나 글의 구조와 내용 조직의 원리를 이해하고 목적과 대상에 적합하게 내용을 구성한다. (6) 사실적 정보를 전달할 때는 객관적인 관점으로 간명한 언어를 사용하는 태도를 지닌다.	
	(7) 다양한 매체 자료를 효과적으로 활용하여 청자의 이해를 돕도록 내용을 구성한다. (8) 시각 자료를 해석하여 핵심 정보로 내용을 구성하여 발표한다. (9) 청자의 이해를 돕기 위한 언어적·반언어적·비언어적 표현 전략을 사용한다. (10) 핵심 정보를 파악하며 듣고 효과적으로 질문하여 필요한 정보를 능동적으로 수용한다.	(11) 다양한 방법으로 자료를 수집하고 가치 있고 신뢰할 만한 정보를 선별하여 글을 쓴다. (12) 정보의 속성에 적합하게 내용을 조직하여 글을 쓴다. (13) 정보를 효과적으로 전달하기 위해 다양한 표현 방법을 활용하여 글을 쓴다. (14) 정보의 효용성, 조직의 체계성, 표현의 적절성, 정보 윤리를 점검하여 고쳐 쓴다.

[표 7-1]에서 밑줄 친 (7), (11)을 통합하기 위해 서사 의미구성 과정을 보면 다음과 같다. 정보전달을 목적으로 하는 담화나 글을 생산하기 위해 이전의 자연적 경험에서 학습 주제와 관련된 것을 떠올린다. 사건을 중심으로 자신의 행동, 시간적 거리를 중심으로 회상한 후 의미 있거나 가치가 발견될 만한 내용을 선별한다. 그런 후 학

습 경험 중 자료를 다양한 방법으로 수집한 경험을 떠올려 보고 목적에 적당한 방법으로 자료를 수집한 예를 선정한다. 전달할 매체자료를 만화형식이나 컴퓨터상 온라인으로 할 것인지 결정하고 선정한 자료를 조직하고 분류, 통합의 과정을 거친다.

학습자마다 서사적 의미를 생성하고 구성하는 방식이 다르다. 이는 국어과 목표인 고등학교 선택과목에서 다루어야 하는 고도의 지식 조합 사고력과 창조력과 관련되며 교수·학습 방법적 차원에서는 학습자 개인의 경험에 근거한 '무엇을' '어떻게'를 다양하게 운용할 수 있는 가능성을 제시한다.

4.2. 서사 지식과 활동 통합

화법과 작문 과목에서 서사를 활용하기 위해서는 서사화를 위한 내용 체계가 마련되어야 한다. 화법 교육내용을 체계화한 이창덕(2007: 77) 연구는 화법 활동과 화법 지식으로 구분하고, 화법 활동은 기초 활동과 메타적 활동으로 구분하여 체계화하고 있다. 작문교육도 마찬가지로 무엇을 가르치느냐에 대한 내용과 활동을 통한 수행 경험 두 측면이 교육의 주축을 이루므로 지식과 수행 활동이 바로 교과 교육 활동과 상통한다고 볼 수 있다.

화법과 작문은 개인의 인지가 언어적 표현 과정을 거치면서 언어표현에 관여하는 여러 변인이나 기능들이 동시적으로 정보 처리를 거친다. 이러한 상호작용 모형14)은 주어진 조건에서 역동적이고 상

---

14) 담화의 생산과 이해과정의 모형은 연속적 모형(박영목 외, 1996), 평행적 상호작용 모형(Beaugrande, 1984), 인지적 과정 모형(전은주, 1999)이 있다.

호작용으로 기능하는 것으로 보아 인지적 사고 과정의 본질적 측면에 한층 다가선 것으로 보이지만 담화 과정에 영향을 미치는 제반 요인을 고려하지 못하고 있다(전은주, 1999: 66)는 문제점을 제시하고 있다.

이러한 모형은 언어적 표현 행위 자체가 각 단계를 모두 거쳐야 하고 표현 구성의 단위들이 표현 기능 단위 중심으로 조합적으로 이루어진다는 점에서 한계가 있다. 이러한 표현 과정의 문제점을 보완해 줄 수 있는 모형으로 Marianne Celce-Murcia Elite Olshtain(2007: 18)이 제시한 모형은 그 시사점이 크다. 우선 앞에서 말한 표현 교육과 관련한 지식과 언어 사용 활동이 동시적으로 작용함을 보여주고 초인지 과정을 통해 조정이 가능하기 때문이다.

이 모형에서 통합의 근거는 담화 과정을 상향식 과정과 하향식 과정의 통합으로 보고 있다. 서사 담화나 텍스트를 생산하기 위해서는 이 두 과정이 통합적으로 동시에 작용됨을 의미한다. 다음 <그림 7-2>에 적용하여 서사 담화 과정이 어떻게 통합되는지 '자기표현과 사회적 상호작용' 내용 체계에 적용하여 살펴보도록 한다.

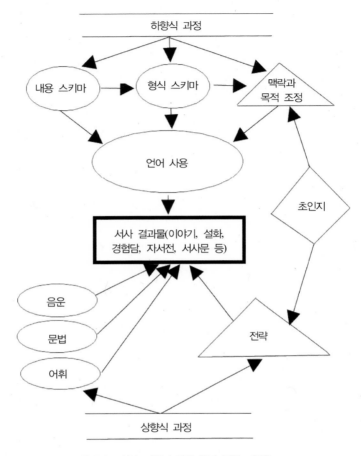

하향식 과정

내용 스키마 → 형식 스키마 → 맥락과 목적 조정

언어 사용

서사 결과물(이야기, 설화, 경험담, 자서전, 서사문 등)

초인지

음운

문법

어휘

전략

상향식 과정

<그림 7-2> 서사 지식과 담화 활동 통합 과정15)

자기표현과 사회적 상호작용15)은 공통교육과정과 위계를 고려하

---

15) 국어활동 영역은 사회적 상호작용을 위한 활동과 정서표현을 위한 활동을 구분하기가 쉽지 않
고 둘 사이에 중첩되는 지점이 있다는 점을 고려하여 공통과정에서는 친교 및 정서 표현을 위
한 활동으로 제시하였다. 그러나 고교의 화법과 작문 과목에서는 자기소개서 작성, 입시나 취
업 면접 등의 상황을 고려하여 실제적 활동이 되도록 자기표현과 사회적 상호작용이라는 고등
단계의 표현으로 바꿔 제시한다(민현식 외, 2011: 78).

여 그 의미에서 차별성을 지닌다. 자기표현은 공통교육과정의 정서 표현인 심미적 관점을 포괄하는 주체 내적인 인지적, 동기적 측면이나 외적인 사회 문화적 관점을 포괄하는 넓은 의미로 사용된다. 사회적 상호작용은 개인적 친교 중심에서 사회적 맥락이 반영된 발화 -글쓴이, 수신자-읽는 이의 양방향 발화 교섭적 의미작용으로 보고 그 의미를 넓게 깊게 해석할 것을 말한다.

자기표현과 사회적 상호작용 범주는 서사의 속성과 공통된 부분 (자아 인식, 관계 형성, 삶의 체험, 삶의 성찰, 창의적 표현)이 많으므로 서사를 도입하여 활용하기에 유용한 범주이다.

[표 7-2] 2011 개정 교육과정 화법 작문 '자기표현과 사회적 상호작용' 내용 체계

자기 표현과 사회적 상호 작용	(26) 의사소통에서 진정성이 중요함을 인식하고 진솔한 마음이 드러나도록 표현한다. (27) 갈등을 유발하는 상호작용의 장애 요인을 점검하여 원활하게 의사소통한다.	
	(28) 대화 방식에 영향을 미치는 자아를 인식하고 관계 형성에 적절한 방식으로 자기를 표현한다. (29) 면접 답변 전략을 이해하고 질문자의 의도를 파악하며 듣고 효과적으로 답변한다.	(30) 생활 속의 체험이나 깨달음을 글로 씀으로써 삶의 체험을 기록하고 자신의 삶을 성찰하는 습관을 기른다. (31) 맥락을 고려하여 창의적이고 품격 있는 표현으로 자기를 효과적으로 소개하는 글을 쓴다.

여기서는 이야기라는 서사 담화 과정이 어떻게 통합되는지 알아보고자 한다. 이야기는 언어적 표현의 기본 형태이며 서사 양식을 잘 나타내는 담화 유형이기 때문이다. [표 7-2]에서 밑줄 그은 부분은 이야기 서사 담화의 성취기준과 관련되며 서사적 지식과 담화 통합 과정에 반영될 수 있는 부분이다.

하향식 과정은 이야기 주체가 사회 문화적인 변인의 영향을 받아

형성된 스키마로부터 의미를 구성하는 데 초점이 맞추어져 있다. 내용 스키마는 과제나 조건에 맞게 이야기를 생성하기 위해 예전 기억의 경험이나 다른 사람에게 들은 이야기와 같은 내용을 떠올릴 수 있어야 한다. 형식 스키마는 이야기 구조를 이루는 구성 요소인 인물, 시간, 공간과 누가, 무엇을, 언제, 어디서와 관련된 내용을 문제나 해결 구조나 사건 나열하기와 같은 형식으로 구조화할 수 있어야 한다. 이런 이야기가 맥락에 맞는지 목적에 부합하는지 점검하면서 이야기를 표현하게 된다.

[표 7-2]에서 밑줄 친 부분을 이야기 표현과 관련시켜 보면 (26), (27), (28) 성취기준과 관련된 교육내용으로는 상대와 함께 이야기를 들으면서 이야기 줄거리를 기억하고 감동의 여부를 확인하며 이야기 다시 말하기를 통해 들은 내용을 다시 창조적으로 표현할 수 있다. 이야기를 나누며 그 속에서 같은 정서를 공유하게 되면 서로의 생각과 사고 가치관을 알아가게 된다. 타인의 삶이 반영된 이야기를 공유함으로써 타인을 인격적 차원에서 이해하고 서로의 정체성을 확립할 수 있을 것이다. 또 표현 도구를 음성이나 복합매체를 활용할 경우 그 표현 방법이 달라지므로 듣는 이나 상황맥락, 반언어 · 비언어적인 표현을 효율적으로 사용할 수 있도록 지도해야 한다.

상향식 과정16)은 언어적 차원의 어휘나 문법적, 발음과 같은 음운적 지식이 동시에 동원된다. 서사하기의 전형적인 문법적 특징은 동

---

16) 상향식, 하향식 모형은 독서 영역에서 주로 언급되고 있는 모형이다. 독서 영역에서 이 두 모형의 절충인 상호작용 모형을 통해 이해 과정을 설명한다. 여기서 상향식 과정은 제시된 글의 위계차원인 어휘나 통사, 의미를 순차적으로 이행하는 것이 아니라 언어를 표현하는 데 있어서 언어적 지식이 동원됨을 의미한다. 여기서는 하향식 과정이 화용론적 지식 구성이라면 상향식 과정은 언어적 지식 구성과 관련된다.

작 동사를 사용하며 직접 인용문이 아닌 이상 과거형을 주로 사용한다. 또 특별한 효과를 만들어내기 위해 리듬과 반복을 사용하며 신랄한 풍자 효과를 내기 위해 하나의 단어 또는 짧은 구로 구성된 문장이 자주 사용된다(Peter Knapp Megan Watkins, 주세형 외 옮김, 2007). 물론 이러한 과정에서 효과적인 전달을 위한 이야기 맥락과 능동적인 참여와 같은 전략이 동원된다. 이러한 작용들은 초인지 전략에 의해 요소 간의 관계를 조절하고 수정한다.

4.3. 서사 구조 통합

2011 개정 교육과정에서는 내용 체계 범주 구분으로 화법과 작문의 본질, 정보 전달과 설득, 자기표현과 사회적 상호작용으로 구분하고 있다. 화법과 작문의 본질을 제외하고 나머지는 사회적 과정으로서의 장르로 볼 수 있다.

장르는 원래 서정, 서사, 극과 같은 문학의 서로 다른 유형들을 묘사하는 데 쓰였던 용어로 교육학자와 언어학자들이 이 개념을 받아들여 사회적 맥락에서 관찰되는 언어사용을 가리키는 말로 사용하고 있다(Freedman & Medway, 1994). 장르란 묘사, 설명, 이야기와 같이 의사소통 목적을 성취하기 위해서 예측 가능한 방식으로 텍스트를 사용하는 의사소통 사건으로 규정하고 있다(Henry, 1998). 장르가 담화 결과물이나 텍스트 유형이라기보다는 묘사하기, 설명하기, 지시하기, 주장하기, 서사하기 등과 같은 장르 일반적인 과정의 핵심 집합으로 간주한다. Knapp(1992)도 장르는 사회적 과정이며 결과물을 가지며 다중 장르 산물을 생성한다고 했다. 이러한 장르 논의의 공통점은 하나의 담화에 여러 목적과 기능이 교차하며 새롭게 변형되고 생성되거나 통합되는 것이라고 본다. 그러므로 담화나 텍스트 유형은 배타적이지 않고 상호 보완하고 융합적 성격을 지니며 제3의 텍스트를 생산해 낼 수 있다(Peter Knapp Megan Watkins, 주세형 외 옮김, 2007)고 볼 수 있다.

하이네만과 피이베거(한국텍스트 언어학회, 1991: 85)는 말하고자 하는 정보가 많은 내용을 텍스트에 나누거나 배열할 때 행위 참여자들은 오랜 시간에 걸쳐 형성된 텍스트 전략 원형에 의존함으로써 효율적으로 의사소통을 가능하게 한다고 하였다. 이러한 전략 원형은 텍스트에 배열된 발화 수반 행위의 연속체가 가지는 특성에 따라 몇 가지 거시구조를 가지게 되는데 그 가운데 발화 수반 행위의 연쇄를 시간적으로 배열하는 것이 서사구조17)라 한다.

Brooks & Warren은 내용전개 방식에 따라 서사(narrative), 설명(explain), 논증(argument), 묘사(description)의 형식과 기능을 구분하지 않고 혼합적인 언어 사용 양상을 고려해야 한다고 본다. 이는 형식적 완결성과 고정성 중심의 미시 담화 유형보다는 발화의 전개 양상 중심에 따른 발화 형성 과정이 중요하다는 것을 시사한다. 즉, 우리가 사용하는 언어 담화나 글은 이러한 전개방식들이 공통적으로 나타날 수밖에 없다. 담화나 글 사용의 목적에 따라 이들 요소 중 어떤 요소를 부각하느냐의 문제이다. 서사구조는 현상을 기술하는 방식들을 포함할 수 있는 전체적인 구조를 지닌다.

---

17) 시간적 공간적 맥락의 특성을 서술하기 위하여 상위의 한 관점에서 발화수반행위를 관련짓는 것이 기술이며 주장의 근거를 제시하여 결론을 목표로 발화수반행위를 관련짓는 것을 논증이라 한다.

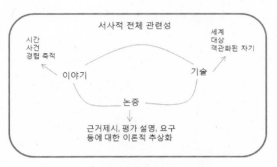

<그림 7-3> 서사적 전체 관련성

    <그림 7-3>에서 서사 장르는 사건의 시간 변화를 내포하고 있는 사건과 행위 그리고 경험 형성을 포함한다. 기술은 변화를 주제로 삼는 것이 아니고 사람, 상황, 공간, 환경, 풍경, 감정 등에 대한 하나의 그림을 떠오르게 하는 세계의 표현과의 관계이다. 논증은 다양한 원형들을 위한 상위개념으로서 사건이나 문제 또는 사실이나 갈등에 대해 이론적이고 추상적이며 평가적으로 입장을 표명하는 것이다(Gabriele Lucius Hoene Arnulf Deppermann, 박용익 옮김, 2006: 208).

    교육과정 내용 요소 중 서사적 담화를 생성할 수 있는 요소로 삶, 성찰, 경험, 가치관, 독자 정체성과 관련한 내용을 중심으로 자전적 서사 담화를 생성할 수 있다. <그림 7-4>는 서사의 통합적 구조에 근거하여 성취기준 (28) 대화 방식에 영향을 미치는 자아를 인식하고 관계 형성에 적절한 방식으로 자기를 표현한다를 달성하기 위해 정보전달의 (8) 시각 자료를 해석하여 핵심 정보로 내용을 구성하여 발표한다와 설득의 (18) 화자의 공신력을 이해하고 이성적·감성적 설득 전략을 사용하여 효과적으로 연설한다의 밑줄 친 내용 요소를

동시에 가르치는 방법을 도식화한 것이다.

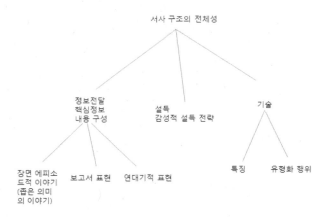

서사 구조의 전체성

정보전달
핵심정보
내용 구성
설득
감성적 설득 전략
기술

장면 에피소
드적 이야기
(좁은 의미
의 이야기)
보고서 표현
연대기적 표현
특징
유형화 행위

<그림 7-4> 통합적 서사 구조 도식

　이 방식은 서사의 구조형식을 빌려 교육내용을 순서화가 아닌 동
시에 가르치는 방법이므로 시간적으로 경제적이고 효율적이다. 정보
조직 방법을 인과, 문제 해결, 공간적이라는 수사학적 관점에서 벗
어나 일정한 효과를 전달하기 위해 다양한 경험을 창의적으로 구성
할 수 있고 설득전략도 논리적 중심에서 감성적 정서 교류를 중시하
게 되므로 기존 화법 교육에서 논리적이고 이성적인 교육내용에서
벗어나 복잡한 서사를 구사할 수 있다. 또 기술이나 묘사와 같은 대
상의 특징을 객관적으로 서술하는 다양한 방법 등을 포함할 수 있으
므로 도입, 갈등, 문제 해결과 대단원이라는 전형적인 서사 구조적
특질에서 벗어나 다양하게 운용할 수 있는 장점이 있다.

5. 나오며

이 책은 2011학년도 개정 교육과정에서 화법과 작문과목의 통합을 위한 기제로 서사화를 활용할 것을 제안하였다. 이미 서사의 교육적 유용성과 교육적 효과는 입증되어 연구가 활발히 진행되고 있고 국어 교과 내에서는 문학 영역을 넘어 언어 기능으로까지 확장되어 담화 생산과 수행, 수용과 관련한 소통적 관점에서 서사를 활용하고 있다.

서사화는 이러한 소통적 관점에서 서사적 내용을 구성할 수 있는 차원과 담화나 텍스트로 수행할 수 있는 과정적 차원, 구체적인 결과물로 나타나는 서사 텍스트 차원의 과정을 거치면서 서사적 사고가 형성된다. 서사적 사고는 서사적 의미 구성을 의미하므로 의미를 생성하는 주체요인, 서사 텍스트나 담화를 생산하고 표현하는 요인, 사회 문화적 요인이 핵심 요인이 된다.

특히 화법과 작문 과목과 서사 교육의 관련성은 교육과정 목표 변화에 부응하나 진로의 측면이나 학업 측면에서는 보완이 있어야 할 것으로 보인다. 진로 측면에서는 다양한 문화 콘텐츠나 이야기 구성 능력과 같은 내용적인 부분에서 보완이 있어야 하고 학업 측면에서는 국민공통과목에서 연계될 수 있는 심화된 다양한 서사 담화 유형이 제시되어야 할 것이다.

화법과 작문 과목에서 서사화를 활용하여 통합할 수 있는 방안으로 서사적 의미 구성, 서사 지식과 활동 통합, 서사 구조의 통합과 같은 방안을 제시할 수 있다. 화법과 작문과목에서 서사화를 활용한 교육적 접근은 화법과 작문영역 간 유기적 결합의 가능성을 다양하게 모색해 볼 수 있는 가능성을 제시할 수 있을 것으로 본다.

참고문헌

교육과학기술부(2011),『국어과 교육과정』, 교육과학기술부 고시 제2011-361호.

김상욱(2004),「국어교육의 방향과 서사적 상상력」,『문학교육학』, 15권, 11
～41.

김정란(2010),「듣기・말하기 영역에서 이야기 교육내용 비판적 검토」,『국어
교육학회』, 제39집, 211～234.

민병곤(2009),「화법 및 작문 이론의 대비를 위한 예비적 논의」,『작문연구』,
8집, 47～76.

민병곤(2010),「표현교육론의 쟁점과 표현 영역의 중핵 성취기준」, 한국어교
육학회 제269회 정기학술대회, 195～207.

민현식 외(2011),「2011 국어과 교육과정 개정을 위한 시안개발 연구」, 교육
과학기술부 정책연구개발사업.

문영진(2007),『동시대의 삶과 서사교육』, 서울: 한국문화사.

박순경 외(2011),「2009 개정 교육과정에 따른 고등학교 선택 과목 재구조화
방안」, 한국교육과정평가원 연구보고 CRC 2011-1.

박영민(2012),「국어과 교육과정의 현실과 지향」,『국어교과연구』, 제18호,
67～90.

박태상(2012),『문화콘텐츠와 이야기 담론』, 서울: 한국문화사.

방선욱(2004),「의미구성 및 커뮤니케이션으로서의 내러티브」,『커뮤니케이
션학연구』, 제12권 3호, 70～89.

서울대학교 국어교육연구소(1999),『국어교육학사전』, 서울: 대교출판.

이삼형・김중신・김창원・이성영・정재찬・서혁・심영택・박수자(2000),
『국어교육학과 사고』, 서울: 역락.

이창덕(2007),「새로운 화법 교육 연구의 방향과 과제」,『국어교육』, 123, 한
국어교육학회, 99～122.

임경순(2003),『서사표현교육론』, 서울: 역락.

전은주(1999),『말하기・듣기 교육론』, 서울: 박이정.

정구향(2010),「2009 개정 고등학교 국어선택 교육과정의 현황과 과제」,『청
람어문교육』, 41집, 83～108.

최미숙(2002),「표현교육 연구의 반성과 제언」,『국어교육학연구』, 14집, 47～65.

최인자(2007),「서사표현교육 방법 연구」,『국어교육연구』, 제41집, 149～172.

_____(2008), 『서사문화교육의 전망과 실천』, 서울: 역락.

_____(2005), 「한국 표현교육의 관점과 쟁점」, 『교육과학연구』, 341~351.

한국어문교육연구소(2006), 『독서교육사전』, 서울: 교학사.

한국텍스트언어학회(2004), 『텍스트언어학의 이해』, 서울: 박이정.

Earl W. Stevick(2003), 정동빈·김길수 옮김, 『최신 언어 교수법』, 경문북스.

Gabriele Lucius Hoene Arnulf Deppermann(2006), 박용익 옮김, 『이야기 분석』, 서울: 역락.

Marianne Celce-Murcia Elite Olshtain(2007), *Discourse and context in Language Teaching*, Cambridge university press.

Peter Knapp Megan Watkins(2005), *Technologies for teaching and Assessing Writung*, 주세형·김은성·남가영 옮김(2007), 장르 텍스트 문법, 서울: 박이정.

김정란

현재 진례중학교 국어교사로 재직하고 있으며, 경남대학교 국어교육학 박사학위
(2013)를 취득하였다. 국어교과 영역 중 표현교육에 관심이 많으며, 특히 화법과
작문을 공부하고 있는 중이다. 주요 논문으로는「사회적 상호작용 말하기를 위한 외
적 맥락 고찰(2007)」,「상황학습 이론에 근거한 국어과 수업설계 방안(2009)」,
「생태학적 관점에서 접근한 국어과 진단평가 본질과 과제(2014)」,「자기 표현적 글
쓰기의 비판적 검토와 지도 방향 모색(2014)」등이 있다.

서사적 말하기 · 쓰기능력 신장을 위한
이야기 표현
교육론

초판인쇄   2014년 11월 10일
초판발행   2014년 11월 10일

지은이   김정란
펴낸이   채종준
펴낸곳   한국학술정보㈜
주소   경기도 파주시 회동길 230(문발동)
전화   031) 908-3181(대표)
팩스   031) 908-3189
홈페이지   http://ebook.kstudy.com
전자우편   출판사업부 publish@kstudy.com
등록   제일산-115호(2000. 6. 19)

ISBN   978-89-268-6707-5 93810